書下ろし

隠蔽《いんぺい》の代償

悪漢《わる》刑事《デカ》

安達 瑶

祥伝社文庫

目次

プロローグ

その男の愛撫《あいぶ》は、濃厚だった。

女のうなじに這《は》う舌が軟体動物のように猥褻《わいせつ》に動く。あくまでも執拗《しつよう》に、まるで猫が魚の骨をすみずみまでしゃぶり上げるように、ねろねろと舐《な》めていく。

舌はだんだん下がって、女のたわわな乳房に移った。乳首に向かって追い詰めるようにゆるゆると舐めあげていく。

愛撫に反応して女も、全身に電気が走っているかのように、背中をひくひくと反《そ》らした。

「お前も好きだな。ブタ箱から出て、男日照りは解消したんじゃなかったのか」

「いやな人。そんな事言わないで……」

言葉責めに恥じらうようなそぶりを見せながら、女は淫《みだ》らに笑った。三十路《みそじ》半《なか》ばの女ざかりで、むんむんとした濃厚な色香とフェロモンを発散している。ぽってりした唇は、いかにもフェラチオが巧《たく》みそうだが、今は甘い喘《あえ》ぎを漏らすだけだ。

その声を愉《たの》しむように、男は舌を使いながら、手で女のくびれた脇腹を撫《な》で上げた。

男のほうも、にやけた口元が実にいやらしい。いかにも色悪という風情《ふぜい》の脂《あぶら》ぎった四十前後、乱れた髪と無精髭《ぶしょうひげ》が無頼ぶりを際立たせている。

「おれは、細いだけの今どきの若い女が嫌いでな。あんたみたいな熟女とヤルのが最高だ。それも、根性ワルを抱くのがな。性悪女というのは妙にセックスがいい。なんでだろうな」

男の言うとおり、およそ性格が良さそうには見えないこの女だが、若いスレンダーな女には無い肉がついていて、それだけボリュームがある。それが量感ある色香をいやがおうにも醸《かも》し出し、腰のくびれを際立たせて淫らさを増している。青い果実のような、とはいかないが、マシュマロのようにふわふわで、たわわな乳房と相まって、むっちりして弄《いじ》り甲斐《がい》のある、エロティックな女体だ。

男はヤニ臭い息を女の耳に吹きかけた。

「ふうん。アンタって性悪女が好きなんだ？　でもそんなこと、オマワリが言っていいの？　職権乱用しといて」

「職権乱用できるから、こういう美味しい獲物《えもの》にもありつける。一般市民とは違って財布も痛まず、ヤケドもせず、ってな」

職業を揶揄《やゆ》されても動じることなく、男は顔をさらに降下させて女の臍《へそ》の周りを丹念に舐め、そのまま秘部に顔を埋めるのかと思いきや、焦《じ》らすようにヘアに舌を絡めて引っ張ったりして遊んでいる。

「あんたみたいな海千山千の女は、そのへんの男には扱いかねるだろうな。だいたい今どき、セックスしちゃいけねえ職業ってあるか？　アーメン関係とかか？　坊さんだって……坊さんは昔から生臭《なまぐさ》が多いか。それにあんたは未成年でもない」

男は舌先を女の秘裂に差し入れて、クリットをねろりと舐めあげた。秘部を指で左右に大きく広げたので、肉芽が顔を出す。そこを舐めあげるので感度は最高だ。

「ああン……いきなり。それだけでイッちゃいそう。ああ、あン……もっとゆっくり」

女は淫らな表情をさらに桜色に染め、囁《ささや》くように訴えた。

「ンだよ。ナニをどうしてほしい？　聞こえねえな。もっとデカい声を出せ」

「ダメよ。隣に聞こえるし。ラブホじゃないんだからね」

「そうか？　とっかえひっかえ男を連れ込んで派手にやってて、隣も慣れっこになってるんじゃねえのか？」

「ひとンちに上がり込んで、勝手な事言わないでよ」

ここは六畳に台所のついた安アパートだから、防音などないも同然だ。外を走るバイクの音がまる聞こえだから、こっちの音も派手に漏れていることだろう。

「ねえあんた、職業間違えたんじゃない？　ヤクザの方が向いてると思うよ」

股間の周辺にじらすような愛撫を続けられながら、女は甘い声で言った。

「馬鹿かお前は。オマワリだからこそ、こうやってお前みたいな女を抱けるんだろうが」

男はそうそぶきながら肉芽とラビアへの執拗な愛撫を再開し、顔全体を秘部に密着させて、れろれろと舐めあげた。

「ああ、そんな急に……まだ挿《い》れてもいないのに……ああっ！」

全身を痙攣《けいれん》するようにひくつかせて、そのまま女はイッてしまった。

「海千山千だと思ってたが、案外あっけなくイクんだな」

「ナニ言ってるの……」

女は最初のアクメの余震で背中をカクカク反らしながら息を弾《はず》ませた。

「あんたが上手だからでしょう、佐脇《さわき》ちゃん」

「おれをちゃん付けで呼ぶな。馴《な》れ馴れしいぜ」

佐脇と呼ばれた中年男はムッとしたように手を乳房に伸ばし、揉《も》みながら先端を下品な音を立てて吸った。

「いいじゃない？　あたし、あんたの愛人になってもいいわよ、佐脇ちゃん」

躰をピクつかせつつ、女は憎まれ口をきいた。

「愛人の募集は先週締め切った。空席は当分出来ない」

そう言いながら佐脇はなおも愛撫を続け、そのままずぶりと挿入した。

この男には、セックスに対する天性の勘があるようだ。女が今、何を求めているのか、どうして欲しいのかを、なぜか見抜いてしまうのだ。好きこそものの上手なれで、数限りなく女を抱いてきた結果、その勘はいっそう磨かれたのだろう。

「あン……もっとゆっくり……今度は、じっくり搔《か》き乱して……」

「うるさい。おれはやりたいようにやる」

佐脇は、思いきり突き上げた。

「ぐふっ!」

最初の一撃で、熟女の全身に痺《しび》れが走った。

その反応に手応《てごた》えを感じた佐脇は腰を激しく使い、女の恥骨の裏にあるGスポットを、ぐいぐいと責めあげた。

女の媚肉も、男根を死んでも離すまいとばかりに締めつけて来る。もう自分の肉体をコントロール出来なくなって、ただただ肉欲を貪《むさぼ》って反応するばかりだ。

「ああっ、イイ、いいっ!」

だが、熟女を一気に昂《たか》まりに追い込むと、佐脇は一転して焦らしにかかった。肉棒が花芯の浅い所を出入りし、その代わりに指が、女陰の周辺を執拗に這いまわった。

「あああ……たまらないッ……もう、どうにかしてッ」

焦らされた女は、ついに自分から腰を遣《つか》い始めた。男にしがみつき、両脚をからめ、肉芽のあたりを男根の根元あたりに激しくこすりつける。

熟女の腰は恥も外聞もなくうねうねと妖《あや》しく蠢《うごめ》いた。

「い、い、イく……イッてしまうっ！」

全身がきゅいんと反り返って硬直したかと思うと、がくがくと激しく痙攣した。

「あ」

同時に女芯も一気に締まって、佐脇も堪らずに決壊した。


「……ねえ、いつもこうなの？」

「なにがだよ」

一戦終えた男と女はタバコをくゆらせた。

「自分が目を付けた女をさ、嫌疑不十分で釈放する交換条件でこういう風になることよ」

「おれはあんたに何も強要してないぜ。ましてや無実の女を捕まえて、自由にしてやるから一度ヤラせろ、なんて言った覚えはない」

佐脇はそう言って、爆笑した。

「だいいち、お前こそワルじゃねえか。女だてらに恐喝かよ。相当なもんだ」

「恐喝に男も女もないでしょうよ。差別は良くないんじゃない？」

「言ってろ」

佐脇は熟女の腹をぱんと音を立てて叩いた。

「お前は前からいろいろやってる凶状持ちじゃねえか」

「凶状持ちって、なにそれ……そりゃ今まで男と揉めたコトが一度も無い、とは言わないけど、そんなのは全部、内輪の話だし」

「まあ、男出入りが多いといろいろあるわな。このカラダで尻軽とくりゃ、逆上する男が何人いても不思議はない。あんた、それで何度も警察沙汰になってるよな」

「ちょっと。それひどいんじゃない？　一般市民が保護を求めて一一〇番して、それで凶状持ちってことになるワケ？」

「お前さんも、昼も夜も働いて大変だな」

形勢不利と見たのか、佐脇は話を変えた。

「鳴海《なるみ》の女はよく働くって言うが、夜だけにすりゃ、もっと儲《もう》かるんじゃないのか？」

このカラダがあるんだし、と佐脇は女の双丘を揉んだ。

「だ、か、ら。鳴海の男が甲斐性なしばっかりだから、女が働かなきゃしょうがないんでしょうが！」

実際、この辺では昼はカタギでも夜は水商売でバイトしている女が多い。家庭の主婦も同様で、水商売に対する垣根が低い。ごく普通の感覚でオミズのバイトをやるし、男の側もそれに対して何も思わない。だいたい自分の女房が稼《かせ》いだ金で他所《よそ》の女房を口説《くど》いたりするのだから、文句を言えた義理ではない。ならば男も女も下半身はルーズなのかと言われれば、必ずしもそうではない。どこかにリミッターがあるものと見える。

「でもね、夜のプロになるのもそれはそれで大変だし、昼間に安くてもお給料貰える仕事があれば、夜だって気が楽でしょ。そんなものよ」

どうだかな、と佐脇はリモコンを取ってテレビをつけた。

「それに警察はそういう『プロ』を取り締まるもんでしょ。あんた、他人の家に上がり込んでヤルことやって、あげくプロになれって、それでも刑事《デカ》なの？」

「いいじゃねえか。おれのメガネに適《かな》って自由の身になったんだろ？」

佐脇はそう言いつつ再びのしかかって、女のぽってりとした下唇に舌を差し入れた。

「お前さんのカラダ、マジに悪くなかったぜ」

美人ではないが、不細工《ぶさいく》ではない。性格は悪そうだが、セックスはいい。加えて抱き心地のいい、適度に肉のついた女体と、締まりがよくて淫襞が吸いついてくるような女芯の具合も最高だ。

「お前を、愛人待機リストの末尾……いやトップにしといてやろう。根性ワルじゃなかったら即採用なんだがな」

女はむくれて文句を言おうとしたが、そこで吹き出してしまった。

「まあ、いいわ。アタシ性格悪いの自分でも判ってるし」

この女、野口夏恵《のぐちなつえ》は、自分の昼間の勤め先である『南西《なんせい》ケミカル』を恐喝したとして鳴海署に告訴され、逮捕された。セクハラが蔓延《まんえん》していることを公表されたくなければ金を出せ、とやったのだ。しかし捜査に当たった鳴海署の刑事・佐脇は自分の裁量で、夏恵を証拠不十分として釈放してしまった。

海千山千の佐脇なので手続上も問題のないように書類を整え、刑事課長の裁可を得たので、問題はない。もちろんこれは、佐脇と夏恵の「阿吽《あうん》の呼吸」というか「魚心あれば水心」の産物だ。

たまたま「男心をくすぐる容姿とセックス」を持ち合わせた結果、プチ波瀾万丈《はらんばんじょう》な人生をおくってきた夏恵にすれば、佐脇が「あんたの出方によっては無罪放免にしてやってもいいんだぜ」という言葉の意味が判らないはずがない。佐脇にしても、そういう夏恵だからこそ持ちかけたのだ。相手を間違えるとスキャンダルになってしまう。

「たしかに、あんたの根性ワルは筋金入りだ。お主も悪よのう、ってやつだ」

「あたしが越後屋《えちごや》なら、佐脇ちゃんは悪代官だね」

時代劇の密談の場面のように、悪漢刑事と悪女はほくそ笑んだ。

「しかし本当のところ、お前らはあの大企業に何をふっかけたんだ？」

特に目立った地場産業もなく大きな工場の立地もなくて貧乏なT県と違って、隣のQ県には、『南西ケミカル』という日本有数、世界的な規模の化学工業会社の本拠地があって、おおいに潤《うるお》っている。鳴海にも製品を鳴海港から集荷するための支社と一般向け製品を作る小さな工場があって多少のおこぼれに与《あずか》ってはいるが、大企業の城下町といえる隣県とは街の姿がまるで違う。

「そりゃ、あんな大きな会社だから、いろいろあるわけよ。ウチに来る客も言ってるし」

夏恵は南西ケミカル本社で事務職として働く傍《かたわ》ら、夜は鳴海のスナックでバイトをしている。鳴海とQ市は隣接しているから、南西ケミカル関係の客も多い。勤務中に見聞きしたことと、店の客が酒を飲みながらあれこれ喋ったことを夏恵は覚えていて、これはカネになると踏んだらしい。

「いくらでもあるでしょうよ。会社ぐるみじゃなくても、問題社員がしでかした不祥事とか。で、あの会社は妙にプライド高いところがあるから、隠したがるし」

「その件は、捜査中なので答えられませんってか?」

だからもうイッパツ、と佐脇が愛撫を始めたとき、つけっ放しだったテレビの音声が二人の注意を惹《ひ》いた。番組は深夜バラエティからニュースに変わっていた。

『大阪府警は、警官が容疑者の女性と性的関係になって不法な便宜《べんぎ》を図《はか》ったとして、その警官を懲戒免職にすると同時に逮捕して取り調べています』

「ねえ、あんたと似たようなことやってる警官がいるけど?」

そいつが馬鹿なんだ、と佐脇は嘲笑《あざわら》った。

「下手なんだよ、やり方が。うまくやればバレねえんだ」

そういうことねと夏恵も一緒に笑っているところに、携帯電話が鳴った。佐脇が警察から支給されている、仕事専用の携帯だった。

「あぁら？　バレちゃったのかもね、佐脇ちゃん」

「馬鹿かお前は」

そう言いながら、佐脇は脱《ぬ》ぎ散らかした服をたぐり寄せて携帯を取りだした。

「ああおれだ。どうした？」

興味津々《しんしん》で耳を近づけてくる夏恵を、刑事は手を振って追い払った。

「何、死体が見つかった？　おれじゃなきゃダメなのか？　夜中だぜ？　ちょっと酒も飲んじまったし……迎えを寄越す？　いやそれは……他の誰か……判ったよ。行くよ」

通話を切った佐脇は、急いで服を着始めた。

「お前とのことはバレなかったが、代わりに死体が見つかったんで調べろとさ。続きはまた今度な」

現場は、鳴海市の外れで隣の山村との市境に近い山の中だった。

鳴海署差し回しのパトカーから降りた佐脇は、山林の中に分け入った。現場は投光器で照らされているのでよく判る。

「キノコ狩りにきた男性が夕方死体を見つけたんですが、ここは私有地なんで、勝手に入ったのがバレるのもイヤで、ついさっきまで通報するかどうか迷っていたのだそうで」

佐脇を見つけた相棒の水野《みずの》が飛んできて報告した。

「見た限りでは争った跡がありますので、他殺であると断定していいのではないかと」

うんうんと話を聞きながら現場にたどり着くと、死体とその周辺を調べる鑑識課員を遠巻きにするように、新任の刑事課長・公原《きみはら》や、刑事一係長の光田《みつだ》も臨場していた。

「どうもお歴々。こいつは鳴海署のオールスターキャストじゃないですか。課長は初陣《ういじん》ですな。これなら、おれの出番はないっすね」

「まあそう言うな。ここは鳴海署のエースじゃないとな」

公原刑事課長がゴマをするように言った。なんせ鳴海署長と鳴海署刑事課長はすぐに首が飛ぶ。その原因はすべて、一介の巡査長・佐脇耕造《こうぞう》にある。だから新任の課長はまず、佐脇をおだてることから仕事を始める。

「ちょいとごめんなさいよ」

佐脇は声を掛けて死体を見た。

七十過ぎぐらいの老人男性。グレーのスーツ姿に乱れはなく、顔に打撲《だぼく》の跡もない。が、死体は苦悶《くもん》の表情を浮かべ、口にはいっぱいの泥が詰まっていた。

「ざっと見たところ、死因は口に詰まった泥が気管を塞《ふさ》いだ事による窒息死《ちっそくし》と思われます。死後、数日経過しているようです。ホトケの手の指には抗《あらが》ったような痕跡《こんせき》がありますす」

水野がこれまでの報告をした。

「という事は……大の大人が、泥食い競争をしたとも思えないな」

公原は澄《す》ましていて表情が判らないが、光田はニヤリとした。

「ホトケの身元は判ってるんだ。名刺を所持していたからな。隣県に本拠がある『南西ケミカル』の元社長秘書室長で、現在は嘱託《しよくたく》の、河原恭一《かわはらきよういち》七十三歳。所持品に携帯電話はなかった。遺体は、このままの姿で、放置されていた。隠すつもりもなく、見つかるように置いてあった、という感じで」

光田はそう言って、佐脇を見た。

「これ、ややこしいことになりそうだと思うだろ?」

「当然、司法解剖が必要ですな」

「そんな金、あるか?」

公原が不機嫌な顔になった。鳴海署の予算には司法解剖枠は、ない。予定外の事態が発生すると、他の何かを削らなければならない。

「セコいこと考えちゃ駄目ですよ。幹部の研修旅行という名の物見遊山を止めれば、年間五体はやれるじゃないですか。鳴海署だけで」

公原は、呼ぶんじゃなかったという顔で佐脇を睨《にら》んだ。

第一章　企業城下町のその隣

「南西ケミカルは、ただちに違法産廃を撤去しろ〜！」

「住民の健康を守れ〜！」

「南西ケミカルは、企業責任を果たせ〜！」

「なんだよ、うるせえなあ」

刑事課の開けっ放しの窓から聞こえてくるデモ隊のシュプレヒコールに、佐脇は苛立《いらだ》った。しかも、えんえんと続いて一向にやむ気配がない。

「デモの届けなんて出てたか？」

河原恭一の死体検案書や通報者の供述調書に現場の実況見分調書など、必要な書類を四苦八苦して作成していた佐脇は、ただでさえ事務仕事が大嫌いなのに騒音で集中出来ず、イライラしてノートパソコンの蓋《ふた》を閉じると窓から下を見た。

鳴海署前を、『産廃撤去！』『健康被害を防げ！』などが大書された旗や横断幕を掲げた一群が隊列を組んで歩いて行く。中高年が中心の、五十人くらいの行進だ。

「なんだこんな田舎《いなか》で。ああいうのは都会でやらないと目立たないだろ」

「いや、この前から何度かやってたんですけどね」

佐脇と同じくパソコンに向かって書類を作っている相棒の水野が答えた。

「今日のは規模が一番デカいみたいです」

「どっちにしても昼間っからヒマな連中だな。おれの仕事の邪魔をしてるんだから、公務執行妨害で捕まえてやろうか?」

たまりにたまった書類仕事にプラスして、河原恭一殺人事件の捜査がまったく進展せずにイライラしている佐脇は、署内禁煙を堂々と無視してタバコに火をつけた。

あまり知られていない事実だが、刑事は公務員の中でも書類の生産量が一番多いかもしれない職種だ。一つの事件を担当すると、膨大な書類を作成しなければならない。証拠品等関係カード、捜索差押書、検死調書、逮捕状請求書、鑑定処分許可請求書、留置調書、そして供述調書。一件の捜査書類を積み上げると軽く一メートルを超すことも、珍しくはない。

そんな事務仕事を肉体労働である捜査の合間にやらねばならないのだ。

今までは、そういう面倒なデスクワークを相棒の水野にすべて丸投げしていた佐脇だが、水野もキャリアを積んできて、いつまでも自分の弟子のようにこき使うわけにもいかなくなっていた。

「で、なんだよあの連中は？　南西ケミカルに文句あるなら、隣のQ県で騒げよ」

「いや……鳴海市にも関係ないワケじゃなくて」

「その件は若い奴より、おれの方が詳しい」

水野を遮《さえぎ》って、係長の光田がスポーツ新聞から顔を出して話を引き取った。

「南西ケミカルの産廃処分場が、ウチのシマの山奥にあるんだよ。この前死体が見つかった、あの奥だ」

その方面には、佐脇が懇意《こんい》にしている地元暴力団・鳴龍会《めいりゆう》が経営する産廃処分場もあるが、こっちの方は工場から出る廃棄物などではなく、廃車や古タイヤやがれきなどがメインだ。

戦後の高度経済成長期に、鳴海市春日町《かすがちよう》周辺の山林は使い道に困っていた。生えている木がクヌギやコナラなどの雑木ばかりで質が悪い上に、価格でも外国産の安い木材に太刀《たち》打ち出来ず、かといって山は人の手が入らないと荒れ果ててしまう。国有地なら営林署がやるが、私有地は所有者が維持管理をしなくてはならない。しかしあの辺の木は売っても儲からないから、手を入れれば赤字がかさむばかりだし、木こりの数も減って手配するだけでも大変なのだ。

困った地主が山を売り、南西ケミカル専用の産廃処分場が出来た。以後長期にわたり、その周辺は忘れられたような存在だったから、多少の反対運動は起きたが、時は公害紛争が起きる直前で、反対の声は地域振興の勢いにのまれて、かき消されてしまった。

その後も何度か産廃は問題視されて散発的に反対運動は起こったが、その都度、騒ぎになるのを恐れる会社側と行政の利害が一致して、火消しに躍起となり、沈静化した。

それでも、処分場は満杯になって閉鎖された十五年前には東京からプロの市民運動家がやってきて、放置された産廃処分場の危険性と違法性を全国に向けて「告発」した結果、反対運動は最大の盛り上がりを見せた。だが、その運動家が不自然な形で姿を消して運動の是非《ぜひ》を問うような報道も流れ、なんとも消化不良のまま反対運動は腰砕けになって消滅してしまった。

その後は産廃が閉鎖されていることもあって、誰も触れなくなって現在に至っていたのだが、近年、山村リゾート開発や酪農《らくのう》が盛んになってくると、雲行きが怪しくなってきた。産廃は閉鎖されても、埋められた毒物はそのままだから、危険性を心配する新しい住民の声が高まってきたのだ。

「佐脇、お前さんはさあ、こういう事に関心ないから知らないだろうが、おれみたいな人間はいろいろアンテナを張ってるからね。警察も一般世論つうか、市民の動向は敏感に察知しとかないとイカンのだよ」

俄《にわか》に何かに目覚《めざ》めたかのようにトクトクと話す光田の表情は、おれは情報強者なんだぜ、と言わんばかりの優越感に溢《あふ》れている。

「なんだ突然。お前、市議選にでも出るつもりか？　いきなり難しいこと言い出すと頭痛くなって熱が出るぞ」

「子供が知恵熱出すみたいに言うな！」

光田はスポーツ新聞を乱暴に畳んだ。

「怒らない怒らない。おれだって、あの山奥の産廃についちゃ、多少の事は知ってるよ。ほれ、あの田舎ライフを愉しんでますってタイプの勘違い女、そういう女が騒いでウチに被害届を出しに来たことがあったし」

佐脇は係長の光田を上司とは思っていないから、上下に厳しい警察の慣行は無視して、完全にタメ口だ。

「近くの湧き水を飼い犬が飲んだら死んじまったとか。オタクがやった餌《えさ》が悪かったんじゃないのと言ったらえらく怒り出しちゃって」

窓外のデモ隊は鳴海署前を通過し、『南西ケミカル鳴海支社』の方に移動していった。

「まあおれも、都会育ちのヒマ人と遊んでるヒマは無かったからな」

佐脇がデスクに戻ってノートパソコンの蓋を開けたとき、電話が鳴った。

「はい捜査一係。ナニっ！」

佐脇は刑事ドラマの真似《まね》をして眉間《みけん》に皺を寄せて立ち上がってみせたが、芝居がかったふざけた口調はすぐ怒声に変わった。

「なんだと？　交通整理してくれ？　ここは刑事課だぜ。そういうのは交通課に」

だが電話の向こうの相手は食い下がってきた。

『いやその、交通課のお巡りさんではちょっと心もとない状況ですので、ここはぜひとも刑事さんにお出まし願いたく……』

「誰からだ？」

光田が管理職風に訊いてきた。

「デモを何とかしてくれって、南西ケミカルの支社のヤツが」

あのデモか、と光田は窓辺に行って下を眺めた。

「行ってやれよ。どうせ書類仕事ははかどってないんだろ。ウサ晴らしに楯突《たてつ》くヤツを公務執行妨害でふん捕まえてこいよ」

「係長が河原殺しの捜査を代わってくれて、書類も作ってくれるんなら喜んで参りますけどね」

「いいから行け！　あの会社は大事にしろと常々上から言われてるじゃないか。それに、同じ南西ケミカルだろ。ぶつくさ言《い》わずに行ってこい！　水野もだ」

デモを蹴散らすのに二人は要らんでしょうと言いつつ、佐脇と水野は出動した。

鳴海署の近くにある南西ケミカル鳴海支社の前には、さっき窓から眺めたデモ隊がいた。

「南西ケミカルは説明責任を果たせ〜っ！　産廃の違法投棄を〜、ごまかすなッ！」

と声を張り上げているオカッパ頭の女と、ワニのワンポイントの付いた、年季の入ったポロシャツ姿の男の中年コンビを見た佐脇は、「おお」と声をかけた。以前、巨大暴力団の息のかかったパチンコチェーンを撃退するのに共闘した、いわゆる『プロ市民』だ。

「おやおや奇遇ですな。今度の標的は南西ケミカルですか」

「あ、佐脇さん」

オカッパ女とラコステ男の顔に、親愛と恐怖の感情が同時に浮かんだ。

「しかしオタクたちも守備範囲が広いですな。とにかく反対運動と名の付くものなら一手に引き受けようという方針ですか」

「いや、その……パチンコ問題はカタがついたので……」

と、なんだか申し訳なさそうに言うラコステに対してオカッパは意気軒昂《けんこう》だ。

「ですから。鳴海には声を上げる団体が他にないから、我々ばかりが目立つんです。他の人たちも黙ってないで立ち上がるべきなんです！」

「それはそうですな。良識ある市民はいかなる不正にも断固として声を上げなければなりません」

佐脇はそう言って大きく頷いた。

「しかし、こうも声がデカいと、我々も仕事にならんのですよ」

「窓を閉めればいいじゃないですか」

気の抜けたようなことを言うラコステに、佐脇は吠えた。

「この節電のご時世にエアコンを入れろというのか？　おれはこの季節のそよ風が好きなんだ！」

そこに、まあまあとビデオカメラを持った女が割り込んできた。

「佐脇さん、最近お見限りね」

そう言って馴れ馴れしく近づいてきた巨乳で派手な顔立ちの女は、地元ローカル局のリポーター、磯部《いそべ》ひかるだ。佐脇とは恋人のような愛人のような曖昧《あいまい》な関係だ。以前、警察に恨みを持つ男にアパートを放火され、全焼して住むところがなくなった時、ひかるの部屋に転がり込んで一緒に暮らしていたこともあったが、今はそこを出て、佐脇は一人で部屋を借りている。

「ここんとこ顔を見なかったから死んだのかと思った」

「警察だってヒマな時はある。四六時中忙しかったらマジで死んじまうだろ」

ところでなんの取材だ、と咎《とが》めるように訊いた。

「もちろんこのデモの取材よ。まあ放送はされないだろうけど、いつか風向きが変わって、日の目を見ることもあるかもしれないし」

話し込みかけた佐脇を、ビルの正面ドアを開けながら水野が呼んだ。

「こっちこっち！　ちょっと、佐脇さん！　中に来てください」

うるせえなあと、ここに来た本来の役目を忘れかけていた佐脇が渋々、水野の方に移動すると、カメラを構えたひかるも付いてきた。

ガラスのドアを一枚挟んだ支社の中には水野と並んで、村役場の出納係《すいとう》みたいな風体の、フレームの細いメガネをかけた、冴《さ》えない中年の男が立っていた。

「鳴海支社長の清水《しみず》さんです」

その男は、どうも、と頭を下げた。

「あのデモ隊を何とかしてもらえませんか？」

デモ隊は、簡単に開けられるガラスドアには手も触れず、支社の入ったビルの外で、ひたすらシュプレヒコールを繰り返している。

「平和的な連中じゃないですか。少々うるさいのを我慢すれば」

「でも、今日はちょっと数が多いみたいですね」

水野が支社長に助け船を出すように言った。

「そうなんですよ。ああいうふうにずっと大声を出されると、仕事に差し支《つか》えますので。それに今日は人数が多いので、交通の妨《さまた》げにもなってますし……かといってウチの者が交通整理などをするのも角《かど》が立ちますしね」

「警察の力を使って解散させろ、ということですか？」

撮影しながらひかるが訊いた。

「なんですか、この人は？　警察の記録係かなんかですか？」

清水はひかるの存在を咎めた。

「ああ、撮影は止めろ。お前さんも外に出てくれ」

佐脇は問答無用にひかるを追い出すと、水野に指示を出した。

「たしか、デモの申請は出てないんだよな？　じゃあ、今日のところは面倒だから解散して貰え」

あのオカッパ頭のオバサンが代表者だ、と教えた。

「しかし……県や鳴海市の条例では、百人未満の集会には申請は必要ないとありましたが」

外を見ると、五十人はいるが百人以下ではあるようだ。

「じゃあ、道路の不法占有でやれ。ようするに解散して貰えばいいんだから」

手続き論になると口が達者な連中に言い負かされて、暴力亭主みたいに手が出てしまうかもしれない。それはマズいから、とりあえず解散させるのが無難だと佐脇は踏んだのだ。

「ケンカにならないようにな、うまくやってくれ。まあお前は人格円満な常識人だから、大丈夫だろうが」

それは皮肉ですかと言いながら、水野は支社の外に出て、オカッパと交渉し始めた。

「で、どうしてこういうことになったんです？」

佐脇は支社長にズバリと訊いた。

「それはこちらが伺いたいので……」

清水はいかにも困惑している、という表情で言った。

「我が社は、地元への貢献を第一に、創業以来やってきたんです。世間様に後ろ指さされるような真似はまったく覚えがありません」

「過去に捕まったヤツはみんなそんな事言ってましたなあ」

佐脇はつい言って、「いやいや失礼。独り言《ひとりごと》です」と取り消した。

「産廃がどうのと騒いでるようですが？」

「私にはなんのことやら」

清水は首を傾げてみせた。

「たしかに弊社は鳴海市に産廃処分場を持っておりますが、今から十五年前に使わなくなっております。すでに閉鎖しているのですから、あのように抗議される筋合いはないはずなのですが」

「オタクとしては見当違いな抗議だと言うんですな？　ならば連中を訴えますか？　威力業務妨害、もしくは名誉毀損《きそん》で」

佐脇の言葉に清水はイエイエと手を振った。

「そこまでのことは当面考えておりません。なによりも、地元の皆様あっての南西ケミカルでございますので」

と、清水はあくまでも如才《じょさい》ない。

「じゃあ、連中とじっくり話し合ったらどうなんです。鳴海署もここの近くなんでね、あいうデモが頻発《ひんぱつ》すると、うるさくてかなわない」

「弊社としても、何度もそういう場を設《もう》けて説明に尽くしてきたのですが、まったくご理解いただけませんで」

「じゃあナニ？　あの連中はまったく聞く耳を持たず、いずれ、なにがしかの金銭を脅し取ろうとしていると？」

「イエイエ、そんなことは。その可能性をまったく考えない、と言えば嘘になりますが……」

清水は即座に否定はしたものの、歯切れ悪く言った。苦渋《くじゅう》が滲《にじ》み出ているようにも思える。

「でも、あの連中は事実無根なことを言い立てて会社の前まで押しかけてきてるんだよね？」

「ええ、ですが、弊社としてはなるべく事を荒立てないように、と」

「そういう優柔不断な態度が、まわりの迷惑になるんだよなあ」

佐脇の嫌みにも、清水は頭を下げるばかりだ。

差しあたり今日のところは何とかするから、と請《う》け合った佐脇が外に出ると、デモ隊はぞろぞろと引き上げるところだった。水野の説得が功を奏したのだ。しかし、首謀者というか、主催者らしいオカッパとラコステのコンビは不満顔で現場に残っていた。

「佐脇さん。アナタは我々の味方だと思っていたのに、結局は大資本の手先なんですか!」

オカッパが怒りも露《あら》わに声を荒らげた。

「まあまあ、そうトンガッた物言いは止めましょうや。南西ケミカルとしちゃ、身に覚えのないことで抗議されて、困り果ててると言ってるぜ。あんたらがまったく聞く耳を持たないとも」

そう言った途端に、プロ市民コンビは目を吊り上げて怒った。

「たった数分で洗脳されるとは、さすがは資本主義の手先!」

「警察は市民の味方じゃないのかっ! この体制の犬がっ!」

まあまあと、佐脇はニヤニヤして二人を宥《なだ》めた。以前の事件で、パチンコチェーン、およびチェーンと癒着《ゆちゃく》した地元新聞社を向こうに回して共闘した結果、彼らの性分は判っているから、しばらくは鬱憤《うっぷん》を晴らさせてやらないと落ち着いた話が出来ないと心得ている。

「鳴海の不法投棄に関しては、南西ケミカルは嘘を言ってるわよ」

やりとりを聞いていた磯部ひかるが口を出した。

「私は、ずっと取材してるから知ってるの」

「そうは言うが、全然オンエアされないじゃないか」

「だから、こういう件はいろいろあって難しくて……ウチは民放だからスポンサー様は大事だし。でも、さっきも言ったけど、いつか風向きが変わる時も来ると思って」

「田舎のテレビ局は地元の大企業には弱いからな」

ラコステが冷ややかに言ったが、ひかるの鋭い視線を浴びて慌てて付け足した。

「いや、磯部さんのような良心的ジャーナリストも、常に局と闘っているわけですけど」

その言葉にひかるは満足したのか、提案をしてきた。

「ねえ。この件は、立ち話ですべての経緯を話せるほど簡単な事じゃないの。よかったら、この人たちの事務所に行って話さない？」

プロ市民二人は賛成し、刑事二人もそれに従うことにした。


「相変わらず汚いところだなあ！」

市民団体『鳴海市をよくする会』は、以前は潰れた商店を居抜きで使っていたが、今はそこをオーガニック・カフェに改装した事務所兼店舗になっている。その自称「カフェ」

に足を踏み入れた佐脇は、あけすけに言い放った。

「カフェってのはもっとお洒落《しやれ》なもんじゃないのか？　薄汚いのは前から同じじゃないか」

「だから、事務所に使うお金があったら運動に使いたいわけですよ。我々は常に貧困とも闘ってますんで」

オカッパは誇らしげでさえある。

「まあ、飲んでもただちに人体に影響のないコーヒーくらいは出しますよ」

ようやく冗談を口にするくらいに、オカッパとラコステの気持ちは解《ほぐ》れていた。

メニューにはやたらと能書きが書いてある。無農薬栽培で若年労働者搾取《さくしゆ》をしていない農場で採《と》れたコーヒー豆だとか、無農薬牧草で育てた牛の低温殺菌ミルクで作ったケーキだとか、佐脇などは読むだけで疲れて、飲み食いするのが面倒になる。同様の説明書きが、ありとあらゆる社会的不正を糾弾《きゆうだん》する手書きのチラシやポスターと一緒に、店のウチソトに大々的に張り出してある。近所では「デンパな喫茶店」として有名で、話のタネにわざわざ県外から来る酔狂な客もいる。

運ばれたコーヒーを一口飲んだが、味の違いはさっぱり判らない。ただちに人体に影響がない、というだけあって、カフェインの効果も感じられない。なのに値段は千円近い。安全と福祉は無償で手に入らない、という文句も店に貼ってある。

「……まあおれも、産廃の経緯については多少の事は知ってるよ」

とりあえず話を進めようと佐脇が口火を切った。

「昔からあった産廃処分場の近くまで開発が進んで人が住むようになったから、いろんな問題が起きてるんだろ?」

佐脇の言葉に、プロ市民二人とひかるは首を傾げた。

「その歴史的経緯は間違ってないんですけど、産廃の有毒性についての問題が抜けてます」

猛然と話し始めようとしたオカッパとラコステを制して、ひかるが説明を始めた。

「価値の低い雑木ばかりの山を処分して南西ケミカルの産廃処分場が出来たのはその通りなんですが、最初の造成からずいぶん時間が経っていて」

「第一期の完成が昭和三十六年、つまり一九六一年」

オカッパが横からデータを付け足した。

「会社としては水を通さないゴムとかビニールを厳重に敷いて環境を汚さないようにしていると言うけど、どんなゴムだって五十年も経てば劣化《れっか》するでしょ。それに、五十年も前だと、今みたいに環境問題がうるさくなかったから、今の基準では許されない、かなり危険なものも投棄されてる可能性もあるし。問題は、会社側がキチンとした資料を出さないこと」

「その代表的なものが六価《ろっか》クロム。肺癌、大腸癌、胃癌を引き起こす有害物質」

オカッパがそう言って大きく頷いた。

「で、そんな産廃があること自体、あまり知られていなくて……新たな投棄はなくて閉鎖状態だから……あの辺は自然が豊かで、野生動物もたくさん住んでることが全国ネットの番組とか雑誌に紹介されて、エコの山という感じで名前が知られるようになって、住む人も増えてきたわけ」

ひかるの説明に、佐脇は知ってるよと応じた。

「あの辺の湧き水は、名水百選とかに選ばれたこともあるんだよな。しかし、その水を飲んだ犬が死んだという訴えもあったんだが」

「ええ。警察はけんもほろろでまともに話も聞いてくれなかったそうですね。『オタクのやった餌が悪かったんじゃないの』と言われたとかで」

それが自分のことだと判った佐脇は、居心地が悪くなり尻がむずむずした。だが、今更、それはおれだと名乗り出られない。

「犬だけではありませんよ。人間にも影響が出ています。体調の不良を訴える人が増えているんです。家庭菜園で作った野菜を食べている人が中心ですが」

ラコステに頷いたオカッパが補足した。

「何もかも南西ケミカルの産廃処分場から染み出た汚染物質が原因に決まってます」

そう言って、書類の入った一通の封筒を取り出した。

「専門家に水質検査をして貰い、因果関係を考えて貰った、その報告書です。できれば複数の専門家に頼みたかったんですけど、お金がなくて」

地元T大学工学部助教・冴島直也《さえじまなおや》の署名の入った報告書を見せられたが、データの羅列とグラフだらけで素人には何がなんだかさっぱり判らない。

「要するに、南西ケミカルの産廃処分場周辺の土や湧き水などから、1㎎の六価クロムや微量のヒ素などの毒物が検出されたってことです。ヒ素は自然界にも存在しますけど、六価クロムは人工的な物質なので自然界には存在しません」

オカッパが報告書のあちこちを指さしながら教えてくれた。

「この数値は、地下水や土壌に含まれる国の基準0・05㎎以下を大きく超えてます。ただちに健康に影響が出るレベルです」

ひかるも冴島のことは知っているらしく、横から補足した。

「この冴島先生はね、身分はずっと助教なんだけど、定年退官間近なの。公害とか薬害とか、そういう行政訴訟に関連するような調査で市民団体に協力してきたことが教授に睨《にら》まれて、三十年間昇格ナシだって」

「頑固《がんこ》で取っつきにくい職人肌のヒトだけど、親身に話を聞いてくれて、調査はきちんとやってくれる、尊敬すべき先生ですよ」

オカッパが敬意を露わにした。

「ま、マイナー指向なヒトは弱小市民団体にいい顔をしたいんでしょうけどね」

ラコステが妙に対抗意識を感じさせるようなことを言った。

「いい先生ではあるんですよ。でも、また冴島先生の鑑定か、って空気もあるんですよ。裁判所とか検察方面には」

「何を言うんですか！　これまで冴島先生にはさんざんお世話になってるのに、恩を仇《あだ》で返すような事言って！」

オカッパがラコステを叱《しか》りつける。

「刑事さんだって、そういう裁判の一つや二つ、聞いたことがあるでしょう？」

「いや……おれは捜査一係で殺しとか暴行とか、荒っぽいの専門だから。公害や医療みたいな、難しい案件を捜査したことはないんだ。だいたいウチの署でもそういう事件は、ほとんど扱わないから。だいたい県警本部《ほんしゃ》が一手に手がけるんで。なあ」

佐脇は、ずっと黙っている水野に同意を求めるように顔を向けた。

「そうですね。鳴海では、この前のパチンコチェーンの一件以外、特に市民団体が乗り出すような問題はなかったような……」

「ありますよ。問題は、いくらでも。警察が全然相手にしてくれないだけで」

オカッパがぴしっと言うと、水野は首をすくめた。

「ちょっと、これ見てくれますか？」

ひかるがバッグからノートパソコンを出して、画面に映像を表示させた。

「ユーストリームで流れたものを保存したんだけど」

「なんだそのユーなんとかってのは」

ＩＴ方面にはテキメンに弱い佐脇は、知ったかぶりはせず、素直《すなお》にひかるに訊いた。

「ネットで生中継するサイトのこと。録画したものをネットに流すのはユーチューブね」

訳《わけ》が判らないが、あんまり訊くのもバカを晒《さら》すようなので、佐脇は「なるほど」と答えるにとどめた。

「まあとにかく、見てみて」

ひかるが再生したものは、何かの会合を撮影したものだった。

「これは、南西ケミカルが開いた住民説明会の様子。先月やったもの」

何処かの公民館の集会場に集まった住人たちと、テーブルを挟んで対峙《たいじ》しているのが、南西ケミカルの関係者か。その一人がマイク片手に、なにやら喋っている。

『弊社の産廃処分場には、安全に処理済みのものだけを投棄しております。仮に、ご指摘のような六価クロムを含む化学物質が残っていたとしても、処分場の底には三十センチもの分厚いゴムが厳重に敷かれておりまして、外部に漏れ出すことは一切、ございません』

大雨が降って処分場が池になって水が溢れたらどうなる、この辺は降水量が多いんだぞ、という画面外からの声に、老人は頷いて丁寧に応じた。

『ただ今ご指摘の件についてですが、たしかに今まで集中豪雨や台風などで、処分場が満水になり、雨水が溢れ出る場合もございました。しかしその場合も、処分場の周囲には排水溝がございまして、そこで水を受けております』

その水はどうなるんだ、どこに棄《す》てるんだ、という声が飛んだ。

『その雨水は、近くを流れる勝俣《かつまた》川に流しております。弊社……弊社と致しましても』

激しいヤジが飛ぶなか、この老人は懸命に説明を続けた。

『万が一を考えて、勝俣川の水質を定期的に調査しておりまして、その結果としましては、健康にはまったく問題はない、との専門家のご判断を戴《いただ》いております』

「……あ、この人は……」

マイクを持って説明している老人の顔を見て佐脇は驚いた。

「これは、河原恭一じゃないか！」

そのとおり、とひかるとオカッパ、ラコステの三人全員が頷いた。

「河原はとっくに南西ケミカルを退職して嘱託だったんじゃないのか。社ではなんの権限もないのに、どうしてまたこんな場所で、小うるさい連中の矢面に……？」

と言ってしまった佐脇は、当の小うるさい連中が目の前にいることを思い出し、すまん、と素直に謝った。

「その答えは映像の中にあるから、まあ、続きを見て」

ひかるが画面を見るよう促《うなが》した。

佐脇の目の前にあるのと同じ、冴島報告書を持ったラコステが、フレームの中に入ってきた。

『これを見てください。我々が独自に、T大学の冴島先生に調べて貰ったデータです。問題の産廃周辺から採取された土壌の六価クロムの数値が、国の安全基準を大きく上回っているという結果が、はっきり出ています。これでも言い逃れするんですか！』

ラコステは河原の前に叩きつけるように報告書を置いた。

河原と額を突き合わせるようにして、隣に座る男が、一緒に書類を覗き込んだ。

「ええと、この人はね、南西ケミカル側の御用学者……っていうか顧問の、東大名誉教授、池谷信郎《いけたにのぶろう》サン」

と、ひかるが解説した。

『ただ今拝見しましたが……冴島先生の調査となると、ある種のバイアスがかかっている可能性のあることを含めまして、この数値が正しいのかどうか検証が必要でございますが、仮に正しいとしましても、川に入ると化学物質は大幅に希釈されますので』

池谷は一同を見渡して、見得《みえ》を切るように断言した。

『ただちに健康に被害の出るレベルではございません』

池谷がそう言い切った途端に、会場は騒然となった。

『ただちに被害は出ないって事は、ゆくゆくは被害が出るってことか！』

『我々はここで暮らしてるんだぞ！』

『お前もここに越してこい！』

住民が口々に怒りをぶちまける中、ラコステが立ち上がると最前列に進み出た。

『詭弁《きべん》だ！　現に今、いろんな被害が出てるんだよ！　それについて、あなた方はどう説明するんですか！』

オカッパや佐脇には弱いが、体制側には常に強気に出るラコステが舌鋒《ぜっぽう》鋭く迫った。

『聞いてください！　名水と誉《ほま》れ高かった湧き水を飲んだ飼い犬が死にました』

画面の外から、か細く、弱々しい、悲鳴のような訴えが聞こえた。

ここでカメラは、集会の参加者の一人をズームアップした。青白い顔色で表情を強《こわ》ばらせた、若い女性だ。みるからに線が細くて気弱そうなのだが、懸命に前を向いて、河原や学者に、自分の声を必死に届かせようとしている。

佐脇は画面の中のその女性を見て、思わず「う」と呟いた。自分が被害の相談を受けて追い返した女性その人だったからだ。

その女性の言いたいことを代弁するように、ラコステは南西ケミカル側に迫った。

『たかが犬だと言いますか？　愛するペットは家族の一員ですよ！　それに、同じ湧き水を飲んだ人間も体調を崩して一人は肝機能障害で入院し、もう一人は癌だと診断されました。また、この付近に住むヒトが自分の庭で作った野菜を食べて、うち数人の方が入院している事実をどう説明するんですか！』

『それはですね』

御用学者の池谷は、よく言えば穏やかな微笑を湛《たた》えつつ、悪く言えば相手を小馬鹿にしたような含み笑いを抑えつつ、答えた。

『犬の件でございますが、警察もまともに扱わなかった訴えを、我々は仔細《しさい》に検討いたしまして、信頼すべき獣医に、問題の犬の解剖を依頼いたしました。その検案書には、たしかに毒物の摂取《せっしゅ》による中毒死であると書かれております。ただし』

激しいヤジを制するように池谷は声を荒らげた。

『検出されたのは、メチルビオローゲン』

池谷は背後のホワイトボードに「methyl viologen」と板書した。

『これは酸化還元指示薬であり、パラコートとして知られている農薬であります。もちろん、六価クロムが化学変化を起こして生成されるものではありません』

そうして、決定打となる言葉を口にした。

『問題の犬を飼育されていたご家庭ではですね、家庭菜園を作っていて、そこで使われていた農薬と、同一の成分であることが判明しております』

くだんの女性は、震える声で必死に『そんな……ピピちゃんがウチの農薬で死んだなんて……絶対に違います！』と訴えたが、それを打ち消すように池谷は声を張り上げた。

『それに、湧き水を飲んで肝機能障害となった件でございますが、今の時代に、濾過《ろか》も消毒もなされていない自然水を口にする行為などは、失礼ながら非常識極まると言わざるを得ません。たとえ百人中、九十九人が大丈夫でも、体質的にたった一人が体を壊す可能性は大いにございます。特に肝臓は解毒器官でありますからして』

女性は蒼白になり、怒りとショックのあまり言葉の出ない様子だ。場内もシンとしてしまった。

敵に決定的なダメージを与えたという達成感からか、池谷は笑みを浮かべた。

『リスクの評価は、あくまでも客観的に、科学的になされねばなりません。たとえば日本で、落雷による死者は年間二十人です。しかし、ここ、鳴海の産廃で死んだ人はまだ一人もいない。死んだとしても、たかが犬一匹です。しかもそれは産廃由来の原因ではない。だから、皆さんが南西ケミカルの産廃で死ぬリスクを恐れているとすれば、むしろ落雷で死ぬリスクをこそ、無限大に恐れたほうがいい、ということになりますな』

『詭弁だ！　落雷と環境汚染を一緒くたに論じるなんて、科学者のすることですか！　こんな御用学者の詐欺《さぎ》まがいの言い分は認められない！』

劣勢を跳ね返すようにラコステは声を張り上げた。

『犬の死因についての今の説明は御用学者を使った一方的な見解だ！　だいいち、客観的証拠がない！　具体的なデータを出しなさい！　それに、河原さん！　アンタのような定年退職して、嘱託で働いているようなロートルじゃ話にならない！　嘱託なんて臨時雇いのアルバイトじゃないか！　南西ケミカルは住民を舐めてるのか？　もっとまともな責任者を出せ！』

池谷は勝ち誇った笑みを浮かべてラコステを嘲笑《ちようしよう》するように眺めているが、河原は顔を紅潮させつつも、冷静に懸命に、応答しようとしている。

『ええ、わたくしは現在嘱託ではありますが、問題の場所を弊社が買い上げ、使用させていただくようになりました時から、その用地買収、汚染防止のための施工等、一連の工事を全部つぶさに見て参りまして、責任者はわたくしでございましたので、この場に出させていただき、住民の皆様に説明をさせていただくという、かような次第でございます』

殺された河原は、思いのほか腰が低くて、そつの無い人物だ、という印象を佐脇は抱いた。企業の総務にはよくいるタイプだ。こういう人物は得てして対外的なむずかしい交渉、汚れ仕事などを一手に引き受けさせられることが多い。その意味では、気の毒な役回りを背負《せお》わされていたと言える。

そんな河原老人に、ラコステは容赦《ようしや》なく食ってかかっている。

『人殺し！　殺人企業の手先！　お前のようなやつがいるから悪徳企業がのさばるんだ！

あんた、札ビラ切ってみんなの生活や環境をぶち壊す企業の手先やってて、恥ずかしくないのか！　自分の仕事を家族に胸を張って話すことができるのか！　お前のようなやつは死ね！　死ね死ね死んでしまえ』

目を吊り上げて捲《まく》し立てるラコステの姿に、さすがの佐脇もあんぐりと口を開けてしまった。

「いや……こういう場では、キツ過ぎるくらいに言わないと、企業側は危機感を持たないんですよ。社畜な彼らは鉄仮面だから」

「鉄面皮、ね」

さりげなくオカッパが訂正した。

「まあ、清水とかいう支社長は、何度も場を設けて説明してきたけどまったく理解されないと言ってたが、お互いがお互いの言い分を全否定してるんだから、理解もクソもねえよなあ」

佐脇は水野とひかるに、ちょっと出ようと声をかけた。


「あの二人、大筋では正しいんだろうが、どうも虫が好かねえ」

佐脇は二人を相手に不満をぶちまけながら、スパゲティを啜《すす》りこんだ。

すでにランチタイムが終わった佐脇御用達のレストラン・仏蘭西亭《ふらんすてい》には、佐脇とひかると水野の他に客はいない。

「だいたい、まともな仕事もしないで『市民運動』で食ってるってのが気に食わない」

「カフェをやってるじゃないですか」

そう言った水野を、佐脇は嘲笑した。

「あ〜んなママゴト、商売と言えるか！　あれはヤクザが自分のスケに飲み屋をやらせるようなもんだ。そもそもあのサ店だか何だか自体、オーガニックだかオルガスムスだか知らねえが、てめえの運動の延長だろ。『献血のプロ』みたいなもんだ。もっとも、売血は法律で禁止されてるがな」

佐脇に気圧《けお》されて黙々とカレーを食い始めた水野に代わって、ひかるが反論した。

「でも前はあの人たちと力を合わせて、悪徳パチンコ屋と巨大暴力団を撃退したじゃないの」

「あん時だって、最初から虫は好かなかったんだ。だいたいサヨクってのは理屈が多くて腰が重いし、その理屈も頭でっかちだから実用に乏《とぼ》しい。たとえば町内の美化とかいって、連中は市にやらせようとして署名を集めて予算獲得運動をやったりするが、そんなヒマがあるなら、とっとと自分たちでゴミ拾ってホウキで掃《は》けば済むって話だ。手っ取り早いしカネもかからない。基本的にあいつらは労働が嫌いなんだ。そのくせ、ボランティアとか聞こえのいい横文字が付いた途端、飛んでいって炊き出しなんかやったりしてな」

相当溜っているのか、佐脇は不満を捲し立てた。

「あの……私のグラタンに、アナタが口から飛ばしたスパゲティの赤い破片がいっぱい入ってるんですけど?」

じゃあこうすりゃいい、と佐脇は白いグラタンの上にタバスコをどばどばと掛けた。

「相変わらずデリカシーないのね」

「とはいえ、だ」

佐脇はひかるのイエローカードを完全に無視して話を進めた。

「オカッパとラコステの言ってることは正しいのか?」

「正しいと思う」

ひかるは頷いた。爽《さわ》やかなお色気で売っている女が見せる真剣な顔は、妙にセクシーだ。

「住民説明会の映像の通りよ。彼らの追及は間違ってないし、南西ケミカル側の答えは真っ赤な嘘。犬の件にしても、農薬で死んだなんて事実無根よ。あとから訂正しても、最初の一撃が一番記憶に残るから、犬が死んだのは飼い主が使っていた農薬のせい、という説が定着してしまったの。河原の作戦勝ちね」

「つまり南西ケミカル側の調査結果が間違っていたということではなく、いわゆる『確信犯』の作戦として、わざと大嘘をカマしたってことか?」

愛犬を失った女性の、言いたいことも言えず、ただ無念そうだった表情が脳裏《のうり》に浮かんだ。

佐脇は、すっかり寝覚めの悪い気分になり、不機嫌そうにナポリタンを啜りこんだ。今度は白いテーブルクロスにケチャップの飛沫《ひまつ》が飛んだ。

「犬の件は、ちょっと調べてみますよ」

「おお、そうしてくれるか」

水野の申し出に、佐脇は反射的に頭を下げていた。たかが犬、と軽く見て、被害の相談を突っ撥《ば》ねた事は、どうやら大きな失点だったようだ。それをごまかすように、水野のグラスにワインをなみなみと注いだ。

「いや、佐脇さん。ぼくは勤務中の飲酒はしませんから」

そうか？　と佐脇は水野のグラスを勝手に取って、一気に中身を呷《あお》った。

そんなやりとりを見ていたひかるは、話を先に進めた。

「それに、支社長の清水は何も知らないようなことを言ってたけど、南西ケミカルは鳴海にも結構なカネを投じてるのよ。あの辺にある公民館はやたら立派でしょ？　スーパー銭湯つきの公民館なんか、他所《よそ》の町にはないでしょ」

「それを作ったのは南西ケミカルだって言うのか？」

「そうよ。あの辺の道路整備のために、とか市に寄付という名目でかなりお金が出てる。お膝元のお隣とは規模が違うけど」

南西ケミカル創業の地で主力工場がある隣県は、貧乏県が多いこの地方の中では、群を抜いて恵まれている。トヨタ自動車のある豊田《とよた》市や愛知県のような豊かさだ。企業が従業員福祉のために建てた施設と、潤沢《じゅんたく》な税金で自治体が建てた施設が競い合い、道路も空港もJRローカル線の駅も立派だ。所得水準が高いので、他所では撤退が相次いでいるデパートや大規模ショッピングセンターも当地では繁盛している。

その反面、南西ケミカルとその系列会社の製品が幅を利かせて、ライバル会社の商品はほとんど店に並んでいない。他県ではマイナーなジュースやインスタント食品も、ライバルが存在しないから大手を振って主力商品になっている。『タカちゃんヌードル』は他県では誰も知らないが、隣県ではカップ麺と言えばまずこれしかない。

市場の独占は南西ケミカルと同一資本系列である企業の製品にも波及《はきゅう》していて、隣県では電化製品も、衣類も薬も化粧品もお菓子も、ほとんどすべての商品について、南西ケミカル系列企業が優遇されている。

だから、鳴海市には隣県からの買物客がやってくるほどだ。「ウチの近所じゃ買えないものが多い」かららしい。嗜好品《しこうひん》まで支配されてしまうのは辛いだろう。

「まあでも、南西ケミカルのおかげで仕事があって、いい生活が出来るんだからって、地元の人たちは割り切ろうとしてるわけよ。でも、鳴海市の住民にはそこまでの恩も義理もないから、住民説明会ではこういう風に容赦なく突っ込むワケよ」

「突っ込むといえば、ラコステはガイシャの河原にずいぶん突っ込んでたよな。もしかして、河原を殺《や》ったのは……」

そこで佐脇と水野は顔を見合わせた。

「……あの男のアリバイを調べますか？」

佐脇は頷いて、まさか、という表情のひかるに、河原殺人事件について怨恨《えんこん》の疑いもあるのだと説明してやった。

「一応だ。まあ、あの糾弾っぷりでは殺意がなかったとは言えんだろ。千に一つの可能性があれば、調べるのが刑事だ。身辺調査も合わせて、な」

「しかし、あの河原という人物は、産廃の経緯を一番よく知っていると言ってましたが、ああいう説明会には普通、現役社員の、それも幹部が出てくるものではないのでしょうか？　それなのに、以前は偉かったのかもしれませんが今は嘱託の老人が出てきたんで、ラコステさんも怒ったのかも」

水野の疑問はもっともだった。ひかるが頷いて説明をした。

「この前の事件で亡くなった、この河原恭一さんはずっと秘書室長で、社長の側近を務めて定年を迎えた人なのね。その社長・阪巻徹《さかまきとおる》氏は実務家肌、と言えば聞こえはいいけど、実際はコストカット以外に能がなく、出入り業者をいじめて絞るだけ絞って、それで良い数字を出して、ワンマンである現会長・阪巻祐蔵《ゆうぞう》氏に取り入って引き立てられたと言われている人。めざましい経費節減で、現会長の娘婿にまでなってる」

「時代劇風に言えば、大店《おおだな》の番頭が爪に火を灯《とも》してせっせと倹約に励み、それで旦那様の覚えめでたくお店《たな》のお嬢様をいただいたって絵図か」

まあそんなとこね、と佐脇にうなずいて、ひかるは解説を続けた。

「つまり現社長は番頭格でしかないのね。南西ケミカルの実権を握っているのは今でも会長だし、現社長は到底リーダーの器ではないと思われている。良くも悪くもワンマンで豪放磊落《らいらく》な人物と言われている会長にしてみれば、現社長のスケールの小ささは物足りないんでしょう。だから会長は、社長よりもむしろ孫である常務の阪巻祐一郎《ゆういちろう》を溺愛《できあい》してるそうよ」

「で、その阪巻祐一郎の次期社長就任は間違いなしと言われていて、会長の腹づもりでも、遠くない将来、現社長を勇退させて孫を後釜《あとがま》に据えたい意向みたいよ」

「社長は面白くないだろうな」

佐脇も覚えがあるが、上層部でやたら元気なジジイが威張っている組織は、下のものがヤル気をなくす。

「まあでも、血を分けた息子が次期社長ならいいのか」

「それがそうでもないみたいなの。会長と、その孫である常務は仲が良いけど、実の親子である社長と常務は、あまりうまく行っていないって、これは私が関係者から聞き出した情報なんだけどね」

「どうせ、お前さんたちうず潮テレビの女子アナやリポーターが、南西ケミカル若手社員と合コンでもしたんだろうが『取材力』は認めるよ。大したもんだ」

「だいたいお祭しの通りだけど、まあ社内のそういう人間関係ね、三代にわたる歴史と事情に通じて、調整役に徹していたのが、亡くなった河原さんだったというわけ。最近は会長の後ろ盾もなくなりかけて四面楚歌の社長にも、右腕として良く仕えていたそうよ。昔のことはあの人が一番よく知ってる、という存在でもあったようだから」

「それは、ぼくの聞いた話ともだいたい一致してますね」

ここで水野が口をはさんだ。

「親戚が隣のQ県にいて、南西ケミカルの本社に勤めてるんですが、やはり、代替わり間近ということで、いろいろあるようですね、内部には」

水野の言葉に反応したのは佐脇よりもひかるの方だった。

「というと?」

「これ、親戚が言ってた話ですから、ぼくがウラを取った話じゃないですよ」

慎重な水野はそう断ってから話し始めた。

「有能な幹部が一斉に定年を迎えて、会社に残った人もいるけど、辞めたり病気で亡くなったり他社に移ったりして、今はいろいろガタが来てるそうで。昔ほど業績好調じゃないということも大きいし……」

「昔の業績好調も、たまたま高度経済成長時代の波にうまく乗ったというだけのことでしょう？　南西ケミカルは先代の末期にもバブルの崩壊で業績が落ち込んで、それで銀行出身の娘婿である実務家肌の当代と交代したのね。今の社長がリーダーシップを執《と》ったというより、徹底した経費の節減と、先代からの幹部に優秀な人が多かったってことが大きかったみたいだから」

ひかるが補足して、水野に取材を始めた。

「じゃあ今は社内の雰囲気は良くないって事？」

「はっきり言って悪い、真面目《まじめ》に仕事する気がおきない、そう言ってましたね。本社勤めの親戚は。コストカットだけが取り柄《え》の当代じゃ社員の士気の上がりようがないけど、かといって、次期社長間違いなしの常務も、ボンボンがそのまま大きくなっただけの、要するにわがまま息子だから、ひどく人望はないみたいですよ」

「ねえねえ、人望がないって、具体的にはどういうことなの、水野さん？」

ネタ発見！　とばかりにひかるが目を輝かせて身を乗り出したので、水野は逆に引き、言葉を濁《にご》した。

「ええと、親戚も立場上、あまり詳しくは言わなかったんですが、なんというか、社内のモラルが落ちていて、上司が権力を笠《かさ》に着て高圧的に部下を従わせようとする、そういう雰囲気があるらしくて……」

「つまりそれはパワハラってことね。セクハラとかはどうなの？」

「さあそこまでは……ねえ、この話はもうやめましょうよ。又聞きだし、ウラが取れてる話でもないし」

昭和初期に肥料会社として創業して、浮沈を繰り返しつつ日本有数の化学メーカーとなり、系列企業を併《あわ》せると巨大な企業グループを形成する会社にしてからが、そんな状態なのか。

佐脇が奉職するT県警も、組織としてはどうかと思うことが多過ぎるが、もしかして県内のあらゆる組織が劣化しつつあるのか、いやこれはT県内にとどまらず日本全国に当てはまるのでは、などと考えるとうんざりして、佐脇はため息をつく代わりにワインをがぶ飲みした。


局に戻るひかる、聞き込みに行くという水野と仏蘭西亭で別れた佐脇は、酔いを醒《さ》まそうと、ぶらぶら歩き出した。

鳴海市も不景気が当たり前になってきたのか、街は落ち着いたたたずまいにさえ見える。軒並《のきな》みシャッターの降りた商店街も、なんだかずっと昔からそこにあった風景のようだ。

まあ、十年以上も続けば嘆《なげ》いてばかりもいられず、それなりに暮らしの算段をつけなければならない。

地元がダメなら遠距離通勤、というわけで、遠くに車で通う人が増え、ますます港に近い旧市街は寂しくなって、荒れ始めている。一昔前のニューヨークのスラムというか、ハリウッド製ギャング映画の舞台のように、車を持たないジジババと貧困層と若い連中の『棲《す》み処《か》』というべき場所になり始めている。飲み屋街もガラが悪くなりすぎて、普通の客が敬遠し始めているほどだ。

とはいえ、それ以外の場所は、ぬるま湯のような奇妙な無風状態の、のどかな空気に満たされている。街には人が行き交い、食べもの屋は繁盛している。食い道楽の多い鳴海では、景気が悪くても美味い店には人が集まって賑やかだ。不平不満があっても暴動は起きない。デモだって、さっきの、あの程度のものでさえ、驚天動地というほどに目立ってしまう。かといって人々が物言えば唇寒し、と萎縮《いしゅく》しているわけでもなく、それなりに楽しそうに暮らしているから無気力なのでもない。いや、何をやっても変わらないという諦めのせいだとしたら、やっぱり、ある種の無気力に支配されているのか。

しかし、佐脇はそういうヌルい感じが嫌いではない。世の中、あまり何もかもビシビシと決めつけ、テキパキ行動する奴が多過ぎては息苦しい。ヌルくてスカスカなほうが生きやすい。

だからこそ勤務時間に酔っ払っていてもなんとかなる。

佐脇は公園のベンチに座ってタバコを吹かした。

もう一本吸おうとした時、二つある携帯の一つが鳴った。プライベートの方だ。

『もしもし、師匠？』

いきなり師匠呼ばわりされて面食らったが、自分を師匠などと呼ぶふざけたヤツは一人しかいない。

性格にはおおいに問題はあるが、コンピューターとＩＴ関連、および隠された情報を入手する技術にかけては天才的な手腕を誇る自称佐脇の弟子・横山美知佳《よこやまみちか》だった。

「お前どこから掛けてる？　人前で師匠とか言わないほうがいいぞ。バカだと思われるからな」

『まあ、そんなことはいいから。ちょっと会えないかな？』

師匠と呼ぶくせに師匠に対する敬意などおよそ籠《こも》っていないタメ口で、美知佳は頼み事をしてきた。

『ちょっとヤバいケースに関わってしまって。アタシ一人じゃ手に負えない感じなんだよね』

「助けろってか？　お前らはいつもそうやっておれを気軽にケツモチに使ってくれるが……」

佐脇が警官ではなく県立高校の教師でもあれば、まさに生徒の年齢に相当する美知佳と話していると、そんな柄ではないと知りつつも説教口調になってしまう。文句は言うが、頼りになると判っている美知佳は、『じゃあ今夜八時ごろ、「ハードロック・パブ」でね！』と言って電話を切ってしまった。指定された『ハードロック・パブ』とは、似たような名前の有名店のパクリで、やたらやかましい音楽を掛けて酒を飲ませる店だ。

署に戻った佐脇は、デモのおかげで中断を余儀なくされた事務仕事を夜までやり、八時を過ぎて店に向かった。

自分で呼び出しておきながら、美知佳はまだ来ていなかった。

佐脇にしてみれば騒音でしかない音を聞かされて待つのはバカらしい。

ミラーを一本飲んでも美知佳はまだ来ないので、佐脇は席を立とうとした。そこに、黒ずくめの服を着た、がりがりに痩《や》せた女が駆け込んできた。

「悪い！」

海賊でもあるまいに、髑髏《どくろ》のマークがでかでかとプリントされた黒いTシャツに、これも黒のスキニージーンズ、ショートカットの髪の色は真っ黒だが、ハリネズミのようにつんつんと立たせている。目の周りの化粧も真っ黒で、殴られてアザになっているのではないかと思うほどだ。

「お前、相変わらず顔中が金属の輪っかだらけだな？　落雷して感電しても知らんぞ」

「これでも大分はずして来たんだよ。『クライアント』に引かれちゃ困るからね」

以前の、鳴海市出身の、猟奇殺人の前科のある元少年が人気弁護士になり、佐脇を陥《おとし》いれようとしてきた事件でかかわり合いになった美知佳とは、助けたり助けられたりした結果、よく判らないままに「師匠と弟子の契《ちぎ》り」を結ばされていた。

「誰だよ、その『クライアント』とやらは。カウンセラーでも開業したか？」

「その話なんだけど、ゴメン。師匠に会わせたい人がいたんだけど、急に尻込みしちゃって、実名を警察に知られたくないから来ない、と言い出しちゃったから」

美知佳は佐脇にその人物を引き合わせたかったらしい。

「井上香苗《いのうえかなえ》さんっていうんだけど……あ、名前言っちゃった」

匿名《とくめい》希望だという女性の名前を、美知佳は簡単に言ってしまった。

「お前、もっともスパイに向かないタイプだな」

ハイハイと応じた美知佳は、とりあえずビールとハンバーガーを注文した。

「ところでどうしてこんなやかましい店にしたんだ！」

佐脇は弟子を叱《しか》った。

「だから、こみ入った話だから、他人に聞かれたくないんだよ」

「だったらお前の部屋にすればよかったろ！」

「それは嫌だって先方が言ったの。いろんなことに怯《おび》えていて、誰も信用できなくなってるみたいで、人目のあるところじゃないと駄目だって」

会ったこともない相手に、ここまで疑われるとはどういうことだ。話の見えなさに佐脇はイライラしてきた。

「まあいい。話を聞こう」

美知佳が言うには、ネットに入り浸《びた》っている彼女がセクハラやレイプ、女性が人に相談しにくいことを解決するためのサイトで知り合ったのが、その女性・井上香苗なのだという。

「井上……じゃなくて、その匿名希望の彼女ね、彼女が勤めているのは、この近辺に本社がある、結構大きな会社なんだけど、絶対秘密にしてほしい、会社にいられなくなるからって、それを条件に、いろいろ話を聞いて……というのは、彼女、とっても怯えてるから。アタシの知り合いに、凄い腕ききの刑事サンがいるから、本職に相談に乗って貰おうよって説得したんだけど……いろいろバレると自分だけじゃなく家族までが困るって言うから」

「その会社ってのは、よっぽどデカいんだろうな。っていうと、それだけで絞られてくるぞ」

「それは、想像にお任せするけど」

美知佳は無責任に言うと、運ばれてきたハンバーガーにかぶりついた。

「で、そのヒトは、企業内セクハラを受けているのか?」

「そうなの。それもかなり悪質な」

美知佳はまず、証拠を摑《つか》むようにと彼女を説得して、ICレコーダーを貸し与えて、美知佳自身が深夜、彼女の勤め先に出かけて隠しカメラを設置した。

「で、セクハラの動かぬ証拠を握ったんだけど……やっぱり彼女は訴える勇気が無いって。『この件はなかったことに』って、相談したことすらなかったことにしてくれって言ってきて。その時、なんか変だなあと思ったんだけど、そのあと」

美知佳と彼女・井上香苗だけしか知らないはずの、セクハラの証拠であるICレコーダーで録音した音声と隠しカメラの映像が、どういうわけかネットに流れてしまったのだ、と美知佳は訴えた。

「しかも、彼女と、セクハラしてる奴の両方に、正体が判らないように顔にボカシがかかって、声も変えられてキンキン声になってって」

「そのへんはおれよりお前の方が詳しいだろ」

「アタシと彼女だけしか知らないモノが、どうしてネットに流れたのか、そのことが問題ってワケじゃないの。いや、それも大問題なんだけど、そのとんでもないセクハラが行なわれた場所が、南西ケミカル本社だって事が判るように加工されてたこと、そこが問題なんだよね」

「お前……」

佐脇は呆《あき》れ果てて美知佳を見た。

「極秘のはずの、彼女が勤めてる会社の名前、言っちまったぞ」

「まあ、それもいいの。その映像を見て貰うつもりだったから」

美知佳はｉＰｈｏｎｅを取り出すと、画面を佐脇に突きつけた。それは、隠し撮りで押さえたセクハラの実況映像だった。

制服らしい紺色のスーツ姿の若い女性を、上司らしい男が羽交《はが》い締めにして、胸や脚を触り放題に触っている。なるほど、いまどきここまでのセクハラは滅多にお目にかかれるものではない。セクハラというより、もはや強制わいせつのレベルに達している。

『キミの内腿《うちもも》にある三つ並んだほくろ、あれが実にセクシーだ……』

などと言いながら、男はキスを迫っている。『井上香苗』だという若い女性は必死で避けようとしているが、結局は力に負けて抱き寄せられて、男に覆《おお》い被《かぶ》さられてしまった。

「隣県の話なら、おれは所轄《しょかつ》が違うしなあ」

「でも、井上さんが住んでるのはここ、鳴海市なのよ」

佐脇はビールを飲んで、美知佳を見た。

「で？」

「で？　って……。これ、事件に出来ないの？」

美知佳は、佐脇を正面から見据えた。

「無理だな。まず、これは親告罪だ。被害者が被害届を出すなり告訴するなりしないと、警察は動けない。でも、当人には、その意思がないんだろ?」

「会社に迷惑をかけるようなことは出来ないって。彼女のお父さんも南西ケミカルに勤めていて、亡くなってからも会社はいろいろとよくしてくれてたらしいの。それに彼女のお母さんも系列の会社にパートで勤めてるって」

「やっぱり無理だな。おれとしてはそう言うしかないな」

「でも」

美知佳は諦めない。

「この映像と音声、ネットで広まっちゃってるのよ」

「広めた犯人を捕まえるのか? それも、告訴がないとなあ」

「あのさ、アタシ調べたんだけど」

美知佳は佐脇を、この石頭、と侮蔑《ぶべつ》するような目で見た。

「事件の被害者じゃないヒトでも訴えることは出来るんでしょ?」

「告発、な。第三者も訴えることは出来る。けど、性犯罪についてはいろいろと微妙だな。個人のプライバシーが絡む以上」

「じゃあ、このネットの方を事件に出来る?」

美知佳はあくまでも事件にしたいらしい。

「誰かが映像を盗み出して、勝手に加工して、勝手にネットに流してるんだよ。これは事件に出来るでしょ？　っていうか、この映像はアタシの機械で撮ったんだから、アタシは立派な当事者じゃん！」

映像を加工して勝手にネットに流したのはお前自身だろ、と突っ込むまでもない。自作自演の、おまけに自爆覚悟で、美知佳は自分が逮捕されるのも辞さないつもりなのだ。それほど、このひどいセクハラに腹を立てているのだろう。

「あのな。お前が、明白なセクハラなのに被害者が泣き寝入りして、このクソ男がのうのうと罪を逃れるのが許せないという、そういう気持ちを持つのはよく判る」

だけどな、と佐脇は続けながら、おれも分別くさくなっちまったなと内心自嘲した。

「けどな、この件は、井上さん本人の気持ちが一番優先されるんだ。お前も女なら、そのへんのデリカシーを判ってやれ」

そう言いつつ、どうしてここに来て急に「南西ケミカル」絡みのあれこれが湧いてきたのだろう？　と佐脇は訝《いぶか》しんだ。

＊

一連の事件の元ともいえる、南西ケミカルの鳴海廃棄物処分場は、頑丈な鉄の扉と有刺鉄線に囲まれている。処分場として使われなくなって久しいが、朽ちて自然に還るという風情ではない。

あらためて現場を検分にやって来た佐脇は、強力な懐中電灯で産廃の中を照らしてみた。

存在は知っていたが、こうやって処分場をじっくり見るのは初めてだ。

河原恭一が殺されて死体が転がっていたのは、山道をこの産廃に登ってくる途中の雑木林だった。その現場から産廃は目と鼻の先にある。

もともと、人里離れた山中に作られたこの処分場だが、今は周辺の開発が進んで、山の下には住宅街が迫っている。しかし、産廃には近寄るものはなく、深夜ということもあって、深閑としている。

昔は大型ダンプが行き交っていただろう駐車場のような空き地には掘っ立て小屋のような木造の建物がある。いわゆる管理棟とでもいうものだろう。その脇には、大きな穴が掘られていて、懐中電灯の細い光に照らし出されるのは、主として錆びたドラム缶だ。

そのドラム缶は、汚れた水の中にある。浮かんでいるのか、周囲を水で満たされているのかよく判らない。

巨大な穴は幾つもあって、満杯になると次の穴、という風に掘られていったのだろう。どの順番で掘られたのか、佐脇は知らない。

穴の上には、ビニールシートの残骸があった。以前はもっときちんとシートが被せられて固定されていたのだろうが、経年劣化でシートはボロボロになって朽ちている。メンテナンスの痕跡は見当たらない。使われなくなったまま、放置されているのだ。

「なるほどね……」

佐脇は、近くの木に寄り掛かろうとして、慌てて手を引っ込めた。その木は、根元がぐらついて、倒れてしまいそうだったからだ。かなり高い木なのに。

その木を照らしてみると、どうも葉に元気がなく、色も悪い。枯れかけているのか……。

びょおおお、と一陣の風が吹いた。

その風は巨大な穴の方向から吹いてきた。吸い込んだ途端に、佐脇は激しくむせた。げほげほと咳をしたが、それはいきなり風に吹かれたせいか、風に有毒ガスが含まれていたのか、はたまた異様な雰囲気に作用されたものか、定かではない。

急に寒気を感じた佐脇は、朽ちた産廃処分場から足早に立ち去った。

第二章　犯人は誰だ

「河原恭一の解剖所見が出た。聞きたいか？」

職員食堂で具が溶けてしまったカレーに大量のウスターソースをかけて食べていた佐脇に、鳴海署指定の警察医・間島《まじま》が訊いた。

「聞きたいに決まってるだろう！」

わざわざ食堂にやってきた警察医は佐脇とは顔なじみで心やすい間柄《あいだがら》だ。悪漢刑事の乱暴な口調にも慣れている。

通常、司法解剖は大学病院で法医学の専門医によって行なわれるが、T県のT大学医学部には常勤の法医学者はいない。鳴海署の場合、以前からの関係で、私立の国見《くにみ》病院に司法解剖を委託している。この国見病院はかつて佐脇が片腕とも思っていた大事な部下が殺された件を、政治家からの圧力で「自殺」とし、さらには向精神薬を地元の若者に横流しするという不祥事を起こした過去があるのだが、長年の関係を重んじる県警の意向もあって、委託は続いている。

「食事中に聞く話じゃないと思うが、いいか」

「女とやってる最中でも話は聞くぜ」

「しかし、朝からカレーか？」

「知らないのか？　朝カレーって流行《はや》ってるんだぜ」

「もうとっくに廃《すた》れたよ」

佐脇は関心なさそうに「ふ〜ん」と返事をした。間島は、やれやれ、という表情で手にした書類を見ながら話し始めた。

「結論から言うと、ホトケは死後三日ほど経過している。すなわち、死亡推定時刻は、六月十七日の午後十時から十八日の午前一時の間。死因は窒息。泥が気管支まで詰まっていた。相当大量に詰め込まれたようだ。鑑識が採取した、死体発見現場のものと同じ泥だ。現場で無理矢理、口の中に入れられたんだろう」

「残酷だな。相当、恨みを買ってたのかね、あのガイシャは」

「まあ、かなりの力と根気がないと、あれほどの泥を、嫌がる人間の口にはねじ込めないだろうね」

ふーんと言いながら平気でスプーンを口に運ぶ佐脇を、間島は呆れたように見ている。

「食欲に影響は無いようだな」

「デカをやってると平気になるんですよ、センセイ」

「で、これは鑑識か科捜研の仕事だろうとは思ったが、一応、泥の成分を調べてみた。すると……」

もったいぶった調子で間島は、「聞きたいか？」と訊いた。

「いいから結論を言ってくれよセンセイ」

不機嫌になった佐脇がドスを利《き》かせて凄んだので、間島は鼻白んだ。

「六価クロムだ。泥から六価クロムが検出された。現場周辺の土壌からも、同じく六価クロムが出た。ほとんど同じ濃度だ」

「六価クロムって毒だよな？　じゃあ死因は窒息と急性中毒ってことか？」

「いや、六価クロムはたしかに有毒物質だが、急性中毒で死に至ることはない。毎日摂取するうちに皮膚病や癌を引き起こす」

「そいつは妙だよな。ただ殺すだけなら、首絞《し》めた方が手っ取り早い。それをわざわざ泥を詰めて殺すっていうのは、泥に意味を持たせたってことかね？」

佐脇はそう言いながら、真っ赤な福神漬をポリポリと食べた。

「医者に捜査上の意見を求めないでほしい。まあ普通に考えれば、そういう可能性も大いにあるとは思うがね」

そこへ、水野が階段を駆け上ってやって来た。

「佐脇さん。長谷川邦夫《はせがわくにお》の十七日夜から十八日朝までのアリバイはありませんでした！」

「誰だ、長谷川邦夫ってのは」

「あ、通称『ラコステ』の本名です。長谷川邦夫五十七歳。地元の高校を経て京都大学卒業後、大阪の夕刊紙の記者になり、病気退職後帰郷して市民運動に専従」

「さしずめ学生時代はバリバリのサヨクだったが、就職したマスコミがバリバリの保守系だったので病気を口実に退職っていうパターンじゃないのか?」

なんのことかと黙って話を聞いている間島に、佐脇はかいつまんで説明してやった。

「ラコステってのは我々がつけたあだ名でね。ヤツは、南西ケミカルの産廃問題で会社側の責任を追及する急先鋒なんだよ。産廃周辺が六価クロムで汚染されていると具体的なデータを示してね。ガイシャが生前出た説明会でも死ね死ねと、面と向かって罵倒《ばとう》していた。殺害する動機あり、と見なされても仕方ないな」

間島は、なるほどと頷いた。水野が説明を続ける。

「で、佐脇さん。ラコステこと長谷川は、事件当夜のアリバイがないのです。本人はちょっと野暮《やぼ》用があってとしか言わないし、周囲にも、長谷川と事件当夜に現場とは別の場所で会うか、もしくは姿を見た者がおりません」

「オカッパもか?」

はいもちろんです、と水野は頷いた。

「あの夜に限って、長谷川の行動確認が取れないのです」

「そうか。そいつは問題だな」

佐脇も水野も、死んだ河原を激しく糾弾《きゅうだん》するラコステの映像を思い浮かべていた。

「動機は、河原の誠意のない対応に激怒して、か？　天誅《てんちゅう》を下す、みたいな気持ちか」

「あるいは、なんらかの理由から口実を設《もう》けてガイシャをあの場所に呼び出したが、話をするうちに激高して衝動的に殺してしまった、という可能性もあるかもしれませんね」

「怒った勢いで見境もなく、相手の口に……」

間島も口を挟んだ。

「無害というならこの泥を食ってみろ、とばかりに、怒りにまかせて泥を押し込んだ？」

説明会でのラコステのあの勢いを見れば、その線も捨てがたい。

「まあ、よく言えば一本気で、自分の信じるところを貫くタイプと言えるんだが……一緒に闘ったこともあるから、そのへんは良く判ってる」

と、佐脇は爪楊枝《つまようじ》で歯をせせりながら、無造作に言った。

「ああいう性格のヤツは、思い込んだら試練の道をって、わざと敵を作って、自分の気持ちも含めて煽《あお》りに煽って、あげく、拳《こぶし》の下ろし方を見失う場合が多いんだよな」

佐脇は、水野に目で同意を求めた。

「ダメモトで、ちょっと引っ張ってみるか？」

佐脇は冷たくなったコーヒーを一気に飲み干《ほ》して席を立った。

二時間後、佐脇と水野は、「鳴海市をよくする会」の事務所兼喫茶店、その名も『オーガニック・カフェ鳴海』に向かっていた。店に入る路地の近くで警察車輌は帰した。逮捕ではない以上、パトカーに乗せて連行は出来ない。

「しかし……あの長谷川さんが参考人聴取に素直に応じるとは思えませんが……」

心配顔の相棒を、佐脇は笑った。

「心配するな。おれだってそう思ってる。プロ市民は基本的に反体制だから、自分が疑われてると察したら、おとなしく警察には来ないだろうよ。だけど、今はまだ逮捕状を取る段階じゃないしな。参考人聴取にゴネるようなら、任意同行してしまおう」

任意同行はしばしば「任意」ではなく、逮捕状のない逮捕として、警察が都合良く使う手法だ。佐脇もこれまで、さんざん便利に使って来た。

店には、オカッパとラコステがいた。店は相変わらず閑古鳥《かんこどり》が鳴きっぱなしで、二人は難しい顔をして本を読んでいる。

「いつもここは静かですな。図書館みたいだ」

ＢＧＭも流さない店内は、時計の音だけがこちこち響いている。商売っ気がないと言うよりも、そもそも商売する気がない。

「おかげさんでね。読書が進みます」

ラコステは、佐脇の皮肉に気づかず、褒められたと思ったようだ。

「つきましては、お勉強中のところ恐縮ですが、長谷川さん、ちょっとお話を伺えません か」

「ええと、どういう件でですか?」

オカッパが訊いたが、佐脇はぴしりと返した。

「長谷川さんにお訊きしたいことが二、三ありまして。宜《よろ》しければお話を伺いたいのですが」

「どういうことです? 事情聴取って事ですか? 参考人として?」

さすがプロ市民はこの分野には詳しい。

「河原氏が殺害された事件に関連のありそうな、南西ケミカル側の事情についてもっと知りたいと、そういうことでしょうか?」

「ま、いろいろと。ここではナンですので、署で話を伺えますか?」

「ということは」

ラコステこと長谷川邦夫の顔はにわかに険しくなり、身構えた。

「任意同行ってことですか?」

「いえいえ。あくまで参考に伺いたいので、参考人聴取ということで」

「なんについて? まさか私が河原を殺した犯人だと思ってるんじゃないよね?」

「まあ、詳しいことは向こうで話しましょうや」

佐脇は用件を口にせず、水野にはタクシーを呼んでこい、と命じた。

「なんだよ、いきなりかよ。これって、任意同行だろ。だったら、おれは拒否する。任意なんだから、イヤだと言えるんだよな?」

一気に『反体制』のスイッチが入ったようだ。のほほんとしたヨレヨレなダメオヤジ風の顔が、一気に闘士に変貌《へんぼう》した。説明会で河原に詰め寄った時と同じだ。

「あんた、パチンコ屋の件では一緒に組んで、ポリのくせに知恵が回って話の判る男だと思っていたが、やっぱりポリはポリか!」

「だからこれはあくまで参考人として話を聞きたいって事だから。任意なんだから、アンタがイヤだと言えば強制は出来ない。出来ませんよ」

「じゃあ、拒否する。警察で聴取なんて、犯人扱いじゃないか。そうやって拷問《ごうもん》まがいの取り調べをして、そっちが望むようなことを喋らせて、おれを犯人に仕立て上げるんだな? そうなんだろ? これは冤罪《えんざい》だ! 今まさに冤罪が生まれようとしている!」

エキサイトしたラコステは立ち上がって叫び始めた。

「冤罪を生む強引な捜査に、抗議するぞ!」

「あたしはアンタを守るからね! 他のメンバーにも電話して、断固阻止《そし》してやる!」

ラコステのみならず、オカッパの闘争本能にも火をつけてしまったので、佐脇は天を仰いだ。

案の定だ。これは思った以上に難航するぞ。

「だいたい、警察は任意同行を便利に使いすぎる！　逮捕状も取らずに逮捕するようなもんだからな！」

「だからさあ、話を聞くだけだって言ってるじゃないか！　『真昼の暗黒』とか『帝銀事件』とか、そういうんじゃないんだから」

「ナニ言ってる！　つい最近だって厚労省の何も悪いことをしていない局長が冤罪でひどい目にあったじゃないか！　富山のタクシー運転手さんも栃木のバスの運転手さんも刑務所に入れられたじゃないか。高知の一件もそうだ！　警察も検察も裁判所も全員がグルだから、捕まったら最期《さいご》なんだよ！」

「いやまあそれは……」

戦後すぐの事件ならともかく、最近の事件を引き合いに出されると弱い。さすがの佐脇も言葉に詰まった。

「だいたい警察は人権を無視して平気だからな。他人様《ひとさま》を捕まえようってのに、例のヤツを言わないじゃないか！『自己の意思に反する供述《きょうじゅつ》をする必要はない』ってヤツ。刑事訴訟《そしょう》法第百九十八条第二項、および憲法第三十八条第二項に違反するぞ！」

「……憲法第三十八条第一項、ですよね」

タクシーを手配していた水野が、さりげなく訂正した。

「どっちにしても、不当逮捕だ！　訴えてやるっ！」

ラコステはトリオ芸人のフレーズを口にした。

「あのですね、『供述拒否権の告知』は聴取を始める前にするのであって、こういう場所では言わないし、そもそも参考人聴取の場合は、それ以前の段階なんだから、告知はしなくていいんですよ」

水野はあくまでも参考人であることを強調した。

「あ、タクシーが来ました」

店の前にタクシーが横づけされた。

「絶対に行かないよ！　だって、おれにはアリバイがある！」

「イヤイヤ、アリバイとかそういうのは関係ないから」

と言いかけた佐脇は、言ってしまってから「あ？」とラコステに聞き返した。

「なに？　アリバイがある？」

「そうさ。おれには立派なアリバイがある」

彼はそう言って、財布からカードとレシートを取り出した。

「この前、そこの水野サンに訊かれた時はごまかしたんだが……河原さんが殺されたのは十七日の夜なんだろ？　その日の夜、おれはここで遊んでた」

押しつけられるように渡されたのは、二条町《にじょうちょう》にあるコスプレイメクラ『鳴海ハイスクール』のものだった。レシートには入店日時が刻印されていた。その時刻は、十七日の午後十時。二時間コースを三十分延長して、退店したのが零時三十分。これは犯行推定時刻とほぼ完全に重なっている。

どういうことだ？　話が違う。

「けどあんたは、水野が訊いた時には言葉を濁したそうじゃないか。それに、あんたの周囲の人間が事件当夜の、あんたの行動について、誰一人知らないのはどういうことだ？」

「言えなかったんだよ！　市民運動のリーダーがフーゾクに行ってたなんて！」

ラコステは自棄《やけ》になって大声で言った。

「店に訊いてみなよ。おれは十七日の夜十時に、この店のユリカちゃんと……その……プレイを」

「え？　何プレイ？」

急に声が小さくなったので、ラコステの言葉が聞き取れない。

「ユリカちゃんと、その、ブルマーのプレイを」

「なんですか、それは？」

フーゾク遊びをしない水野が、純粋に質問した。

「だから、ユリカちゃんが体操着姿で、いろいろしてくれたり、ブルマーを脱がしたり、いろいろするんだよ!」

それを聞いた瞬間、オカッパが、「まあ、なんてイヤらしい!」と吐き捨て、露骨に軽蔑の表情を浮かべた。

「な。こういう反応が怖かったんだ……だから、誰にも言わずにこっそり店に行ったし、あの夜のことについては、絶対誰にも秘密にしておきたかったんだ」

店のカードを見ていた水野がぽつりと言った。

「スタンプあと一つで五千円割引になるんですね。つまり……常連」

ラコステは苦渋に満ちた顔になって、頭を抱えた。

「ああああああ。おれの、活動家としての地位が、名声が、永久に失われてしまった……」

「そんなもん、元からあったのか?」

彼のあまりの苦悩ぶりに、佐脇はつい茶化さずにはいられない。

店の隅で携帯電話を使って話していた水野が、通話を切って佐脇に頷いた。

「一応ウラが取れました。事件当夜、長谷川さんらしき人物が、その『鳴海ハイスクール』で百二十分コースを利用して、延長までしたそうです」

「その人物が確かに長谷川さんだったかどうか、確認してこい」

急に「長谷川さん」とさん付けにした佐脇は、じゃあそういうことで、と店を出ようとした。

しかし、それではラコステが収まらない。

「オイ待てよ。お詫《わ》びの言葉も言わずに退散か。おれの失われた名誉はどうなる！」

そう言って佐脇の行く手に立ちふさがった。

「けどこんな事すると、公務執行妨害で捕まったりして？」

かなり自棄になっているのか、ラコステは佐脇を挑発するようにへらへら笑った。

「このまま帰るのはひどいだろ。ウチを引っかき回しといて、ホナサイナラ、か？　まず、参考人聴取とか言っても、本心はおれを犯人だと疑ってたって、きちんと認めなさいよ！」

彼はそう言いながら、目でオカッパを示した。

オカッパは、同志がエロ汚染されていたことを知って侮蔑の表情を浮かべている。これをなんとかしてくれと、ラコステは目で哀願しているのだ。

「ええとですね、当職があなたを疑っていた可能性についてはともかく、次のことだけは断言できます。すなわち健康な成人男性が合法的に遊ぶことに、なんの問題もありません。日本の法律は、男性が女性と金銭の授受を前提に、ある種性的な内容を含む契約を交わすことを『すべて』禁止するものではありません。道徳的にも、他人がどうこう言う筋合いもないと思われます。たとえ神や仏に仕える身であっても、酒を飲み肉を食らい妻帯します。従って、市民運動家が仮にフーゾクに行ってブルマー遊びをしたからと言って、長谷川さんのこれまでの功績には、微塵《みじん》も傷が付くことは無いのであります！」

佐脇は棒読み口調で言った。

「そういう言い方は傷に塩をすり込むようなもんだろ！」

ラコステはいっそう腹を立ててしまった。

「謝罪になってない！」

判った判った、と佐脇は頷いた。

「おれが、長谷川さんを、河原恭一殺しの被疑者ではないかと多少なりとも疑ったのは事実。だから事情を訊こうと思った。しかし、事件当夜のアリバイがある以上、聴取する必要はなくなり、おれが抱いた疑いは、完全に晴れました。その意味で、長谷川さんを疑ってしまったことについては誠に申し訳なかった。謝ります」

そう大きな声で言ってから、小声で付け加えた。

「もっと謝る方がいいか？」

「もういいよ。おれの疑いは晴れたわけだろ」

「正確には、『鳴海ハイスクール』の店長に会って確かめた上でということになりますが」

水野が几帳面《きちようめん》に言った。

「いえ、まだ疑ってると言うんじゃなくて、あくまで確認のためですが」

ラコステは渋い顔をしたまま、追い払うような手振りで、二人の刑事を店から追い出した。

　捜査は振り出しに戻った。というか、まだ手をつけたばかりだ。

「やっぱりちょっと安直でしたね」

「いや、ま、命拾いしたってとこか。逮捕状を取ったりしちまえばアレだったが」

　任意同行を求めないでよかったと佐脇は内心ホッとしていた。揉めに揉めて警察に連れてきて、その後アリバイが成立したことが判ったら目も当てられない。

「慌てる乞食《こじき》は貰いが少ないとの、故事の通りだ」

「故事ではなくコトワザだと思いますが」

「とにかく、ラコステを引っ張ろうとしたのはお前の不用意な一言が原因だ。結局、アイツに下げたくもない頭を下げるハメになっちまったし……何もかもお前のせいだ！」

　責任を擦り付けられて、水野は不満そうに「ドウモスミマセン」と小声で謝った。

　そのまま水野はウラを取りにくだんのフーゾク店に向かい、佐脇は気を晴らすためにラーメン屋に行った。酒を引っかけたいが、さすがにこんな昼間からは飲めない。

　となると、次善の策は美味《うま》いラーメンを食うことだ。ラーメンのチェイサー代わりにビールを飲むくらいなら天も許したもうだろうと、なんの天だか本人も判らないが、行きつけの『ラーメンがばちょ』の暖簾《のれん》をくぐって「全部入りラーメン」とビールを注文した。

店名はふざけているが、昔ながらの由緒ある白湯《パイタン》スープを使ったラーメンは、極めて美味い。

珍奇なラーメンを探す無責任なマスコミとラーメン評論家が、隣街にある奇妙な味のラーメンを派手に紹介した結果、T県のラーメン地図は完全に狂ってしまった。すき焼きの汁にラーメンをぶち込んだような甘ったるい唾棄《だき》すべき下品なラーメンが栄華を誇っているのだ。これはもう、この街に住む人間としては嘆かわしい限りの、惨めな状況だ。

だがしかし、この店だけは、佐脇が愛する昔ながらの味を守っている。

鶏ガラと豚骨を煮込んで臭みと苦みを丁寧に取り除いたスープは奥が深く、キツい味に慣れて舌が馬鹿になってしまった味音痴タレントやラーメン評論家には、理解出来ない滋《じ》味《み》に溢れている。地味だが滋味。

白くて上品な白湯スープに中太麵。上には控えめなチャーシューと豚角煮、ナルトと海苔、そして味付け玉子に、どっさりと入った青ネギ。

これを啜りこみ、口の中で咀嚼する時の、何とも言えない至福。

世の中の、どんな贅沢な食べ物にも勝るものは、この店のラーメンだ、と声を大にして叫びたい。

至上のラーメンを食べ、ビールで喉を潤すと、腹立ちも収まった。気分も変わった。

とはいえ、捜査の名案も浮かぶだろうと思ったが、全然浮かばない。その上、『鳴海ハイスクール』に裏取りに行った水野から、店長にラコステの顔写真を見せてアリバイの確認が取れたという電話が入ったものだから、佐脇は余計ムカついた。

何をする気も起きないが、こういう時は、手をつけやすい案件から片付けるしかない。

佐脇は、昨夜、美知佳から聞いた件から片付けることにした。別件でも少し解決すれば、少しは気も晴れるだろう。

美知佳に電話してみると、彼女も今電話しようとしていたところだと言う。

『あれから香苗さんと話し合ったんだけど』

「香苗さんって誰だっけ」

『だから、昨日話したセクハラ被害を受けてるヒトよ！』

美知佳は苛立たしげに言った。

『彼女、ちょっと考えを変えたみたい。とにかく、アンタに会って話をしてみようかって』

師匠がいきなりアンタに格下げされたが、それはまあいい。

一時間後に、セクハラ被害に遭っている香苗という女性を交えた三人で会うことにした。

そうなると、ビール臭いのはマズい。

佐脇は慌てて口臭防止の錠剤を飲んだ。

静かな場所で他人に話を聞かれないところと言えば、ラブホかカラオケボックスだ。オヤジ一人にパンクな女、対照的に地味で清純そうな若い女という奇妙な一行はカラオケボックスに入り、飲み物を運んできたスタッフが部屋を出たあと、佐脇が話の口火を切った。

「だいたいの話は、こっちのヒトから聞いてますが」

井上香苗は、もともと色白な上に緊張しているせいか顔色が蒼《あお》い。小柄で、いかにもおとなしそうで、服装も髪型も化粧も地味。虐《いじ》められやすいタイプの、まさに典型と佐脇の目には映った。

「で、訴える気になったんですか？　この種の不法行為は親告罪ですから、訴えがないと我々としては動けないんです」

香苗は、はい、と小声で言ったが、慌てて「まだ決めてないのです」と付け加えた。

「今日は、刑事さんに会ってみようと思っただけです」

おれに会っても仕方がない、と言いそうになったが、被害者と打ち解けた関係を作るのも大切なのだろう、と思い直した。

「しかし……でしたら、こんなオッサンの私よりも、婦人警官に話を聞かせましょうか？　ウチにも優秀な婦人警官はおりますよ」

「いえ、いいんです……」

香苗は小さな声で言った。

「美知佳さんに、一度会ってみればと言われたので……あの、刑事さんは美知佳さんの師匠に当たられるそうで」

そう訊かれた佐脇は、美知佳を睨みつけた。

「だから、そういうことを知らない人に言うと常識を疑われると、あれほど」

「いいじゃん、別に」

美知佳は極めて無頓着《むとんちゃく》だ。

しばらく無言のまま、時が過ぎた。

こういう事は、刑事とはいえ男が根掘り葉掘り聞き出すのは難しい。特に話し始めは本人に任せた方がいい。

しかしながら、上手くいかないお見合いのような重苦しい空気に包まれたまま、時間だけが空《むな》しく過ぎてゆくという状況には、なかなか辛いものがある。

そのうちに、美知佳は曲を入れて勝手に歌い始めてしまった。

「せっかくだから香苗さんも歌えば？　師匠も歌えばいいじゃん」

「おれはいいよ。お前らの知らない歌ばっかりで浮いちまう」

若い女を相手にするのは疲れる。なにしろ彼女たちの流行などはまるで知らないから、合わせようとしても無理だし、そもそも年下のヤツに合わせる義理はない。かと言って若い奴がこっちに合わせようとしてくれても、なんだか居心地が悪い。本心は楽しくないだろうに、無理をしているのがまる判りだからだ。

美知佳が、オタクらしくアニメの主題歌ばかり立て続けに歌ったことが、香苗の心を多少はほぐす効果を発揮したようだ。彼女の硬い表情がゆっくりとほどけて、美知佳の音痴《おんち》ぶりに微笑《ほほえ》んだりするようになってきた。

「なんか、美知佳さんは、普通な感じでいいですね」

香苗がぽろっと漏らした。

「え？　コイツが普通？」

どう見ても普通からはほど遠い美知佳なのだが。そもそもブサイクではないのに、過激な化粧や異様な服装、顔中につけたピアスなどで、わざとブサイクに見せるというのが、まず普通の感覚ではない。

「私、早くに父を亡くしたせいなのかもしれないのですが、母からも凄く大切に育てられて……ええ、それは有りがたいことなんです。有りがたいことだとは思うのですけれど、もっと普通に、気楽に接してくれればいいのにと思うことも多くて……会社に入ってからも、そうなんです。いえ、母だけではなく、まわりの人たちが」

香苗はソーダを一口飲んで、話を続けた。

「父の勤めていた会社で、その縁もあって母も系列の会社に勤めてるんですが、井上君のお嬢さんか、と年配の上司などは、まるで私を重役令嬢みたいに扱ってくれて……ただの女子社員なのに。だから同僚からは私だけが贔屓《ひいき》されてるように思われてしまって……つらいんです」

のんきにアニメソングを熱唱している美知佳を横目で見ながら、香苗はため息をついた。

「そして、普通がいいのに、と思っていたところに、ある上司が現れて……」

「その上司が、セクハラ・パワハラをしてくるんですね？」

香苗は、黙って頷いた。

「差し支えなければ、それはどういう……」

「あの……ネットの画像、ご覧になりました？」

香苗に訊かれて、佐脇は、ええまあと曖昧《あいまい》に答えたが、彼女には見られたと判ってしまったようだ。

「ご覧になったのなら、それでいいです。ああいう事ですから……あの、ちょっとごめんなさい」

声は抑えているが、香苗は蒼白になり、見ると握りしめた両手が、膝の上で細かく震えている。目の前の佐脇に自分の恥ずかしい姿を見られたと知って、やはりショックを受けたのだろう。しばらくうつむいていて、必死に冷静さを取り戻そうとする様子だったが、やがて両手で顔をおおい、失礼しますと言い残して、そのままボックスを出て行ってしまった。

「あ」

歌を中断した美知佳は、怪訝な顔で佐脇を見た。

「ねえちょっと。追いかけなくていいの？」

佐脇は手を横に振った。

「今は仕方がない。察してやれ。おれたちが例の画像を見たと知って、いたたまれなくなったんだろう」

歌い終わった美知佳は、次の曲をキャンセルして佐脇に相対した。

「ナニ？　彼女に変なことを訊いたの？　どんな風にセクハラされたのデヘヘ、とか」

「馬鹿か？　お前の師匠であるおれが、そんなデリカシーのないこと訊くはずがないだろ！」

「いや、アンタなら訊く」

師匠を師匠とも思わない美知佳はそう言ったが、本心ではそう思っていないことは判る。

「彼女、井上って言ったよな」

「うん。井上香苗。それが何か？」

井上、という名字はありふれてはいるが、なにか引っかかるものを佐脇は感じた。

＊

「ただいま」

鳴海市の港に近い昔からの住宅街にある自宅に戻った香苗は、茶の間を覗き込んだ。

「おかえり。ご飯はいいの？」

「うん。済ませてきたから。お友達と会ってたから」

無理に明るく言って、香苗はキッチンに立った。

お茶でも淹れて飲めば、心が静まるかもしれない。

誰かに相談しようとしたのが間違いだったのだ、と彼女は自分を責めた。

一から事情を話そうとすれば、辛くなるのは自分なのに。

父親は、彼女が小学校に上がる前に亡くなった。自殺だったと後から聞かされた。

あの刑事に話したように、亡父が勤めていた南西ケミカルは残された自分たち家族の面倒を親身に見てくれた。一部では「美談」とも称されるほどだった。それもあって、彼女は大学を卒業し、南西ケミカルに正社員として入社出来た。

とりわけ秘書室長の河原には、母ともども、とても親切にして貰った。ただしそれは目立たない側面からの援助だった。同僚に依怙贔屓と取られて、彼女自身が社内で悪く言われないようにという配慮だった。

だがそれをすべてぶちこわしたのが、『ある上司』だった……。

キッチンに立ってお茶を淹れながら、どうしても悔しくて涙が溢れてくる。

入社してからずっと、仕事でミスすることもなく、同僚とも仲良くやっていたのに……。どうしてこうなってしまったんだろう。

香苗は、ある新入社員の存在に気がついた。ある女性の社員が、香苗の所属する部署にやってきてから、すべてが狂ってしまった。

その女子社員は、持ち前の人当たりの良さと口のうまさで、中途入社でありながらたちまち大勢の社員を味方につけて、部署の雰囲気が一気に変わってしまった。人の噂や悪口が増えてきたのだ。

そして、その彼女と、どうやら「特別な関係」にあるらしい『ある上司』が、ある時、香苗のいる部署の女子社員全員にランチをおごるということになった。そこで、香苗は『ある上司』に目をとめられてしまった。

「あのコは誰だ」

とその上司が関心を持った瞬間から、香苗はその女子社員の激しい嫉妬の対象となった。

ランチの翌日から、突然、香苗は全員に無視されるようになり、仕事上必要な連絡すら回ってこなくなり、ランチにも誘ってもらえなくなってしまったのだ。

「あの人が配属されるまでは、和気藹々《わきあいあい》として全員仲の良い、雰囲気の良い部署だったのに……」

そして問題の『上司』による激しいセクハラが始まった。

その人物は、派手な依怙贔屓をして香苗を厚遇したかと思うと、突然、貶《おとし》めたりする。香苗にだけ残業を命じ、その機会を利用して性暴力を奮われるのでは逃れようがない。南西ケミカルに生活のすべてを依存してきたこれまでの人生が、ここにきて裏目に出るとは思いもしなかった。まさに生殺与奪の権を握られた香苗には、さながら猫におもちゃにされるハツカネズミのように逃れる道はなかった。

どうして私が……。

世話になった秘書室長の河原に相談するべきなのかもしれないが、香苗を苦しめている『上司』が、明らかに河原よりも立場が上の人物であることが問題だった。自分が相談することによって、河原の立場までが悪くなるかもしれない。それを思うと、事情を打ち明けるのもためらわれた。

いっそ辞めてしまうという方法もあるが、そのあとの生活の不安があって踏み切れない。

何よりも、母に心配をかけたくなかった。

五十を過ぎてもパートとして働いている香苗の母は、永年の心労がたたったのか、最近は病気がちだ。母にしてみれば大恩ある会社を香苗が辞めるといえば、何があったのかと大騒ぎし、事情を訊き出そうとするだろう。本当のことを言うのは辛すぎる。母にはいつも朗らかで明るい、まったくなんの心配もない娘でいたい。

「香苗ちゃん？ お茶はまだなの」

茶の間から、母の声がした。

「あ、はーい」

香苗は涙をぬぐい、努めて明るい声を出した。

「お茶、今すぐ持って行くから」

彼女は、ポットのお湯で茶を淹れて、茶の間に運んだ。

築四十年の家は、四間すべてが畳敷きの部屋だ。縁側があって、小さな庭もついている。昭和の色が濃厚な家だが、香苗には物心ついて以来の、心安らぐ我が家だった。ここが南西ケミカルの社宅でなければ、どんなにかいいだろうと思う。会社を辞めたら、この家からも出て行かなければならないのだ。そうなれば微かに残る、父親との記憶のよすがさえ、香苗は失ってしまうことになる。

母は、卓袱台《ちゃぶだい》に身を乗り出すようにしてテレビを見ていた。

「この人、面白いわねえ」

若手漫才コンビの片割れが反抗期真っ盛りの中学生を演じるコント風のミニドラマを見て、母は涙が出るほどに笑っている。

「そう？　かなり極端だと思うけど」

香苗はそう言いながら急須から湯飲みにお茶を注いだ。

「ママに作って貰ったお弁当に一度も文句なんか言わなかったでしょ」

「あなたはそうだったわね」

白髪が目についてきた母は、柔らかな笑みを浮かべて香苗を見た。

「香苗ちゃんは、いつだって本当に聞き分けのいい、大人しい女の子だったから……。お子さんのことで苦労しているほかの親御さんに、ママはずっと鼻が高かったわ」

そう言われた香苗は、寂しげだった整った顔立ちに、無理に明るい笑みを作って見せた。

「だってそれが私の取り柄で、私のいいところなんて、それしかないし……」

そう言ってしまってから、自分の気持ちをハッキリ口に出来ないから、それで理不尽なセクハラからも逃れられないのか、と気持ちが暗くなった。

「思い出すわ。あなたが赤ちゃんだったころ。夜泣きもしない、本当に育てやすい子だったのよ、香苗ちゃんは」

香苗の窮状を知るよしもない母は懐かしそうに思い出に浸っている。

「死んだお父さんもあなたのことをほんとうに可愛がっていて、ほかの父親とは違って、最初からあなたのおむつをかえることも嫌がらなかったし、どんなに忙しくても、かならず帰ってからあなたをお風呂に入れて手伝ってくれたものよ」

問わず語りに、母は懐かしそうに話し出した。もう何回、同じ話を聞いたことだろう。

「あなたの内腿にホクロが三つならんでいるでしょう? それを見て、『これは幸運のホクロだ、この子は必ず幸せになる』と口ぐせのようにお父さんは言っていたの。親馬鹿でしょう?」

この話になると、母はいつも話しながら涙ぐんでいる。

そんな母親には、やっぱり心配をかけるわけにはいかない。

香苗は何気なく卓袱台の前から立って仏間に行き、仏壇の前に座った。

「お父さん、お父さんはそう言ってくれたというけれど、私、あまり幸せになれていないみたい」

悲しい気持ちで、遺影に語りかける。

遺影だけではない。母親が取っておいた父親の写真はことあるごとに取り出しては眺め、話しかけているので、父親の面影も姿も、香苗の目には焼き付いていた。

『上司』による酷いセクハラは、すでに部署のみんなの知るところとなっているのに、仲間だった他の女子社員たちも、黙って傍観しているだけだ。みんな、発言力を持つ新入社員と、その『上司』が怖くて、何も言えなくなっているのだった。

ネットで相談に乗ってくれた女の子に現職の刑事という人間にも引き合わされたが、すでに香苗の恥ずかしい画像がネットに流出してしまっていた。状況は悪くなる一方だ、としか香苗には思えない。

人間が信用できなくなっていた香苗は、その刑事という人間にも、すべてを相談して解決を依頼することは出来なかった。

それでも自分は絶対に、明るく楽しく会社勤めをしている娘でいなければいけない……。

香苗は必死に自分にそう言い聞かせた。

そうでもしなければ、ぽっきりと心が折れてしまいそうだったからだ。

あの『上司』は、これから私をどうするつもりなのだろう?

セクハラの段階をすでに超えつつある性暴力がどこまでエスカレートするのか……それを思うと、香苗の心は真っ黒な絶望に塗りつぶされそうだった。

＊

「あ、やっぱりそうか」

署に戻って、データベースを漁《あさ》っていた佐脇は声を上げた。

今から十五年前の六月に、ちょっとしたミステリアスな事件が起こった。

ある死体が見つかって、それが市民運動のリーダーのものではないかと噂になり、一時は「謀殺」説が流れた。その、死んだとされた人物が、死体発見とほぼ時を同じくして失踪した「魚津正義《うおづまさよし》」氏だった。左翼の闘争はほとんど終焉《しゅうえん》を迎えていたが、問題の市民活動家・魚津氏は、企業の不正や企業犯罪を告発する運動のリーダーで、かつ、シンボル的な人物だったのだ。そんな有名人が殺害されたとなると、背後にさまざまな陰謀論が渦《うず》を巻いた。魚津氏が激しく追及していた企業による口封じだと騒ぎを煽《あお》る者もいた。

だが、司法解剖の結果、その死体は魚津氏のものではなく、一般市民の井上誠《まこと》という人物だということが判明して、騒ぎは一気に静まった。

どうしてそんな騒ぎになったかというと、死体の顔がひどく損傷しており、歯形も判らず、指紋もうまく採取されなかったのだ。当時はまだＤＮＡ鑑定の精度が低いうえに、突然失踪した魚津氏の家族が歯形やＤＮＡ鑑定に必要な素材を提供しなかったことも理由で、死体が果たして誰なのか、判別の決め手がなかったのだ。

死体の身元が判らない、という点では、近年では特異な事件だった。しかも、まさにその当時、失踪して行方《ゆくえ》をくらます以前の魚津氏が激しく追及していた企業が『南西ケミカル』だったのだ。

ところが意外にも、死体の主とされたのは、当時、南西ケミカル社員だった井上誠という人物であると断定された。

南西ケミカル絡みということで、陰謀もしくは謀略の存在を指摘する声もあったが、司法解剖で、この死体は魚津氏のものではないとされてしまうと、それを否定する材料にも乏しいので、議論は一気に萎《しぼ》んでしまった。

そして、司法解剖の結果が出るのと同じ頃、魚津氏に関するスキャンダルが次々と明るみに出た。市民運動のリーダーという顔とは別に、企業からせしめた金で豪遊し、派手な女性関係があったという暴露が、当の相手であると称する女性からあったのだ。そして、そのスキャンダルについて釈明するでもなく、魚津氏はふっつりと消息を絶ったままになった。これは、スキャンダルによって市民派・クリーンな正義派・反体制の闘士という看板が汚れてしまったので、表に出てこれなくなったからだろうと噂された。それを裏付けるように、魚津氏が名前を変えて、東南アジアで観光ガイドをして生計を立てているという、まことしやかな情報までが流れたりするうちに……魚津正義は完全に過去の人となった。

一方で、魚津氏と間違えられた井上誠氏については、周囲の話として、仕事上の悩みが昂《こう》じての自殺とされた。自殺にしては死体の損傷が激しすぎるという指摘もあったが、発見場所が森の中ということもあって、鳥獣に食われたのではないかという説が出て、それが決定打になった……。

改めて当時の記録をまとめて読むと、いろいろと妙な符合や強引なこじつけに感じるものもある。たとえば死体の発見場所は、河原恭一の死体があった場所からそう遠くない山中だし、死因にまつわるさまざまな説明も、証拠に乏しい憶測や推論でしかないものが、定説としてまかり通ってしまっている。さらに司法解剖の結果と、魚津に関するスキャンダルその他の噂があまりにもタイミング良く、ほぼ同時に出たので作為を感じてしまう。

そうして……さっき話を聞いた井上香苗は、この井上誠氏の遺児なのだ。

そして今、彼女が勤めているのも、南西ケミカル……。

＊

「よお。久しぶり」

佐脇は、野口夏恵が働くスナックに顔を出した。

鳴海きっての歓楽街・二条町から離れたところにあるスナックは、あまり流行っていない。佐脇が顔を出した時も、夏恵はヒマそうにタバコを吸いながらあくびをしていた。

「抱くだけ抱いて、それっきりかと思ってたわよ」

「忙しいんだ。なにしろおれは鳴海署のエースだからな」

夏恵は勝手にビールの栓を抜いてグラスに注いだ。

「あれほど愛人にしてくれとうるさかったクセに、お前の方こそどうしたんだよ」

「まあ、こっちも忙しかったのよ。復職したし」

「ん？　お前が脅してた南西ケミカルにか？　自分とこを恐喝した犯罪者をまた雇うって、酔狂な会社だな、南西ケミカルってのは」

「まあね」

ビールをイッキ飲みする佐脇を横目で見ながら、夏恵はカウンターを拭いた。

前屈みになると襟ぐりが大きく空いたブラウスから、たわわな胸元が丸見えだ。

色白でぽっちゃり、細くて切れ長の目がエロい夏恵は、全身からフェロモンを発散しているから、人事担当者をたぶらかしでもしたのだろう。水商売で鍛えた話術と空気を読むスキルは侮れないということか。

「今度は正社員よ。だから、スナックの方に身が入らなくて」

また大きなあくびをする彼女の胸元には、ボリュームのあるゴールドのチェーンが光っている。本物だとしたらかなりの値段だろう。商売柄、そういうことには目ざとい佐脇は、おい、景気がよさそうだなと探りを入れてみた。

「おかげさまでね。さすがにさあ、落ち目とはいえ大企業よね。本社の正社員ともなるとお給料すごく良いのよ。途中入社でもね」

夏恵は得意げに答えた。

「上の方の人とウマが合っちゃってさあ」

「どうせカラダでたらし込んだんだろ」

佐脇がそう言うと、それだけじゃないわよ、と夏恵はにやにや笑いながら否定した。

「あたしが仕事が出来て気が利くものだから、サラブレッドな実力者に気に入られちゃったのよ」

「そうか、そりゃ良かったな」

佐脇は素直に喜んでみせて、グラスを掲げて祝意を表した。

それに気をよくしたのか、夏恵は身を乗り出してきた。

「ねえねえ、聞いて聞いて。この前の殺人事件、あれで会社の中、けっこう大変よ」

ほう？ と佐脇はわざと気のない返事をした。実はそれについて聞くために、夏恵に会いに来たのだ。この女なら南西ケミカルについていろいろ知っていそうだとは思っていたが、正社員として再雇用されていたとまでは知らなかった。まさに文字通りのインサイダー情報を聞き出せそうだ。

「全社員に箝口令《かんこうれい》っていうの、アレが敷かれたの。でも殺された人は、現役の社員じゃなくて嘱託でしょ？ もう定年で辞めたジイサンなのに、ヘンよね？」

「そうだな」

佐脇は相づちを打った。

「それにさ、あの殺人事件のあと、社内で大量の書類が処分されたの。もう山ほどよ。段ボールで五つくらいあったかな」

「それは、なんの書類だ?」

「知らないわよ。私みたいなペーペーに聞いてどうするのよ。本社勤務だけど花のＯＬで、責任あるコトしてないし」

それを威張るな、と口に出しかけたが、やめておくことにする。

「でもさあ、花のＯＬだけに、それなりの悩みもいろいろあるわけよ。聞いてよ」

「聞きますよ。喜んで」

佐脇は従順に夏恵を前にして姿勢を正した。

「いや、ちょっと、そんなに畏まられて聞いて貰う事じゃないんだけどさあ……いるのよ、すっごくムカつく女が」

途中入社のクセにボス気取りで、お局様のポジションをすでに獲得しているらしい夏恵は口を歪め、憎々しげに話し出した。

「ちょっと顔が可愛くてスタイルがいいと思って、周りからチヤホヤされて、お嬢さんぶっちゃってる腹の立つ女がいるの。虫も殺さないような顔をして、常務を骨抜きにして」

常務、と言うところで夏恵の顔は特に歪んだ。

「あたしなんかとは違って、裏表がものすごくありそうなのが嫌なんだよね。でもそいつ、お嬢さんでもなんでもないのよ。片親で、おまけに母親だってただのパートだし、要するに貧乏人の娘じゃない？　それなのにおっとりした振りをして、お嬢さんぶっちゃってさ。もう、本当に憎ったらしいったらありゃしない！」

裏表ありすぎはお前のことだろ、と突っ込みたいのを我慢して佐脇は、そうかそれは腹が立つだろうな、と親身に相槌を打った。

情報を聞き出そうとするのなら、特に相手が女性の場合は、どうでもいい話にも深く頷いて、口を滑らかにしてやらなくてはならない。

「で、そいつが常務に取り入ってるから、あたし全力で足を引っ張ってやることにしたの。だって不公平って嫌いだもの」

「そうだよな。世の中はすべからくフェアじゃなくちゃな」

表面では同調しつつ、フェアとかお前が言うな、と佐脇は心の中で毒づいていた。

夏恵のいう「フェア」とは「自分が特別あつかいされている状態」で、それ以外はすべて「アンフェア」なのだろう。

「ま、すまじきものは宮仕えってな」

「は？　凄まじいって何が？」

夏恵はロクに聞いていない。

「それよりさあ、久しぶりだから、どう?」

彼女は、豊満なバストを突き出し、佐脇の目の前で揺すって見せた。

「おっぱいを揺する、企業も強請るか。で、お前が南西ケミカルを強請った件は、完全に不問なのか?」

「うん。そうみたい」

夏恵は言葉を濁した。

「まあ、あんたもね、一日働いてみれば判るわよ。あの会社、セクハラが社内文化、みたいなところがあるから」

どんな会社だそれは、と佐脇は思ったが、組織によっては裏金づくりが文化だったり、権力闘争が第一の目的としか思えなかったりするものだから、まあ色々あるのだろう。

*

「どっちを向いても『南西ケミカル』が出てくるってのは、なんか妙じゃないか?」

その夜、久しぶりに磯部ひかるのマンションを訪れて一戦交えたあと、佐脇は寝物語に井上誠と井上香苗のことを口にした。

「十五年前のミステリアスな事件のことね……そういえば、元うず潮新聞の記者で、今は業界紙の記者をやってる人が、その井上事件、それとも魚津事件？　その件については一時かなり調べてたはずよ」

ひかるは、佐脇の横で満足した様子で横になったまま言った。

「ずいぶん追ったんだけど、いい線まで行ったところで、上の方からストップがかかったんですって」

「またそれか。うず潮新聞ってのは、とことんお偉いさんとか大企業に弱いんだな」

「まあねえ。パチンコチェーンとの癒着《ゆちゃく》とか、例の白バイ事故で警察側を一方的に庇《かば》ったりとか、『実績』には事欠かないわけだから」

そう言われても仕方ない、とひかるは否定しない。

「でね、魚津事件を調べてたその人、それで頭に来てうず潮新聞辞めちゃったんだけど……今でもたまにウチの局とか古巣に顔を出してるのよ」

ふむ、と佐脇はひかるの乳首を口に含みながら考えていた。

「その男に引き合わせてくれないか。ちょっと訊きたいことがある」

「いいけど」

ひかるは佐脇を面白そうに見た。

「でもね、その人、相当クセがあるって言うか、はっきり言って、嫌なヤツよ。昔はマトモな記者だったらしいけど、今は、はっきり言って『業界ゴロ』。その業界紙だって、高い購読料取って関係者に売りつけてるヤクザまがいだし、その人も、ひねくれちゃってて」

「いいよ。おれもひねくれ者だから仲よくなれそうだ」

佐脇はそう言いつつ、ひかるの躰《からだ》に跨《また》がって、二回戦に突入した。

＊

一口に業界紙と言ってもいろいろある。まっとうな業界専門新聞もあるし、新聞とは名ばかりの暴露紙もある。悪く書かれたくなかったらカネを寄越せ、百部くらい定期購読しろという形で集金するのだ。ヤクザが経営するものもあるし、そうではないものもある。地方のイエローペーパーとなると、パイが小さい分、その集金も露骨だ。何処かでヤクザと繋がりがあったりする。

そして問題の『太平洋毎夕新聞《たいへいようまいゆう》』は、名前を聞けば、T県の商売人はみんな知っている。佐脇も知っていた。タブロイド見開き四ページの、ほとんど読むところのない夕刊紙で、中身は極めてローカルな、どうでもいいことで埋まっている。だいたいが市会議員の女性問題や借金がらみのスキャンダル、大きな自治体の町内会の、誰が町内会長になるかといった内紛、地元企業の社員が無銭飲食で捕まったとかの些末《さまつ》な不祥事といった、知らなくても別に困らない低レベルな記事ばかりだ。鳴海市の市会議員の誰それが後援会長夫人と不倫しようが、鳴海市に隣接する阿西《あさい》市の中心にある東西《とうざい》町の、その町内会長選挙で金品が渡ったとか、ハッキリ言って、どうでもいい。しかし、書かれた当人にとっては名誉にかかわる問題だ。田舎《いなか》だと近所の目も厳しいから、ごく狭い地元社会では大ダメージになるのだろう。

ごくたまに、地方議会の有力議員や地元企業が突然血祭りに上げられて、えんえんと糾弾キャンペーンを張られることがある。だいたいが、新聞社からの不正な要求を断った報復だ。

ごく一般の市民はこの新聞を読んでもいないのに、掲載された名誉毀損《きそん》的な内容は、なぜかあっという間に広がる。そこが田舎の恐ろしいところだ。連中はそれも計算に入れている。

という事は、『太平洋毎夕新聞』はヤクザ新聞ということになる。だが、本物の地元ヤクザ・鳴龍会の傘下《さんか》にあるわけではないのだ。

「ああ、あいつらはね、ウチよりあくどい時がありますよ」

と、鳴龍会の幹部・伊草《いぐさ》が苦り切った表情で断言したのだ。事前の下調べで、旧知の仲である伊草から話を聞いた時のことだ。

「ネタの融通はします。持ちつ持たれつで、新聞社から頼まれて『ガタクリ』(大阪弁で

「ゆすり」「おどし」を掛けたこともあります。逆にこっちからネタを提供して、悪く書いて貰ったこともあります。だけど、あの新聞社はウチとはまったく別の組織ですよ。つまり人事も資本も全然関係ないってことです。だから、こっちが頼んでも首を縦に振ってくれないこともあります。ま、扱いにくい連中ですよ」

「じゃあ、あんな弱小アカ新聞潰して、オタクで自前の新聞社を作ればいいんじゃないか？」

「え？　ヤクザが共産党の新聞を？」

佐脇より若い伊草は、「アカ新聞」という言葉も意味も知らない。

「そんなこと言ったって、ヤクザが発行する新聞なんか、誰が取ります？　無理矢理購読させたら強要になるし、今時のヤクザはまっとうにやらないとダメなんです」

と、よく判らないことを言った。

「それに、餅は餅屋と言いますからね。毎夕新聞は腐っても老舗《しにせ》。『うず潮新聞』と覇《は》を競っていた頃からの購読者もいないわけではないですし」

太平洋毎夕新聞は、戦後すぐに創刊されて、しばらくは普通の新聞だったのだが、昭和四十年代には判型もタブロイドになりページも少なくなり、次第にゴシップ記事しか載せなくなっていった。

佐脇は商売柄、この新聞には目を通していたし、小遣い稼《かせ》ぎにネタを提供したこともある。だが、問題のドロップアウト記者の存在は磯部ひかるに言われるまで、知らなかった。

港に近い旧市街にある古い雑居ビル。そのワンフロアが、太平洋毎夕新聞社だ。印刷は近所の小さなところに外注しているし、販売も県外のスポーツ紙の販売所に委託しているから、編集と営業だけの小さな所帯だ。十を超えるデスクが並んでいるが、社に在席していたのは一人だけだった。

スチール製の机もロッカーも年代モノでボロボロ。机の上には山積みの書類が埃を被っている。壁には色褪せた十年前のビールのポスターが張ってある。窓から射す夕陽がとても良く似合う、まるで歴史博物館の展示みたいに生気のないオフィスだ。

「ええと、私が電話をいただきました、黄川田《きかわだ》ですが」

太平洋毎夕新聞編集次長・黄川田哲郎《てつろう》という名刺を出した男は、佐脇より少し年かさの四十代後半か五十になったばかりという年格好。整った顔立ちで、あと二十歳若ければイケメンと呼ばれるところだろうが、オヤジだから薹《とう》の立った二枚目というところか。本人もそれを意識してか、タバコの咥《くわ》え方からして妙に斜に構えている。昭和の二枚目風に前髪を額に乱れた感じで垂らし、うっすらと無精髭《ぶしょうひげ》を生やしてスーツを着崩し、脚を組んでソファの背もたれに腕など載せたポーズは、さしずめ出来の悪い太宰治《だざいおさむ》という感じだ。

「黄川田さん、アナタのことは磯部ひかるから聞いてます」

佐脇は、どうぞと言われる前に、デスクが並ぶ傍らの汚いソファに勝手に座った。

「ワタシも、アナタのことは存じておりますよ。いろいろとご活躍ですな。ウチの社長とも、昔からそれなりのお付き合いがあるようで」

「ネタの売り買いは、ヤクザと付き合う手頃な手段だからな。小遣い稼ぎにもなるし」

「そう。ウチもヤクザみたいなもんですし」

『『みたいなもん』じゃなくて、ほとんどヤクザだろ」

佐脇はズバリと言った。

「暴対法の適用を受けないアンタらの方が、始末に負えない」

「スジの悪いポリ公の方がもっと始末に負えないでしょ？　なんせアンタらは権力と凶器を持ってる。今の日本で合法的に銃を撃てるのはアンタらだけだ」

「自衛隊はどうなる？」

「自衛隊員は上官の命令がなければ発砲出来ない」

黄川田は即座に言い返した。必要なら関連法令を諳《そら》んじようという勢いだ。

「……黄川田さん、アナタはうず潮新聞を辞めたあと、東京に行って、そのままフリーでやって行こうとは思わなかったんですか？　新聞記者がダメならライターになればいい。きっと成功しただろうに。いや、見たところ、大変切れる人のようなんでね」

「なまじ切れるからダメなんですよ。新聞記者でもライターでも、人に使われるから、隠忍自重《じちよう》出来ないヤツはダメ。でも、ここなら勝手気儘《きまま》にやれるんでね。知ってますか？ヤクザマスコミって結構、居心地いいんですよ。刑事サンもどうです？　文章書けないとダメですけどね」

この男は、東大を出て田舎マスコミのうず潮新聞に入り、将来を嘱望《しよくぼう》されていたのだが上司と衝突して退社。東京で数年間、フリーライターをしていたが故郷に舞い戻って現在に至る、という経歴は調べてあった。新聞記者としては優秀であってもフリーライターとしてやっていくのには、また別の才能が必要なのかもしれず、田舎のヤクザ新聞に安住していると見えるその裏にも、いろんな屈折《くっせつ》があるだろうと容易《ようい》に想像がつく。東京から誘いがあっても腰を上げない磯部ひかるを見ていれば判ることだ。己を知る賢さがある、と言うべきなのかもしれない。

「どうです？　まだちょっと早いけど、一杯やりませんか？」

こういう男は、酒でも飲ませないと堅い鎧《よろい》を脱がないだろう。初めて会ってちょっと飲ませたくらいでガードが外れるとも思えないが、シラフより多少はくだけるだろう。

「酒、飲まないんですよ。付き合いが悪いと言われるけど、仕方がない。タバコは吸うがクスリはやらない」

「でもそれじゃあ、こういう仕事はやりにくいんじゃないの？」

酒の力で堅い口を抉《こ》じ開けることは多いのだ。それは警察も、記者の取材も似たようなものだろう。

「ここに居る限り、そうでもないんでね。ネタはタレコミも多いし、別にウラ取りをする必要もないし。公明正大な報道なんか知ったことかというのがウチの社是だし。それに、相手と一緒に酔っぱらったりしたら、肝心のネタをネタだと気づかずに、見逃してしまう場合もあるでしょ」

「仰《おお》せごもっともですな。じゃあ、茶の一杯でも飲ませてくださいよ」

佐脇がそう言うと、黄川田はいかにも面倒くさそうに立ち上がり、冷蔵庫からウーロン茶のペットボトルを出し、無造作に二つ置いた紙コップにドボドボと注いだ。

「で？　鳴海署のエースと言われる刑事さんが、ヤクザな新聞の落ちこぼれ記者に、いったい何を訊こうというんです？」

黄川田は自分の紙コップからウーロン茶をゴクリと飲んで、佐脇の言葉を待った。

「主として、南西ケミカルに関して。アンタはあの会社について、ずいぶん熱心に追ってたそうじゃないか。それが上からヤメロと言われたんで、新聞社を辞めたと」

黄川田は、ほほう、とまるで面白いものを見るような顔で佐脇を見た。

「その頃のアンタは、若くてまっとうな記者だった筈《はず》だから、まさか南西ケミカルを脅そうとしたワケじゃないよな？　けど今はどうだ？　案外あの会社を脅して引っ張ったカネで、ここで安穏《あんのん》な生活を送ってたりしてな」

だとしたらまるでおれみたいだなと、佐脇はつい思ってしまう。田舎警察で、万年ヒラ刑事のままなのは、適当に悪事を働いてのんびり暮らせるからだ。

「いや、それは、やってないね。死んでもあの会社から広告を貰う気もないしね。カネを引っ張るにも大義名分がいるから、ウチに広告を出稿するということで処理する。そうなるとウチの新聞に南西ケミカルの広告がバンバン載ることになる。社長はいいだろうが、おれはそういうのは生理的にイヤなんでね、それでよくケンカになる」

「最後の聖域っていうか、あんたの純情の砦《とりで》ってヤツか」

「好きなように言え」

黄川田はパーラメントを取り出すと、いかにも美味そうに吹かした。

「で、南西ケミカルについて、あんた、まさか何も知らない白紙の状態でおれにレクチャーさせようというんじゃないだろうな」

「いや、だいたいのところは調べて知っている。先日、あそこの会社の嘱託のジイサンが殺されただろう？　おれはその事件の担当でもあるんでな」

「言っとくが、おれは犯人じゃないぜ。あの夜のアリバイはある。ここで原稿を書いてた」

そうか。この黄川田が犯人という可能性もなくはないか。南西ケミカルによって人生を狂わされた恨み……まさかね。

佐脇は無意識に首を横に振って、その選択肢を消した。

「アンタを疑ってるわけじゃない。隣県は当然のこととして、この鳴海市でも、南西ケミカルのプレゼンスがデカいのは知ってる。県警でも、南西ケミカル関係の捜査は慎重にやれと言ってくるお偉いさんもいる。だが、おれは、あの会社から甘い汁を吸ったことがないから、今のところ、まったく何の義理もない。そこは信用してくれていい」

「そうか。つまりアンタがおれに話を聞きに来たのは捜査がらみか。殺された河原のジイサン、一見地味で物静かなようでいて、その実、えらく辣腕《らつわん》だったからな。あのジジイなしで、今の能なし社長はこれからどうするんだろうな……というか、あの世代の連中がいたから南西ケミカルはなんとかなってたんだが、みんな定年で代替わりしたら、もうボロボロだ。今の社長はただの経理屋で、コストカットしか能がないし」

黄川田は、ここまで話して言葉を切った。

「……こういう事は先刻ご承知、だよな？」

「ああ。そういう背景説明はいい。おそらくアンタが昔、取材していて悶着《もんちゃく》の元になったのは、産廃の件だろ？　それについて教えてくれ。いやいや、だいたいのことは判ってるんだ。おれが知りたいのは、反対運動のリーダーだった、魚津という人物についてだ」

話の端折《はしょ》り方が的確だったのか、屈折した記者は苦笑した。

「ああ魚津ね。東京で市民運動をしていたが、南西ケミカルの六価クロムの件で、わざわざこっちに移ってきた男だ」

過去に企業道徳や環境問題がまだそれほどうるさくなかった頃、南西ケミカルは鳴海市の山間部に産業廃棄物処分場をつくって、六価クロムを大量に投棄した。少量なら自然に無害な三価クロムに変化するが、大量だと猛毒の六価クロムのまま残るということは、佐脇も、今回の事件で知ることになった事実だ。

「で、その大量投棄を知った市民団体が、南西ケミカルの産廃処分場の撤去と土壌改良を求めて運動を起こした。そのリーダーが魚津正義だ。魚津は住居も移して、熱心に鳴海で活動を開始した。魚津正義といえば当時、すでに何冊も著書があり、マスコミ的にもそこそこ名前が売れていた。けっこう二枚目でテレビ映りが良く、喋りにソツがなかったから、討論番組の常連でもあった。そういう中央での有名人に目を付けられた南西ケミカルは、大いに困ったわけだ。産廃処分場はもう使わなくなっていたが、中身を全部取り出して土壌改良するとなると、莫大な経費がかかる。すでに使ってないものに対して、無駄な出費はしたくないのが企業のホンネだ。だが魚津正義と彼のグループは、南西ケミカルに容赦ない抗議行動を仕掛けた。だが、その運動が盛り上がって、会社としてもヤバくなってきた、という時に、魚津が突然、姿を消してしまった。失踪、という感じで、行方が判らなくなったんだ」

判るね？　という感じで佐脇を見た黄川田は、話を続けた。

「南西ケミカルがヤバくなったタイミングで、というのが不自然だろう？　誰もがきな臭いものを感じた時に、警察が魚津らしい死体を見つけたと発表したんだ。これはもう、戦後最大級のスキャンダルだ、と全国のマスコミや市民団体、左翼勢力が色めき立った。だってそうだろ。公害企業が、反対運動のリーダーを殺した、という構図だったら、これは大変なことだ。GHQがやったと噂される下山《しもやま》事件や帝銀事件ほどではないが、似たような大スキャンダルだと。ところが一週間ほどして、警察は突然、発表を訂正、というより一転させてしまった。死体は魚津ではなく、まるで関係のない一般市民・井上誠のものであると発表したんだ。これってヘンだろ？　司法解剖の結果とか、いろいろ理由をくっつけたが、死体の身元って、普通、間違えるか？　仮に遺留品も指紋も歯形も全部駄目でも、DNA鑑定ができなくても、身元を特定するものは何かしらあるはずだろ。それとも、間違えた警察が超弩級《ちょうどきゅう》のアホ揃いの、史上最低の連中だったのか？」

「まあ、鳴海署の程度は高いとは言えない」

「それに、何度も言うが、死体が魚津のものではないと判った途端に、魚津に関するスキャンダルが怒濤《どとう》のように流れ始めたんだ。マスコミも、彼の女性関係とか金銭関係とか、そういう事ばかり報じて、肝心の六価クロム問題はどこかに行ってしまった。まるで沖縄返還に関する密約をスクープした記者がスキャンダルで火だるまになったあげく、肝心の密約については誰も触れなくなって、歴史の闇に消えていったのとまったく同じ構図じゃないか。実際問題、この件以来、魚津は行方不明のままで、リーダー不在で、南西ケミカルへの抗議活動も下火になってしまったんだし」

黄川田はジャーナリストの目になって、佐脇を見つめた。

「つまり一番大事なことから目を逸《そ》らせようという、意図的な動きがあったんだ。密約報道スキャンダルと同じ構図なら、そういうことになる。まともな感覚の持ち主なら、この不可解な経緯に疑問を持つだろ。世の中、不自然なことの裏には十中八九、企《たくら》みがある。刑事なら、そう思うだろ?」

「そうだな」

佐脇は同意した。佐脇の勘も、これは何かあると告《つ》げていた。

「ところが、警察に取材しても、誰も何も答えてくれない。捜査中だから、の一点張りだ。これ、おかしいだろ。この地域最大の大企業。その大企業の企業犯罪と反対運動。そのリーダーの死亡疑惑。だが死亡ではなく失踪とされ、途端に噴出したリーダーのスキャンダル。そして、リーダーを失った反対運動の終焉。こう並べれば、答えは明らかなのに、なぜか誰も気づかない? いや、気づいてはいるが、誰も口にしない」

「物言えば唇寒しってことなんだろうな」

不自然さについては佐脇も認めざるを得ない。

「で、おれの推理だ。死体は明らかに、魚津正義だった。しかし、反対運動のリーダーが死んだとなれば大変なことになる。で、この死体は魚津ではなかったということにして、その機に乗じて魚津のスキャンダルをばら撒《ま》いた。死人に口なし。結局、南西ケミカルは企業犯罪の封じ込めにまんまと成功したわけだ。な？　企業が警察とつるんでるなんて話はそこここに転がっているが、それのもっともシンプルな例だ。企業の犯罪が暴かれるのを、官民一体になって阻《はば》んだ。そうだろ？」

と言われて、佐脇は返事に窮《きゅう》した。

「一応おれも、その悪の一派の一員だからな……滅多なことは言えないよ」

「で、肝心なのはここからなんだが……いくら出す？」

正義の闘士かと思っていた男がいきなりカネの話を持ち出したので、佐脇は絶句した。

「おいおい。おれの持ってるネタを引き出そうってのに、タダってのは虫が良すぎるだろ」

黄川田はそう言ってニヤニヤした。

「警察だって報奨金とか出すだろ。おれは身銭を切って嗅《か》ぎ回ったんだ。それをタダで教えてやる義理はない」

「そうか。そういうことなら仕方ないな」

佐脇は立ち上がった。こういう相手に粘ってみても、時間の無駄だ。事と次第によっては幾ばくかの金を渡さないでもないが、今、言われるままに出すのは気分が悪い。

「だがよ、黄川田センセイ。そんな貴重な情報でも、今のアンタじゃ死蔵してるのと同じだろ。それをネタに南西ケミカルを強請《ゆす》るでもなし、他のマスコミに提供して公共の利益にするでもなし、おれに教えて捜査の糧《かて》にする気もないとは、もったいないねえ」

「なんとでも言え。手前の金で買ったゴッホの絵を燃やそうがどうしようがおれの勝手だとほざいた、どこかのアホ社長と同じだ。好きにするさ」

「ヤクザには、ろくでもないネタを高く売りつける手口がある。アンタもそれと同じだな。腐ってもジャーナリストなら、いいネタを摑んで、それを広く知らせずにいられるワケがないもんな」

邪魔したな、と佐脇は新聞社の事務所を出ようとしたが、最後の言葉に引っかかったのか、黄川田が呼び止めた。

「まあ、そんなにケンカ腰で言い捨てて帰るのも大人げないだろ。手土産に一つ教えてやるよ。河原恭一の死亡推定時刻は何時だって？」

「六月十七日の午後十時から翌朝の一時ごろだ」

「十五年前に井上誠だとされた死体も、河原と同じ六月十七日の夜あたりに死んだということになっている。これって、何か感じないか？　同じ日だぜ」

黄川田に言われるまでもなく、偶然とは考えにくい。河原殺しの犯人は、何らかのメッセージを伝えようとしたのか。

黄川田にケンカを売って引き上げようとしたのに、逆に宿題を貰ってしまった。

佐脇はアレコレ考えながら、新聞社を後にした。

＊

夜。

不況で残業は切り詰められているせいか、オフィスに残っているのは香苗だけだった。上司から急な仕事を命じられて、仕方なく残業したのだが、その真の意図は判っていた。判ってはいるが、残業は業務命令だし、それに刃向かって会社を辞めることも出来ない。そういうことをすべてひっくるめた、上司の計略なのだ。

「書類は出来たかな？」

午後八時を回った頃、問題の上司がオフィスに顔を出した。他の部署の社員もすでに全員退社して、このフロアに残っているのは香苗だけだと思われた。

「進み具合はどうなんだ？」

上司はパソコンに向かっている香苗の背後から、彼女の両肩を抱くように押さえた。

「……というか、この書類はもういい。キミもそのことは判ってるだろ」

上司はそう言うと手を伸ばし、香苗のスカートにいきなり手を突っ込んできた。

「な、何をするんですか！」

「判ってるクセに。これが初めてみたいな声を出すなよ。どうせ処女じゃないんだから」

上司はそう言いながら息遣いを荒げ、乱暴な手付きで香苗のスカートの中に手を這《は》わせ、下着の上から秘部をもてあそんだ。

「ホテルに誘ったら嫌だと言った。つまりキミは明るいオフィスで嫌らしい事をされたいんだ。いわば変態だ」

セクハラを受けるのに、ホテルの方がいいと自分から言えるわけがない。この上司は、立場を良いことに香苗を容赦なく追い込みつつあった。

今日は一段と感じてるんじゃないか、と言いながら上司は、香苗の下着の股間を撫《な》でた。

「キミはこういうプレイが好きなんだろ？　イヤだイヤだと言いながら、本当は好きなんだろう？」

恐ろしくて悲鳴もあげられなかった。無理矢理立たされてデスクに手をつかせて尻を突き出す格好でスカートを捲りあげられた香苗は、下着を脱がされようとしていた。

「お、お願いです、やめてください……」

彼女は声を震わせて哀願したが、それを聞き入れる上司ではない。

「イヤならヤメてもいいんだよ。ただしヤメれば、キミが会社を辞めることになるが。このご時世、再就職はなかなか大変だろうねえ」

そううそぶきながら、今度は香苗のブラウスのボタンを一つずつ外し始める。

「……いやです……困るんです」

そう哀願しつつ、香苗の躰はがくんと揺れた。前をはだけられ、下着も下ろされて剝《む》き出しになった尻たぶをぎゅっと摑まれると、彼女の背筋に強い電気が走る。それは嫌悪《けんお》と被虐《ひぎゃく》が入り交じった複雑な衝撃だ。

ぱさり、とブラウスが床に落ちた。ブラと、腰まで捲り上げられたスカートだけという姿で背後から上司に抱きすくめられ、全身を嬲《なぶ》られている。まるでオフィスに呼び込まれた娼婦が、男と戯《たわむ》れているような格好だ。

「じゃあ次はここに乗れ」

と、上司はデスクを指さした。彼女は、ストリッパーか娼婦のような真似を、会社の机の上で演じなければならないのだ。

「あの……抱きたいのなら……早く済ませて貰えませんか」

香苗は、今はとにかく言いなりにセックスをして、この唾棄《だき》すべき羞恥《しゅうち》プレイを一刻も早く終わらせたい一心だった。

「そうか。そんなに俺のアレが欲しいか。なら、いつものアレをやれ。俺を勃《た》たせろ」

彼女は仕方なく腰をグラインドさせ始めた。オフィスでこうするのを、この上司はこの上なく好むのだ。

「よし、今度はデスクに這いつくばって、オッパイを擦りつけろ。もちろんブラは外せよ」

上司は憑《つ》かれたような目で嘲笑った。

香苗は、その言葉に従って黙ってブラを外し、乳房を露わにした。大きくはないが美しいフォルムの美乳だ。

前屈《まえかが》みで紡錘形になった乳房の先端を、彼女は屈辱《くつじょく》に耐えてデスクトップのガラス面に何度も擦りつけた。冷たさに乳首がみるみる勃ってくる。

上司はズボンの前を隆起させてその有り様を見ていたが、やがてストップを掛け、デスクの中から事務用のクリップを取り出した。

「いやあっ！　い、痛いっ！」

次の瞬間、香苗はビルの警備員に聞こえてしまうほどの悲鳴をあげていた。小ぶりだが洗濯ばさみのようにバネの付いたクリップが彼女の両の乳首に、しっかりと食いついたのだ。イチゴのように可憐《かれん》なそれは、上下に潰されて歪《ゆが》んでいる。

「ああ……こんなのって……」

「それをつけたまま、いつものように、オナニーして見せろよ」

香苗に選択の余地はない。

机の上に座り、両脚を広げた。下着はすでに脱がされている。隠すものもなくなった股間におずおずと手を伸ばし、秘唇に指を入れて、自ら慰《なぐさ》める真似を始めたが、何度やってもこの行為は慣れるものではない。彼女の全身は羞恥で真っ赤に染まった。

「なに恥ずかしがる事があるんだ。俺の目の前で数え切れないほどイキまくった癖《くせ》して」

「そんな……そんなこと一度もありません……」

オフィスで、それも机の上で、ひとりで慰めて絶頂に達するほど、そこまで香苗は淫《みだ》らな女ではない。上司は事実無根のことを口にして、言葉でも香苗に屈辱を与えようとしていた。

「おい。もっと本気を出せよ。イライラするな、まったく」

だんだん焦《じ》れてきた上司は、香苗を脇から抱くようにして秘部に手を置いた。

「さっさとイッてしまえばいいじゃないか」

彼は香苗の秘部にぐいと指を挿し込んで、敏感な肉襞を責めあげ始めた。

「あ、いや、やめてっ！……ああ、嫌あっ……うぐっ」

彼女は全身をこわばらせたが、上司は憑かれたように、更なる羞恥責めを加えようとしていた。

「お前のその淫乱なアソコをよーく見せろ」

彼は秘唇にも、容赦なくクリップを挟んでしまった。

「いやぁっ！」

両の秘唇を挟まれ、しかもそのクリップには帳簿を綴《と》じる黒い紐《ひも》が付いている。香苗の女陰は左右に引き剝かれて、全開の状態にされてしまった。

「ほーら。お前の子宮まで見えそうだぞ。男なしではいられない、淫乱な内臓がな」

クリップから延びた紐を、上司は彼女の背中でしっかりと結んでしまった。

「次はこのボールペンを、おまえの淫乱なアソコに入れるんだ」

無情にも、上司は命じた。

逆らうことはできない。香苗は絶望的な表情で、渡されたペンを蜜壺にあてがった。

「いや、そこに入れても面白くないな。今晩はケツの穴に入れてみろ」

否も応もない。香苗はアヌスにボールペンを差し入れた。

細いペンは、するすると奥まで入ってしまった。

「お前のケツを生け花の花瓶みたいにしてやろう。花の代わりに文房具が挿さるんだがな」

上司は彼女の躰を裏返しにして、臀部《でんぶ》を突き出すような格好にさせると、二本三本とボールペンやサインペンを差し入れていった。

「ああ……なぜこんなことまで……」

香苗の裸身はオブジェのようにされていった。アヌスには何本ものペンが挿さり、秘門は左右に全開状態、両の乳首にも銀色のクリップが食いついて、ピアスのようだ。

「どうだ。おれの誘いを断るような女には、これがお似合いだ」

上司の目には侮蔑の色が浮かんでいるが、彼の股間は膨らみきっている。香苗を貶《おとし》めて軽蔑すればするほど彼は興奮するのだ。

「さあ、もう一度、一人でして見せろ」

香苗は仕方なく、秘部に指を当てて、再び自慰の真似事を始めた。嫌悪だけしかない行為だが、一番敏感な部分に触れていると、どうしても躰は反応して、指の動きに合わせて腰がくねってしまう。

懸命にその行為を続けている香苗を眺めていた上司は、ついに欲情を爆発させた。彼は香苗を押さえつけて、その股間をさらに乱暴に押し広げると両脚を高く上げさせた。そして、秘裂や秘唇といったもっとも敏感な場所を、尖らせた鉛筆の先端で突つき始めたのだ。

「これで、刺青《いれずみ》してやろうか？　刺青入りのマンコは素人女の持ち物じゃないよな！」

「いや！　それだけはやめて……ゆるしてください」

アヌスに夥《おびただ》しいペンを挿したままの香苗は、痛みに全身を震わせながら、耐えた。今は、耐える事しか出来ない。

その、恥辱に耐える姿にいっそう欲情した上司は、屹立《きつりつ》した肉茎を取り出すと、香苗の腿の間からラビアピアスのようなクリップも、アヌスに挿したペンも、邪魔なものは全て引き毟《むし》り、猛《たけ》り勃った肉茎を一気に突入させた。

「あぐっ！　あああっ……」

硬くそそり立った肉棒が、香苗の濡れ襞をぐいぐいと押し広げていく。

上司はやや腰を引き、彼女の薄いヘアを鷲《わし》掴みにした。

「全部引っこ抜いてやろうか？　パイパンもいい眺めじゃないか」

「いやっ！　それは絶対にダメっ！　お願いしますっ」

判ったよ、と言いながら彼は香苗のアヌスにずぶり、と親指を没入させた。

「ひいいっ！」

太い指が腸の壁越しに男根をくじり、肉襞が思いきり潰され掻き乱されて、香苗は心ならずも、がくがくと全身を痙攣させた。

その上彼は、乳首を押し潰しているクリップまでをも激しく動かした。

「あああっ………！」

上司の剛棒が子宮の奥を突き上げ、熱いものが勢いよくぶちまけられる感覚の中で、香苗の意識はゆっくりと薄れていった……。

目を付けた女子社員をオフィスで徹底的に凌辱《りょうじょく》し、劣情を満たしてスッキリした上司は、自分専用のオフィスに戻った。この男は、まだ三十代だが、常務だった。デスクに座って、帰り支度をしながら、ノートパソコンを開いてメールをチェックした。いつもの習慣だ。

と、重要マークのついたメールが入っていた。

「先代の孫だからといって、自動的に次期社長になれると思うなよ」

という文章が目に飛び込んだ。

「常務だからって、社員をおもちゃにして無傷でいられると思ったら大間違いだ。お前の性根は入れ替えられないだろうから、さっさと死んでしまえ」

これはなんだ。脅迫か。

香苗の上司である南西ケミカル常務取締役、阪巻祐一郎は思わず部屋の中を見回した。もちろん、室内には誰もいない。秘書すらすでに退社しているのだ。

このメールの差出人は、社内にいるのか？　香苗とのことも、どこかで見ていたのか？この前、プレイの様子が盗撮されてネットに流れてしまったが、あれをやった犯人か？

何が目的だ？　カネか？　それとも……。

阪巻祐一郎は、さすがに動揺して液晶画面を食い入るように眺め続けた。

第三章　百鬼夜行

闇の中を逃走する男の横顔が一瞬、街灯に照らし出された。

「そっちに逃げたぞ！　水野、お前は向こうに回れ！」

静まりかえった深夜の住宅街に響き渡るのは佐脇の怒声だ。

不審者が侵入したとの通報を受けて近くの交番から巡査が急行したのが四十分前のことだった。そこになぜか鳴海署に県警の上層部から要請が入り、佐脇と水野が駆り出されることになった。不審者が侵入した敷地が、この地区、いや県有数の資産家の邸宅であるところから、なんらかの政治的な圧力が働いたものらしい。

なるほど通報があった住所は、この県にしては比較的大きくて新しい家々が立ち並ぶ、この高級住宅街の中でもきわだって敷地が広い邸宅だ。どこまでも続く高いフェンスに囲まれた、大豪邸と言っても良い。先端に金色の飾りがついた錬鉄の格子《こうし》の中に、真っ白な外壁と青銅で葺《ふ》いた屋根という、さながらヨーロッパの宮殿か迎賓館《げいひんかん》のような建物が見える。しかもその建物は二棟あり、ここには少なくとも二家族が住んでいるようだ。

「どんなお大尽《だいじん》様がお住まいか知らないが、たかだか不審者を捕まえるのに、どうしておれたちなんだ?」

交番で対応してるんだから充分だろと文句を言いながら佐脇は走った。

「窓ガラスが割られ住宅内に異物が投げ込まれたとの通報を受け、自分が敷地内を捜索したところ不審者がいたので職質を掛けました。取り逃がしたのは自分の不手際ですが、まあ住人が住人ですから、佐脇さんたちにもお声がかかったんでしょう」

「誰が住んでるんだ?」

最初に現場に到着していた巡査から、佐脇は走りながら説明を聞いた。

「阪巻さんって言ったかなあ……何でもこの県有数の経済人ですよ」

「なんだそれは! おれのナイトライフを邪魔できるほどの経済人って誰だ?」

美味《うま》い酒を飲んで、いい気分になっていた時の呼び出しだったので、佐脇の機嫌は最悪だ。

「おい、表に回れ。不審者が敷地の外に逃げたぞ!」

水野と一緒に離れた場所で動いている制服巡査が叫んだ。

怪しい男は、どこからか豪邸の外に逃げ出し、住宅街の脇道に入って全力で逃げている。

高級住宅街といっても、田舎の外れだ。幹線道路から遠く離れて街灯もまばら、しかも住宅街自体が狭いので、街路はすぐに終わってしまう。その向こうには畑が広がり、農家が点在している。

「早く確保して、締め上げろ！」

猛然と走りながら佐脇は怒鳴った。が、そこでふと足を止めた。

「どうしたんです？」

いぶかしげに訊く巡査に、佐脇はニヤリと笑った。

「走るのは疲れた……まあ、ちょっと油断させようぜ」

同行の制服巡査に耳打ちした佐脇はタバコに火をつけて、大きな音を立てて吸い込んだ。

「どうだ、お前も」

「いえ、自分は」

そう言うなよと言いつつも、佐脇の目と耳は周囲に注意を向けている。

「しかし、どうしてこんなナンにもないド田舎に、そんな経済人とやらが住んでるんだ？つーか、県有数の経済人って何者だよ？」

「イエ自分はちょっと判りかねます」

制服巡査は律儀《りちぎ》に首を傾げた。

「どれほどの経済人かは知らないが、別邸とか別荘なら普通、もっと風光明媚《めいび》な場所とか、もしくは便利な場所とか、そういう土地に構えるもんだろ？　鳴海なんてド田舎の、そのまた外れの、こんな山のそばに家を建てて、どんないいことがあるんだ？」

「土地が安かった、とかですか？」

「バカかお前。県有数の経済人がなぜ土地代をケチる？　静かな目立たない場所に愛人でも囲ってるのか？　いや、あれは愛人宅って構えじゃないよな」

「風水的に良かったとか？」

「バカ。鳴海なんか風水も淫水もまるで良くねえだろ」

そう言いつつ、佐脇は視界の隅で、妙な人影が動く気配を捉えていた。住宅街が尽き、畑が広がる直前の場所にあるブロック塀を街灯が照らし、チラと影が動いたのだ。

佐脇が黙ったまま顎で方向を指示し、二人は足音を忍ばせ、そこからは死角に入るように、別の塀の陰をたどってブロック塀に躙《にじ》り寄った。

せーの、と無言のままタイミングを合わせて、そのブロック塀のある路地に飛び込んだ。

そこには、怪しい人影が塀にぴったり背中をつけ、辺《あた》りを窺《うかが》うように潜《ひそ》んでいた。

「動くな！」

そう言われてじっとしたまま捕まる奴はいない。この男も脱兎《だっと》のごとく逃走を開始した。

「水野！　こっちだこっち！」

男は佐脇たちが飛び込んできた方向と反対側に逃げている。

「おい、水野ぉ！　そっちに向かってるぞ！」

佐脇の大声に周囲の家の窓にも明かりがつき始めた。辺りが急に明るくなる。

「うるさい！　今何時だと思ってるんだ！」

という苦情も飛んできた。

「午前二時だよ！　おれは時報か！」

佐脇は住民に怒鳴り返しながら男を追った。

水野はどこにいるのか、なかなか挟み撃ちする態勢にならない。

「くそ。面倒だな」

佐脇はスーツの胸元に隠したホルスターからニューナンブを取り出した。

「ちょっ……撃つんですか！」

巡査が驚愕《きょうがく》している。

「真夜中にこんな追いかけっこしてても埒《らち》が明かない。さっさとカタをつけよう。こう見えてもおれは国体に出たことがあるんだぜ」

佐脇はそう自慢して、ゲップをした。

「酒くさいですよ！　マズいですよ」

巡査は必死に止めようとする。

「事故になったら大変です」

「大丈夫だって、ほら」

佐脇は無造作に狙いをつけると、トリガーを引いた。

パン、という乾いた音のあと、男の足元にアスファルトの破片が飛び散った。路面に着弾したのだ。

そこでようやく逃げている男の前方から、水野ともう一人の制服警官が飛び込んできた。

「撃たないでください！」

水野が叫んで走り込んだ。

「了解！」

佐脇も銃を仕舞いながら前進した。

怪しい男は二人の刑事と二人の巡査に挟まれて進退窮《きわ》まり、両手を挙げた。

「手間取らせるなよ。空き巣狙いかコソ泥か?」

相変わらず不機嫌な表情で手錠を掛ける佐脇に向かって、不審者はニヤニヤ笑っている。

「なんや、この県のオマワリは。えらい乱暴やな。夜道歩いてただけで発砲されて、逮捕されるんか？」

「お前が逃げるからだろ」

「夜中にオマワリが走ってきよったら、逃げるもんやろ普通」

男は当然のように言った。

「で、容疑はなんやねん？　ワシが何をした言うんや」

かなり場慣れをしているのが判る。男は中年の冴えない風采《ふうさい》だが、中肉中背の外見も普通で、衣服にも崩れた感じはない。態度だけは筋金入りのチンピラだが。

「不審者がこのあたりの住人宅の敷地内に侵入したという通報があってな。ま、立ち話もナンだ。署で話を聞こうか」

「それはエエけど、ワシは何にも喋らへんデ」

男はふてぶてしく笑った。

＊

「緊急逮捕した男は、石垣啓助《いしがきけいすけ》、三十九歳。住所不定無職。鳴海署に連行した後、逮捕状を請求し、執行しました。身柄を拘束したのは、鳴海市春日町二ノ五付近。あの辺は、近年開発が始まった鳴海ハイランド・リゾート・レジデンスとか言う郊外住宅地で、田舎暮らしをしたい所謂《いわゆる》『新住民』が多い、と」

深夜の鳴海署で、佐脇は手帳を見ながら公原刑事課長に事務的に報告をした。

「その住民である阪巻祐一郎氏から、窓ガラスを割られ、自宅庭に不審者が潜んでいて逃げた、との通報を受けて現場に急行した巡査より応援要請があり出動し、阪巻氏の自宅付近にて不審者を緊急逮捕しました。その際、逃走を阻止し威嚇《いかく》する目的で一発」

「それが余計だったんだ。特に威嚇する必要もなかったんじゃないのか？」

面倒が大嫌いな様子の公原は渋い顔をした。

「深夜の住宅街で発砲とか、流れ弾の危険がどうのとか、またアレコレ言われるぞ」

「こっちも夜中に駆り出されて、手っ取り早く処理したかったんですよ。しかもガラスを割って腐りかけた犬の死体を投げ込んだという危ない奴ですぜ」

「それはそうかもしれないが」

刑事課長は佐脇を宥《なだ》めにかかった。

「発砲はなにかと面倒なんだよ。判るだろ」

「どうせ捕り物の際にあっちに逃げた、こっちに行けとか大声出しても苦情が来るんだ。一発撃って早く捕まえた方が迷惑にもならんでしょう？　効率の問題ですよ」

面倒くさそうに断言したあと、佐脇は公原に訊いてみた。

「それはそうと刑事課長は阪巻祐一郎って知ってますか？」

「いや……」

公原は首をひねった。

「よくは知らんが、不審者が敷地内にいると通報してきた人物だよな?」

「なんだ、知らずにおれたちを駆り出したのか。このヒトは南西ケミカルの御曹司《おんぞうし》ですな。署に戻って通報の確認をしたあと心当たりにちょっと問い合わせてみて判ったんですがね」

実際は磯部ひかるを叩き起こして訊いてみたのだった。

「南西ケミカルの阪巻祐一郎といえば、今は常務だが、次期社長間違いなしな人物と聞いているんですが、そんな大物がどうして、鳴海の片田舎に住んでるんだか、課長はご存じないですかね?」

「住んでた事自体、今聞いたんだから、おれが知るわけない」

ふうん、と佐脇は課長を疑わしげに見た。

「あそこに建ってる屋敷は、南西ケミカル社長の阪巻徹氏名義になってますが、同居する息子の祐一郎氏が、帰宅した時に異変に気づいて警察に通報したと」

「知らんよ、おれは」

課長は本当に知らないのかもしれない。が、佐脇はなおも言い募《つの》った。

「しかし現場の巡査は、通報者が大物だから上の方が気を遣っておれたちを差し向けたんだと言ってましたがね」

「上は上でも、おれなんかよりもっと上の判断なんだろ……それなら、なおのことしっかりやらんとな」

刑事課長の表情を見る限り、ウソをついているのかどうかは判らない。南西ケミカルの御曹司なら、課長クラスを飛ばして署長に直接訴えたとしてもおかしくはない。次期社長確実というほどの人間であれば、鳴海市のＶＩＰとして署長とも顔馴染《なじ》みかもしれないし。

「お前さんが捕まえたのは、ＶＩＰな住人に通報されるほどＶＩＰな不審人物なんだろう。きっちり追及して落とせ」

そう言った刑事課長は、ちょっと間をおいて付け加えた。

「捕まえた以上は、誤認逮捕とか不法逮捕とか言われないように、きっちり自白させろよ」

判っておりますって、と佐脇も応じた。

「ということで、アイツを追い込んで、きっちりオトして送検する」

取調室の廊下で、佐脇は上司の口癖を真似して、水野に宣言した。

「発砲までしちまった手前、仮シャクとかさせられねえ」

水野もそれはそうだ、という表情だ。

「で？　石垣啓助について、判ったことは？　相当マエがあるんじゃないのか？」

「ええ、前科三犯でどれも実刑食らってます。関西の広域暴力団・清和《せいわ》会系の安倍《あべ》組に属していたのですが、コマゴマした企業恐喝に荷担していて、懲役《ちょうえき》五年の実刑を食らって出所してからは結局、どこにも属さずにぶらぶらしているようです」

「野良犬か……いちばん厄介《やっかい》なタイプだな。で、奴が絡んだ企業恐喝ってのはどんなのだ？」

「会社幹部の女性関係や金銭関係のトラブルをネタに、黙っててやるからカネを出せという、ありがちなパターンですよ」

「他には？」

「株や手形を買って、引き取れと捩《ね》じ込んだり……あ、名古屋の会社に債権取り立ての揉め事で乗り込んで、専務をぶん殴った件が、一番最近の実刑です」

水野は調べてきたプリントアウトをばさばさと捲りながら説明した。

「そういう奴がどうして鳴海に？　このあたりじゃ大して企業もないし、恐喝のネタにも事欠くだろう。それとも、鳴龍会がまた関西と揉めてるのか？」

昨夜というか今日の早朝に捕り物をするまで、佐脇は鳴龍会の伊草と機嫌良く飲んでいたのだ。その席で伊草は特にトラブルを口にはしなかった。

ヤクザにも意地を張って弱味を見せない人間と、あっさり腹を割って話すヤツがいるのは堅気《かたぎ》とそう変わらない。伊草とは長いつきあいなので、口に出さなくても困り事があるかどうかは様子で判る。だが、昨夜はそんなそぶりはまったく見せなかった。

「ま、こっちも捕まえちまった手前、何かお土産をもたせて送検しないとな」

「しかし……石垣は、名前を言ったっきり、のらりくらりと供述を拒《こば》んでますが」

「マエがあって企業恐喝が専門で、相手は南西ケミカルで、とくれば、ネタは揃ったな。いっちょ、ガーンとやってやるか」

「しかし佐脇さん。発砲の件もあるし、ほどほどに頼みますよ」

「いや、きっちりやれとの刑事課長殿の思し召《おぼめ》しだから、きっちりやるぜ」

なんとかゲロさせてやると、佐脇は意気込んで取調室に向かった。

昔も今も、刑事の仕事のクライマックスは「被疑者取り調べ」だ。いろんな手管《てくだ》を駆使して被疑者を追い込んで自供させる。最初から罪を認めている者には優しいが、言を左右にして認めない者には厳しい。証拠が揃っている場合は、公判が維持できるという見通しのもとに自信を持って被疑者否認のまま送検出来るが、そんな幸運に常に恵まれるとは限らない。刑事の心証はクロでも証拠が揃っていない場合が、腕の見せどころだ。証拠が足りない分を自供でカバーしなければならない。

役者同様に、刑事個人の個性に応じて、攻め方も違う。

佐脇のようにコワモテなキャラクターは、のっけから高圧的に攻め立てるものだが、そのつもりで身構えた相手に、逆に優しく迫るという番狂わせが効く場合もある。

水野のように若くて真面目な人間は、正攻法に理詰めで冷静に供述を引き出すのが基本だが、こういうまっとうなタイプの刑事が突然怒ると、これがまた効果的だったりする。

つまり、刑事と被疑者の駆け引きが繰り広げられるのが取り調べという場なのだ。

被疑者として逮捕した場合はもちろん、重要参考人として任意で取り調べる時も、客観的証拠と刑事の職人的「読み」の双方から総合的に判断する。調べる側としては、それなりの「ストーリー」があるのは当然だし、それに沿った供述を引き出せるように努力する。

「自供偏重」「暴力的取り調べ」との批判が生まれる理由はここにあるのだ。

「読み」が外れて、「ストーリー」が狂っていると判った場合には、速やかにすべてをリセットする必要があるのだが、自分の読みにこだわるあまりに、自供が得られないのは追及が足りないからだと思い込み、傷口を広げてしまうケースもある。

佐脇も、過去に何度もそういうミスを犯して、冤罪事件一歩手前まで行ったことがある。その都度、自分の誤りに気づいてすっぱりと謝って捜査を振り出しに戻したので、致命的な事態は避けることが出来た。問題刑事、悪漢刑事と言われつつも大きな捜査ミスがない実績がモノを言って、首が繋がっているのだ。

取調室ではスチール机の前で、石垣がパイプ椅子に座っている。

「ここ何日か、あの界隈《かいわい》では不審人物が目撃されていてな。特に、お前さんが嗅《か》ぎ回っていた阪巻さん宅には不法侵入された形跡があると訴えが出てる」

石垣は黙って佐脇を見返した。

「あの家には大企業の社長と御曹司が住んでるのを知ってて、金目のものがあると踏んで狙ってたのか？」

石垣は相変わらず黙秘している。

デスクにどっかと座る佐脇に、水野は横から黙って書類を滑らせた。それは阪巻邸から検出された、石垣の指紋や靴跡の鑑識結果だった。

「石垣よ、お前は阪巻の敷地どころか家の中にまで侵入してるよな？　まるっとすべてお見通しだぜ」

佐脇はすでに古びたフレーズを口にしつつ鑑識結果を石垣に見せた。

「お前の目的はなんだ？　空き巣狙いかコソ泥か、それとも強盗でもやろうとしたのか？」

そうは言いつつ、家宅侵入及び窃盗系の粗暴犯罪はこの男の専門ではないと、佐脇も判ってはいる。

「でもそれはお前のシノギじゃないよな。とすると、阪巻を脅しに行って、うまく話が運ばず、その腹いせに石を投げたか？」

ずっと無関心だった石垣の表情に僅《わず》かな変化があった。「勝手にほざけ」とでも言いたげな、佐脇をバカにする表情だ。

「なんでおれがそんなことをする？」

「企業恐喝がお前の専門だからだ。前科《マエ》もあるよな」

黙ってしまった石垣を佐脇は脅した。

足でスチール机をガーンと蹴って、その音以上の大声で怒鳴りあげたのだ。

「こっちだってお前がケチな恐喝野郎だって事は判ってるんだ！　さっさとゲロしろ！」

だが、石垣は薄笑いを浮かべて佐脇を睨み返してきた。

「なんだその顔は」

「恐喝って、なんのことですのん？」

石垣は、大阪弁で言った。その調子が、いかにも人を小馬鹿にするような絶妙なトボケ具合だ。

「鳴海の田舎に、恐喝してカネになるようなヒト、おりまっかいな。この辺やったら、せいぜいが若い女の子いたぶって泣かせるくらいですやろ」

石垣はへらへら笑い、「茶くらい出まへんのか」とふてぶてしく言い放った。

「女の子を泣かすって、なんだそれは」

佐脇は石垣の胸ぐらを摑んだ。

「お前はそういうこともやってるのか。そっちで逮捕状を取るぞ」

「微罪やがな。刑事サンかて飲み屋のねえちゃん泣かすやろが。それと一緒」

へへへと笑って、石垣は「タバコくれまへんか?」と要求する図々しさだ。

「それにな、ワシ、あの家から逃げていく怪しい男の後ろ姿、見ましたデ」

こういう時、悪党に舐められたらオワリだ。動物と同じで最初が肝心。のっけにガツンとかましておかないと、被疑者に主導権を握られかねない。ナアナアな関係が出来上がってしまっては不味《まず》いのだ。

「てめえ、いい加減なこと言うな!」

佐脇は立ち上がるといきなり石垣が座る椅子を思い切り蹴り上げた。

安物のパイプ椅子が床を滑って転がり、石垣は椅子から落ちて尻餅をついた。

「前科者のお前の言うことなんか信じられるか!」

「痛ァ。痛いなぁ。無茶しよるな」

石垣は相変わらずの馬鹿にしたような大阪弁で悲鳴を上げた。

「いきなり暴力振るうて、あんたそれ人権侵害やがな」

「なーにが人権侵害だこの野郎!」

立ち上がろうとする石垣に手を貸した佐脇は、そのまま背負い投げを食らわせた。

「わ。ナニすんねん!」

壁に叩きつけられても萎縮《いしゅく》する気配すらなく、石垣は大袈裟《おおげさ》に驚いてみせた。

「ここは暴力警察や！」

「コソ泥の分際でナニほざく」

佐脇も負けずに言い返した。

「女の子を泣かすって、なんだ？　てめえ強姦《ごうかん》でもしたのか！」

「しまへんがな。わしのチンポ、もう勃ちまへんのや」

「じゃあただの恐喝か！」

佐脇は床に座り込んだままの石垣に、今度は蹴りを入れようとした。

「ちょっと、佐脇さん」

さすがに横から小声で水野が止めに入り、佐脇を取調室の一隅に連れて行った。

「佐脇さん、マズいですよ。落ち着いてください」

「心配するな。これは芝居だ」

そうは言いつつ、佐脇は演技ではなく本気でムカつき始めてきた。

「女の子をどうのって、現場が同じ鳴海ハイランド・リゾート・レジデンスですから、もしかして、例の、ピピちゃんの件かも」

「なんだピピちゃんって？」

「南西ケミカルの産廃で汚染された水で飼い犬が死んだと、あの住宅地に居住する中嶋《なかじま》という若い女性が訴えてる件ですが」

ああ、と佐脇はやっと思い出した。

「あれからちょっと調べてみてるんですが、中嶋さんは住民説明会に出て以来、何度か嫌がらせを受けてるそうなんです」

うーん、と考えながら佐脇はタバコに火をつけた。

「その嫌がらせを石垣が、って？」

「その可能性もあるかと」

どうなんだろうな、と佐脇は上の空で水野に答えた。

「その件はまあ、調べといてくれ。今はとにかく、阪巻の家に嫌がらせをした件が優先だ」

タバコを消した佐脇が向き直ると、石垣がニヤニヤ笑いながら要求した。

「自分だけモク吸ってるんやないで。おれにも吸わせろや！」

相変わらず刑事を小馬鹿にする態度に、佐脇のムカつきは昂じるばかりだ。

「おい。家宅侵入した跡がハッキリあって、訴えも出てる。この期に及んでゴチャゴチャ言ってもはじまらねえだろ。田舎警察を舐めるな！」

「ほんま田舎警察やな。見当違いの捜査しかできんアホ警察か」

「なんだと！　もう一度言ってみろ！」

だいたい、この件に関しては夜中にたたき起こされて動員されたので、佐脇としては最初からムカついている。その上、心証的にも証拠の面からも「真っ黒」としか言いようのない被疑者が、やたらこっちを舐めた態度で挑発してくる、それが腹立ちを加速させた。

「しらばっくれるなら、阪巻の家に、どうしてお前の指紋や足跡があるんだ！　説明してもらおうか」

「ワシ、セールスマンやから。あの辺が担当やから。それでやないかな」

「はあ？　午前二時に営業に回るのか、お前の会社は！　どこの会社で何のセールスだ」

石垣はへらへらした顔で言った。

「防犯機器でんがな。実演販売」

次の瞬間、佐脇の拳が石垣の顔の前に突き出されていた。

「いい加減にしろ。これ以上ふざけた事を言うなら、今度はこれがお前の顔にめり込むぞ」

「うおおおお！」

驚いた石垣は、吠えた。

「こら、ほんまもんの暴力や！　拷問や！　あんたらはワシに自白を強要して、あることないこと喋らせて、犯人に仕立てあげようたらいう魂胆やな！」

「仕立て上げるだと？　思いっきり真犯人のくせに何を白々しく……この大嘘つきめ

が！」

佐脇も負けずに吠えた。

「いいか。こっちが手加減してるからっていい気になるなよ。手を出さないと思ってたら、大間違いだぞ！　正直に答えろ。今日の午前零時ごろ、お前はどこでナニをしていた？　阪巻の家の窓ガラスを割ってたんじゃないのか？」

「どないやったかなあ？　そんな昔のこと、よう覚えてへんわ」

ぬけぬけと開き直った返事を聞いた佐脇は、スチール机のトップに拳を叩きつけた。どん、という大音響に石垣と、水野までが全身をびくりと震わせる。

「お前、これ以上人をコケにするような態度を取るつもりならこっちにも考えがあるぞ」

「おお、言うたな、えらいこと、アンタ言うたな」

「言ったからナンだ、この、最低のクズ野郎が！」

佐脇がここまでエキサイトすると、もはや水野も割っては入れない。何ともいえない緊迫した空気が過熱した、その時、取調室のドアが開いて光田が顔を出し、佐脇にオイデオイデをした。

「なんだよ、いいところだったのに」

「はい。それまでよ」

「ふざけるな。こっちはマジなんだぞ」

「だから、ここまでだ。あの男は釈放しろ」

「どういうことだ?」

「不審者通報というか、家宅不法侵入の訴えが取り下げられたからだよ。阪巻が、なかったことにしてくれ、と連絡してきたそうだ。とにかくそういう連絡があったと」

そう言って光田は指を天井に向けた。

「上のお歴々から言ってきたそうだ」

「上って、どのくらい上なんだ?」

「さあ。おれはガキの使いみたいなものだから、詳細は知らない」

それに、と光田は酢豆腐を食った後のような顔をして、言った。

「東京から凄い弁護士がやってきて、あの男の弁護をするんだとよ。今、接見を求めてる。冤罪《えんざい》事件の神様とか呼ばれてる、有名な弁護士だ。接見の許可はもう必要ない、釈放するから自由に会えと言っといた」

「なんだと? いったいどういうことだそれは?」

佐脇は思わず大声で怒鳴っていた。

「そんな大物がなぜ石垣みたいなチンピラの弁護をする? たまたまか? いや、このタイミングで国選は付かないよな」

「もちろん、私選だ。あんたのいうチンピラ、こと、そこの旦那がお雇いになったんだよ」

佐脇はもの凄い勢いで振り返り、石垣を睨みつけた。

「おい。お前、そんな大先生をいつ、どうやって選任したんだ？」

佐脇は石垣に迫った。

「お前のバックはどこのどいつだ？　誰がついてる？」

被疑者は返答する代わりに、胸ポケットから銀色の物体を取り出した。

「今までの、全部録《と》らせてもろたデ。これ、ＩＣレコーダーちゅうやつや」

水野がダッシュして、石垣からレコーダーを取り上げようとした。

「無断で取り調べを録音するんじゃないっ！」

しかし、佐脇が割って入って、止めた。

「やめとけ。大阪府警のブザマな警部補みたいになるぞ。今さら慌てて謝ったり、仲良くしようとか言うのはコイツの思う壺だ」

水野を諭《さと》してから、石垣に向き直った佐脇は、不敵な笑みを浮かべた。

「聞いたか。あんたのために、東京からえらい弁護士先生がお出ましになったそうだ。ま、おれを陥《おとしい》れるなりなんなり、やりたいようにやってくれ」

一騒動を覚悟していたらしい石垣は拍子抜けしたような顔になったが、光田と水野は、ほとほとガックリ、という不景気な顔になった。

「みなさん、これが、石垣啓助さんが受けた暴力的な取り調べの一部始終です！」

＊

地元では一番格の高い『鳴海グランドホテル』の宴会場に急遽《きゅうきょ》、記者会見の席が用意されていた。東京から来た弁護士・如月和孝《きさらぎかずたか》がうやうやしい手つきでＩＣレコーダーの再生ボタンを押した。弁護士の隣には、石垣本人が神妙な顔で座っている。

レコーダーからは、いきなりスチール机が蹴られたがーんという音が響き、『こっちだってお前がケチな恐喝野郎だって事は判ってるんだ！　さっさとゲロしろ！』という佐脇の怒鳴り声が続いた。音が割れているので余計に荒々しく聞こえる。

「ここからが重要です」

新劇の重厚な脇役俳優によく似た初老の渋い弁護士が、重々しく言った。

レコーダーからは、どんがらがっちゃん！　と凄い音がした。佐脇がパイプ椅子を蹴って石垣がひっくり返る音だが、音だけ聞くと、どんなひどい暴行がなされたのか、と思ってしまう。

『痛ァ。痛いなぁ。無茶しよるな。いきなり暴力振るうて、あんたそれ人権侵害やがな』

『なーにが人権侵害だこの野郎！』

佐脇の怒鳴り声に続いて、どすんばたんという音がして、石垣の悲鳴が入った。

『わ。ナニすんねん！　ここは暴力警察や！』

『コソ泥の分際でナニほざく』

「……とまあ、こういう状況が延々と続きます」

再生を止めた如月弁護士は、威厳のある声で言った。

「この後、T県警鳴海署の刑事は、拳を石垣さんの目の前に突きつけて、『いい加減にしろ。これ以上ふざけた事を言うなら、今度はこれがお前の顔にめり込むぞ』と脅して、警察の思惑に添う自白を強要したのです。こういうふうに」

如月がボタンを押すと、「うおおおお！」と驚く石垣の声が流れた。

『こら、ほんまもんの暴力や！　拷問や！　あんたらはワシに自白を強要して、あることないこと喋らせて、犯人に仕立てあげようたら言う魂胆やな！』

それに応戦する佐脇の怒号があって、再びスチール机を蹴るがーんという音がした。

『いいか。こっちが手加減してるからっていい気になるなよ。手を出さないと思ってたら、大間違いだぞ！　正直に答えろ。今日の午前零時ごろ、お前はどこでナニをしていた？』

「……如何《いかが》ですか。これはもう、言語道断です」

たっぷり間を取った如月の語り口に、記者たちは完全に引き込まれている。

「防犯機器のセールスマンである石垣啓助さんは、まったく何もしておらず、ただ道を歩いていただけなのに、警官に呼び止められて、職務質問を拒否しただけで刑事に追われ、あろうことか拳銃を威嚇発砲され、署に連行されてこのような拷問を受けて、架空の事件の犯人にされようとしたのです。また新しい冤罪が起きたのです」

ここで石垣が背中を丸めて泣き出した。嘘泣きのうまいやつだ。

「過去、幾多の冤罪事件が起きているにもかかわらず、お聞きの通り、警察は、まったく懲《こ》りていない。今回はたまたまこのような録音がなされていたので、石垣さんの違法取り調べを明らかにできました。しかし取り調べの可視化が進まない限り、警察による違法取り調べは後を絶たず、冤罪は絶対に防げないのです！」

「バカ言ってるよな……」

ホテルの宴会場を借り切った会見場の物陰で、佐脇と水野が一部始終を立ち聞きしている。

「あの録音、自分に都合よく編集してあるじゃねえか」

「しかしまあ、佐脇さんが椅子を蹴ったり背負い投げ食らわせたのが事実である以上……」

水野は煮え切らない返事をした。

「やっぱり、手を出したのはマズいですよ」

「だがよ水野」

佐脇は水野に向き直って、言った。

「じゃあ、アイツはなんのために現場にいたんだ？　現場に居もしない男を捕まえたんなら

アレだが、アイツは午前二時に現場にいて、逃げて、捕まったんだぞ。そんな真夜中に

防犯機器の訪問販売って、どこの馬鹿マスコミが信じる？　おまけに窓ガラスが割られ、

異物が投げ込まれた午前零時のアリバイも無いときてる」

だが佐脇はざわめき、色めき立っている記者席を眺めて、ぽつりと言った。

「連中のあのノリじゃ……たぶんあの弁護士が犯人は宇宙人です、と言っても信じるな」

如月弁護士は佐脇の名前を出さなかったが、記者は当然、その刑事の名前を訊く。

「鳴海署と言えば、おそらく佐脇刑事ではないかと思われるのですが、どうですか」

おそらくも何も、録音の声を聞けば、誰にでも判る。

「……仰《おお》せの通りです。問題の取り調べに当たったのは、鳴海署刑事課の、佐脇巡査長です」

やっぱり、というざわめきが広がった。

「石垣さんは、こんなデタラメな取り調べをした佐脇刑事に今、何を言いたいですか？」

という記者の質問に、完全に被害者になりきった石垣は、憔悴《しょうすい》した表情で、言葉を絞り出すように言った。

「……謝って……謝って戴《いただ》きたいです。手をついて私に謝って欲しいです」

釈放されて丸一日。わざと絶食して水も飲まなかったのだろうが、それだけでここまでよく悴《やつ》れた顔になるものだと佐脇は妙な感心をした。もしかしたら東京からメイキャップ・アーティストも呼んだのかもしれない。

「私は、仕事を終えて家に帰る途中だったのです。深夜とはいえ、問答無用で何かの犯人扱いをされて、銃まで撃たれて脅されて……あの刑事は鬼です悪魔です犬畜生ですッ！」

このまま放置すると放送禁止用語が並びそうだったので、如月弁護士が慌てて遮《さえぎ》った。

「ま、このように、大変なショックを受けておられます。私は石垣さんの怒りは当然だと思います」

記者から質問が飛んだ。

「で、石垣さん側としては、この取り調べの違法性を広く世間に訴える以外に、なにか法的な措置《そち》を考えておられますか？」

記者の質問に、如月は大きく頷いた。

「T県警ならびに佐脇巡査長を、特別公務員暴行陵虐などの罪でT地検に告訴致します。地検も警察と表裏一体の関係ですから、あるいは身内を庇《かば》うかもしれません。そのへんを、ここにおいでの皆さんマスメディアの方々には是非とも監視して戴いて、市民が安心して暮らせる世の中にしていきたいと思います」

「め、名誉毀損とかでもあの刑事を……」

石垣がアドリブで付け加えようとしたが、巧く言葉が浮かばない様子で、目を泳がせた。その視線の先に、たまたま衝立《ついたて》の陰から顔を出した佐脇が居た。

「あ！　あいつだ！　あの男です！　私に殴る蹴るの暴行をして口汚く罵《ののし》って、肉体的精神的にズタズタにした鬼悪魔犬畜生は！」

石垣が佐脇を指さした。

「……やべえ」

逃げるぞ、と佐脇は水野を連れて会見場の出口に向かった。

記者のうち、数人が追いかけてくる。佐脇は走りながら水野に言った。

「とにかく、アイツは絶対にクロだ。何がクロなのか判らないが、急に訴えを取り下げた阪巻祐一郎といい、妙な事が多すぎる。おれも探るが、お前も調べろ」

「了解」

二人の刑事は、勝手知ったる地元の最高級ホテルの中を走り抜けた。

＊

常務である阪巻祐一郎によるセクハラと、所属部署の全員から無視される職場いじめに必死に耐えていた香苗だが、ある日、いじめの首謀者である野口夏恵に、湯沸かし室に呼び出された。

何事かと怯えつつ行ってみると、夏恵が切り出したのは、意外にもランチの誘いだった。

「あなたにも悪いところがあるから、こういうことになっているんだけど、これでいいとはあなたも思っていないでしょう？　いつまでもこのままというのはよくないから、前向きに、これからどうしたらいいか、話し合う必要があるわよね、私たち」

出来たらもう一度仲良くしたい、その手始めにお昼を一緒に食べようと、夏恵は言っているのだ。

香苗は涙が出るほど嬉しくなり、ほっとした。

ずっと耐えてきた孤独からこれで救われる、一条の光が射すとはこのことかと思った。祐一郎のセクハラは止まないかもしれないが、職場で無視される地獄から解放されるのなら、それだけでも楽になる。退職はせずに頑張れそうだった。

南西ケミカルの本社付近は、グループ企業が入っているビルが密集していて、「ケミカル村」と呼ばれている。その周囲にある飲食店も大方は南西ケミカル関係者御用達で、ほとんど社員食堂の雰囲気だ。

その中でも、本社ビルから一番遠くにある、まだ行ったことのない喫茶店に、香苗は連れて行かれた。

これでまた職場の仲間に入れてもらえるのかと思うと香苗は嬉しかった。人の噂話や悪口ばかり話題になって盛りあがる雰囲気は苦手だったが、それでも無視されてひとりぼっちでいる地獄の辛さに比べれば、話を合わせることぐらいなんでもない。

その店は、入り口からして陰気な、節電と言っても度を超しているだろうと思えるほど室内が暗くて窓も小さい、陰々滅々とした喫茶店だった。いわゆる昔の純喫茶風の、ほの暗くて落ち着いた雰囲気を狙ったのかと言えば、それも嘘になる。

椅子もテーブルも古ぼけていて、テーブルクロスは変色しきったビニールなのだ。

そして、その人気《ひとけ》のない喫茶店で待っていたのは、憮然とした表情の、同じ部署の他の女子社員たち五人だった。

全員が顔を強ばらせ、目が吊り上がっていて、異様な雰囲気だった。

仲直りの会、という口実が完全な罠であることを香苗は悟った。夏恵は舌なめずりをせんばかりのうれしそうな顔、同僚たちは五人とも、凄い目で香苗を睨みつけている。

「で、あなたの悪いところなんだけど、こっちもこの際だから、率直に言わせてもらうね」

以前から香苗を嫌っていたらしい一人が、緊張して口を切った。目的は「仲直り」などではなかった。実のところは、みんなで香苗を糾弾する集会だったのだ。

「だいたいさあ、あんたのそのブリッコが大嫌いなのよね」

最初に攻撃の火ぶたを切ったのは、やはり夏恵だった。途中入社の、いわば新参者なのに、巧みな話術で部署の全員を味方につけて、香苗をいじめの標的にした張本人だ。

「あんた、常務に色目使ってるでしょ。清純そうな顔して実はすごい淫乱だって、常務も呆れてたよ。とんでもないアバズレって、あんたのことじゃん！」

「言いたくないけど、香苗って、外見と中身が凄く違う感じだよね」

「カラダ使って常務に取り入って、どうする気？　愛人にでもなろうっていうの？」

「それと前から思ってたんだけど、あんた、妙に気を使われてる感じがあって、それが、ずっと嫌だったのよね。夏恵さんも言ってるように不公平、って感じで」

香苗とは仲が良かったあとの二人も、夏恵たちのひどい言葉に恐れをなして、俯向いて黙りこくったままだ。みんな、苛められる側にまわるのが怖いのだ。

これは、中学校のイジメと同じではないか。香苗は呆然とした。

中学校なら先生がいて、先生が駄目なら校長、校長が駄目なら教育委員会、と訴える先があるだろう。だが南西ケミカルにそんなものは無い。部署の課長も課長代理もこの件については完全に見て見ぬフリだ。なにしろ香苗にセクハラをしているのが、彼らの上にいる常務なのだから、河原も死んだ今、香苗の味方は社内に誰一人いなかった。

「ちょっと、なんとか言いなさいよ！」

言われっぱなしでまったく言い返せない香苗に苛ついたのか、夏恵は声を荒らげた。

喫茶店のマスターもウェイトレスも、怖がってしまって注文すら聞きに来ない。

「全部図星だから、何も言い返せないんでしょ！」

夏恵はますます興奮して声が大きくなってきた。

「この、泥棒猫！」

そう言うと、テーブルの上のコップを取り、中の水を、香苗に浴びせかけた。

その時、ばさり、と音がした。店の隅にいた客が、読んでいた新聞をテーブルに置き、立ち上がってこちらに来ようとしていた。

「あんたら、いい加減にしな」

佐脇は、河原殺人事件について隣県の南西ケミカル本社の関係者に何度も事情聴取を申し入れていたが、会社からは任意ならばお断りしたいという返事がくるばかりで、いっこうに埒《らち》があかない。

それでは、とアポなしで隣県にある本社に突撃したが、あっさりと拒否されてしまい、嫌気がさして人気のない喫茶店でサボることにした。

不貞腐れてスポーツ紙を読んでいると、女子社員が数人入ってきた。南西ケミカルの社員らしいので聞き耳を立てていると、さらに二人がやってくる。

その二人とも が知っている女性だったので、佐脇は驚いて、新聞を読むふりをしつつ、様子を窺った。

だが、大勢で一人を糾弾する、リンチも同然の展開に堪忍袋の緒が切れてしまった。

「あんたら、いい加減にしな」

ことさらにドスを利かせた声で言い、新聞をテーブルに叩きつけて立ち上がった。

「夏恵、お前はマッチポンプか！」

夏恵は顔面蒼白になって店から逃げ出した。それを見た他の五人も脱兎の如く逃走して、店内には、佐脇と香苗だけが残された。

「……こういう事だったのか。カラクリがやっと判った。気の毒にな」

「あなたは……美知佳さんの知り合いの、あの時の……」

香苗は佐脇を見て驚いている。

「そうだ。T県警・鳴海署の佐脇という者だが」

佐脇は香苗の前に座った。

「あの時に打ち明けてくれたら、いろいろと手を打てたと思うんだが。こんなことを我慢する必要はないんだ」

その言葉を聞いた香苗の目に、大粒の涙が湧いてきた。

次の瞬間、彼女は号泣していた。

「……あの、刑事さんは……私のために?」

香苗は泣きじゃくりながら、とぎれとぎれに訊いた。

「いや、そういうわけじゃないんだが……あの夏恵という女とちょっとした知り合いでな……あの女はワケアリのくせ者だぜ。マトモに相手をすべきヤツじゃない」

そうなんですか、と香苗は返事をしつつ、涙が止まらない。

「おたくの会社についてはいろいろ聞いてるが、こんなに酷いとは思わなかったな。平成の御世にこんな腐った会社があるとは……」

佐脇は、香苗の横に席を移すと、威圧感を与えないよう、注意しながら言った。

「こちらも、あなたに訊きたいことがあった。あなたのお父上……井上誠氏は、十五年前に亡くなっているね? 辛いことを思い出させて悪いが、その後のことを知りたい。会社からは、たとえば補償のようなものはあったんだろうか」

「ええ……それはとても良くしていただいたと母が……亡くなった河原さんも」

だが、佐脇が訊きたかったことを香苗が話し始めようとした時。

喫茶店のドアが荒々しく開いて、背の高い男が入ってきた。

「困るね。井上君。社内の事情を勝手に外部の人間に漏洩されては」

「常務……」

顔を上げた香苗は、男を見て真っ青になった。

「あの……私……そんな、漏洩だなんて」

背が高く、それなりに整った顔立ちで二枚目と言えなくもないその男は居丈高に命じた。

「とにかく困るんだ。今すぐ社に戻り給え」

傲慢《ごうまん》そうな物言いと、人を見下した表情のまま、男は佐脇に矛先を向けた。

「どこの誰かは知らないが、ウチの女子社員に、あんた一体何の用ですか？」

「おれか？　おれなら隣の鳴海市でオマワリをやってる者だが」

感じの悪い態度にかけてはこちらにも自信がある。佐脇も負けずに、だらしなく椅子にもたれたまま、面倒くさそうに警察手帳をちらりと見せ、素早く仕舞った。

「ほう。田舎の刑事さんは昼間っから、ＯＬとイチャイチャしていいのか」

「おれは、この人に事情を聞いてたんだ」

「ほう。事情ね。何の事情だか」

佐脇と香苗の前に仁王立ちした男は、鼻で笑った。

「佐脇さんとやら。アンタの評判はこっちでも広まってる。最低最悪のエロ刑事とか、金に汚い悪徳刑事との評判がな。噂にたがわず、わざわざ隣県まで足を伸ばして、昼日中からＯＬをナンパとはな！」

なんだこの男は、と佐脇は呆れた。まともな社会人が、こうまであからさまに喧嘩腰になるものか。

「なるほど、ご批判はご批判として真摯に受け止めたいと存じます、とでも言っとこうか。察するところ、あんたも南西ケミカルの社員らしいが、あんたの会社は礼儀や常識について一体どういう考えを持っているのか、田舎警察としても気になるところだ」

男はスーツの内ポケットに入れた手を大きく振り上げ、取り出した名刺を、ぱしっと佐脇の目の前のテーブルに叩きつけた。

「おれは南西ケミカルの常務だ」

そう言って大きく胸を張ってみせる。

「ランチタイムにエロオヤジに口説かれる女子社員も問題だが、口説くアンタも最低だな。T県警には倫理規定がないのか？」

阪巻祐一郎。

名刺に印刷された名前と、甘いマスクと言えなくもない顔を見比べた佐脇は、なるほどねと頷いた。

「何を納得してるんだ」

「いや、あんたが噂の、出来の悪いボンボン常務かと思ってね」

「失敬な！」

祐一郎は顔色を変えたが、それ以上の暴言は何とか思いとどまり、まるで自分の所有物でもあるかのように、香苗の腕を乱暴に摑んだ。

「さあ、社に戻ろう！　君はこんなエロオヤジの毒牙にかかっていいのか？」

「ほう。常務さんともなれば、風紀委員みたいなコトもやるんですか。社内いじめといい、オタクの会社はなんだか……出来の悪い中学校みたいですな」

「……T県警にはいずれ正式に抗議させて貰う」

さあ来るんだ、と祐一郎は香苗の腕をぐい、と引いた。

仕方なく席を立った香苗は、祐一郎に抱きかかえられるようにして、店を出て行った。

その姿は無力で、いたぶられるために心ならずも連れ戻されているとしか見えない。

しかし、香苗からの意思表示がない以上、佐脇にはどうすることも出来なかった。

＊

「ええ、昨夜というか、本日未明に、鳴海の自宅でちょっとしたトラブルがあったのですが」

Q県Q市にある南西ケミカル本社の会長室で、社長の阪巻徹は、直立不動で会長に報告していた。

自分に与えられた社長室にくらべて、この会長室は豪華だ、と阪巻徹は今更のように思った。南西ケミカル本社の建物はQ県の県庁所在地であるQ市の一等地にあり、社屋は堂々として敷地も広いが、老舗の製造業だけあって、良くいえば質実な、何の飾りも面白味もないコンクリートの巨大な箱だ。

社内も外観と変わらず、最近の大都市にあるインテリジェンスビルなどとは比べるべくもない、いわゆる「お洒落」なオフィスとは無縁の素っ気なさだ。照明は蛍光灯で、灰色のスチールの事務机やキャビネットばかりが並んでいる。

だが会長室は違う。南西ケミカルが高度成長期に業績を伸ばした時に、この部屋だけは会長である阪巻祐蔵が金に糸目をつけず改装させた。あまりに豪華だったので数年前、あるテレビ局から、開局何十周年だかの記念のドラマに使わせてもらえないか、と打診があったほどだった。

徹が今呼ばれて報告をしている「会長の城」は、天井からして他の部署のような安っぽいボードではなく、風格のある漆喰で仕上げられている。最初は真っ白だったが、今はうっすらとクリーム色の良い感じに時代がつき、目立ちすぎない程度の、あっさりしたロープ模様の装飾がアクセントになっている。

照明は、地味だがなぜか目玉の飛び出るような価格の、乳白色のチェコ製ガラスのシェードだ。見た目が派手なクリスタルのシャンデリアよりも、どういうわけかずっと高価だったのに、会長がそれに固執したことを、徹は苦々しく思い出した。

会長室の改装費用が結果としてかなりの額になり、銀行筋に説明するのに苦労させられた昔の嫌な記憶が甦ったのだ。

重々しいドアも、壁も家具も、最高級のオーク材が使われている。Q市街を見下ろす大きな窓をバックにした会長の机の天板は、卓球台が三面は取れそうなほどに広い。その机に向かって、一切の腰痛を予防するという触れ込みの背もたれの高い椅子が置かれ、そこに会長が端座している。一脚で百万以上もしたのは、特注で革張りにさせたからだ。

厚いガラス板で覆われた机には、殺意のある者が見れば凶器にしたくなるであろう、きらめくクリスタルの灰皿、大理石のライター、葉巻の箱など、純金で張ったペンが数本並ぶトレイなど、ひととおりのアイテムが揃っている。一月に会長が葉巻に使う経費は、南西ケミカル新入社員の初任給より高い。

応接スペースにも、最高級の、スペイン産のダークブラウンの革で張った、巨大な船のようなソファが置かれている。巨大すぎて、そこらのマンションには搬入することさえ不可能だろう。

それほど巨大な家具に囲まれていても、長身で貴族的な風貌の会長は、いささかも位負けするところのないのが見事といえば見事だった。銀髪に鷲鼻、彫りの深い顔に、今なお猛禽類のような鋭い眼を炯々と光らせている。

それに引き替え痩せて貧相で、妻からもネズミか、まるで猿のような、と陰口を叩かれている自分は、この会長の前では、とうてい社長には見えないだろう、と徹は内心自嘲した。

「どうした？　ぼんやりするな。祐一郎とお前の自宅で、昨夜いったいどんなトラブルがあった？」

会長に一喝され、徹はびくり、として我に返った。恃みにしていた河原が死に、鳴海市の例の産廃の問題もますます深刻なことがわかってきたため、最近はどうもうまく集中力を保つことが出来ない。

徹は慌てて報告を続けた。

「はい。申し訳ございません。しかしながら昨夜の件に関しては、どうやらトラブルを逆手にとって良い方向に収束させることが出来たようです。東京の新聞もテレビも、あの刑事の違法な取り調べを取材に来てます。例の産廃が問題になることはありません。住民からの抗議がマスコミに載るのではないかと危惧していたのですが、話は完全にすり替わりました。と申しますか、この件では被害者は我々なのでありまして」

小柄で貧相な現社長は、長身で恰幅《かっぷく》がよく、年を重ねて威厳が増すばかりの老会長・阪巻祐蔵の前では、村役場の出納係か、大旦那に縮こまる番頭にしか見えない。しかも会長は本社ビルの絶景を背景に悠然と座っているから余計に差が開く。

「あの佐脇とか言う刑事は、T県警ではこれまで当社がコネクションを付けられなかったはぐれ者で、紐付きではないだけに扱い難《にく》かったのですが、これでもう大丈夫でしょう」

南西ケミカルは、お膝元のQ県Q市を企業城下町として事実上支配下に置いている。多額の税金を納めて県や市の財政に貢献しているし、自治体がカバーできない福祉厚生の面でも、会社が様々な施設を作って社員のみならず一般市民にも開放している。とはいっても、Q市に至っては市民のほとんどが南西ケミカルの社員とその親族であるのだが。

同様の関係がQ県のお隣のT県鳴海市にも存在する。Q市ほどには市の経済を左右する存在ではなく、他の地場企業の陰に隠れている感はあるが、鳴海市における南西ケミカルの存在は決して小さくはない。税金だけではなく市への寄付、そして政治献金で、市長や市役所、そして市議会ともそれなりの関係が作られている。もちろん警察も例外ではない。ただ、佐脇のようなメインストリームを離れて勝手に泳いでいる者までは網に掛けていなかったのだ。

「しかしまあ、如月先生がちょうど大阪にいらしててよかったです。ウチから迎えを差し向けて、先生が鳴海署に入った途端に形勢大逆転ですからね」

会長は鷹揚《おうよう》に頷いた。

「まあ、その件についてはよくやった。お前にしては機転が利いたな」

そう言われた社長は、ぺこぺこと頭を下げた。

「あの刑事は、河原の件を担当してるんだろう？　ああいう強請《ゆす》りたかりも同然の刑事に、うるさく嗅ぎ回られるのもな」

「おっしゃる通りです。ですから私としましても、今後のアレコレを考えますと、あの刑事を早い段階で処理しておきたかったので、うまくいきました」

社長はモミ手をせんばかりだ。

「しかし……あの石垣という奴はそもそも、ウチとどういう関係があるんだ？」

「先日ご説明致しましたが……」

「もう一度言え！」

年のせいで記憶力が衰《おとろ》えつつあり、いっそう短気になった会長は、怒ってごまかした。

「はい……あの男には、当社に関する世論の調整といいますか、要するに広報の一端を担ってもらっているのです。ウチほどの大企業になりますと、その、いろいろと毀誉褒貶《きよほうへん》があるものでして……まあ、言いたい奴には言わせておけではあるのですが、目に余る言動に対しては、やはり、それなりの手立てを講じておく必要があるのでして」

「要するに、ウチに対して敵対行為をしてくる連中に、社として対応する『以外』の部分をやらせているということだな？」

「はい」

阪巻徹はうやうやしく頷いた。

会長がまだ社長だった時代、強引に作った産廃処分場が現在ふたたび厄介なことになりつつあり、それへの対処を余儀なくされているのです、と実は言ってやりたいところだが、ぐっと我慢した。そういうことを一切会長の耳には入れず、必要があれば石垣のような男も使い、逆に使うべき金は惜しみ、ただひたすらコストカットをしてきた。そうして会長に引き立てられ、ようやく手に入れた社長の地位なのだ。

今更、その方針を変えるわけにはいかない。汚れ仕事を一手に引き受けていた河原を失った現在、すべてを自分でやらなければならなくなったにしても。

阪巻徹は自信を失い、怯《おび》えていた。河原無しで、何もかも自分に出来るとはとても思えなかった。いっそすべてを打ち明けて助けを求めたかったが、同時にワンマン会長の逆鱗《げきりん》に触れるのもひどく恐ろしい。

そもそも、会長が戦後すぐの混乱期に政商と手を結び一気に事業を拡大した無理が、すべて自分の代に噴出した、と阪巻徹は思っている。違法スレスレ、あるいは法律の未整備を良いことに、南西ケミカルはグレーゾーンを活用して商売を広げてきた。やがてイケイケドンドンの高度経済成長が終わって急激に業績が悪化した時、思いがけず、銀行出身の自分に社長の座が回ってきたのだ。それまでは経理畑と資材部で、ひたすらコストカットに明け暮れてきた、その成果が認められたのだ。会長の言いなりのイエスマンで、出入り業者を絞れるだけ絞って、会長の喜ぶ数字を出す手腕はすでに認められ、会長の長女を嫁に貰って娘婿になってはいたが、自分の器からして、期待はしていたが実際に社長の地位が回ってくるとは思っていなかった。しかしそれを喜ぶのは間違っていた、と思い知らされるのに、それほど時間はかからなかった。

徹が社長になって以来、仕事のほとんどは会長の尻拭《しりぬぐ》いに追われたからだ。不採算部門の整理及び合理化とグレーゾーンの適法化。それでなんとか南西ケミカルは持ち直し、オイル・ショック以降の荒波を乗り越える体力も得て、地方の大企業として生き延びているのだった。

だが、そんな現社長としての徹の苦労を、会長が理解しているとは言い難《がた》い。理論など無視した自己流経営で一定の成果を上げたオーナー経営者は視野狭窄《きょうさく》に陥りやすいものだが、現会長がその典型的な例だった。

そんな会長に、石垣とのことを詳しく報告しても理解してもらえるとは思えない。

徹はそう割り切っているので、あの夜、石垣と密談したことは胸の内に仕舞っておこうと決めた。

それは、殺された河原が一手に引き受けていた産廃処分場の汚染問題における住民対策だった。その第一が、住民説明会で立ち上がり、感情論でアピールしてきた「愛犬を殺された」と訴える女性の処理だった。

河原が死んで間もなく、ある日突然、石垣は徹の目の前に現れた。「そんな女の一人や二人、簡単に黙らせますがどうです」と持ちかけてきたのだ。

この石垣という男については、河原を通じて顔と名前だけは知っていたが、ここ十五年の間、まったく会うことも、話を聞くこともなく、完全に縁が切れたと思っていたのだ。

そんな男が、裏社会の匂いをぷんぷんさせて「どうです？　キレイさっぱり黙らせてやりますよ」と言ってきたので、彼は動揺した。

これはまさしく、血の臭いを嗅ぎつけて寄ってきたハイエナかハゲタカではないか。

これは誰にも知らせられないと思った。河原も居なくなり、誰に相談していいか判らないまま、うっかり口をきき、押されるままに話に乗ってしまったことを後悔したが、後悔した時は必ず手遅れなのだ。

徹は、今まで石垣のような裏社会の人間と接触したことがなかった。その必要があるときは、河原が必ず間に入り、危険な匂いのすることはすべて取り仕切っていた。

コストカット以外に能がなく、人望もない自分の右腕となって動いてくれる人物は、河原以外には一人もいなかった。だがその彼もいなくなった今、これまでにしてきたことの後始末も含め、すべてを自分でやらなくてはならなくなった。気がつけば非常に孤独で、危険な立場に置かれていることを、徹は今更ながらに思い知った。

だが、自分の地位と、南西ケミカルを守るためには、ここで逃げるわけにはいかない。あの会社人間だった河原でさえ使いこなしてきた人間なのだから、自分にだって出来るだろう。

　徹は、大丈夫、やれば出来る、と必死に自分に言い聞かせた。

　だが、海千山千の石垣は、彼のそんな気持ちを最初から見抜いていた。

「社長さんはオレのような人間とは関わりたくないと思ってるだろう？　判ってるんだ。けど、『前からの事』もあるわけだよ。だから、仲よくやっていきましょうや」

　ニヤリとして、そう言ったのだ。

　腹の底を見透《みす》かされている。

　直観的に悟《さと》った徹は、背筋が凍るほどの恐怖を覚えた。

　だが、死んだ河原と石垣をめぐる事実関係、河原が石垣を使って実際に何をやらせたかについては、死んでも会長に話すことは出来ない。「経営者たるもの清濁併せ呑《せいだくあわ》め」と、舅《しゅうと》からはこの歳になっても言われ続けているが、最も清濁併せ呑めないのが当の会長本人であることは良く判っている。真相を知れば会長は確実に保身に走り、トカゲの尻尾《しっぽ》切りとばかりに、真っ先に切り捨てられるのは自分だろう。

「で、昨夜、その石垣という人物が当該業務……つまり鳴海ハイランド・リゾート・レジデンスの住民対策について打ち合わせに来ていたのですが、石垣が帰った後、敷地内に誰かが潜んでいた形跡があったため、遅く帰宅した祐一郎が警察に通報してしまいました。それについては、石垣が来る前にも、トイレの小窓が割られたり、犬が猛然と吠えて鳴き止まないなどの不穏な事がいろいろありまして」

石垣との「業務打ち合わせ」とは、「産廃被害を訴える側」への嫌がらせの成果についての報告、およびさらなる「業務」についての確認だった。

阪巻家のガラスが割られた午前零時ごろ、石垣は「ピピちゃんの飼い主」である中嶋亜《あ》希《き》の家で嫌がらせ工作をしている最中だった。家のまわりに腐ったゴミやネズミの死体を撒《ま》いていたのだ。

それを聞いた徹が困惑し「やり過ぎは困る」と言うと、石垣は「会社のご迷惑にはなりませんよ」と気味の悪い含み笑いをしたのだ。従って、祐一郎が通報してしまった『不審者』が石垣以外の人物であることは、少なくとも徹にとっては明白なのだが、そのことについても舅である会長に詳しく説明することは出来ない。

阪巻親子宅に石を投げ込んだ不審者は石垣ではない、詳しいことはともかく、それは確かだ、という娘婿からの説明を聞いた会長は、小さく頷いた。

「まあ、経緯は判ったが……ああいう手合いとの付き合いは気をつけねばならんのだ。裏社会の人間とは、一度関係を持ってしまうと、死ぬまで付き纏《まと》われる」

「しかし、それはもう仕方がないことですから。適当に金を渡して飼うしかないでしょう。万一、こちらを脅すような素振りが見えた場合は、すぐに警察に対応させます」

判った、と会長は一応の理解を示した。

「だが、祐一郎にも困ったものだ」

これで終わりかと思ったら、話の矛先《ほこさき》は徹の息子で、会長自身の孫にあたる阪巻祐一郎に向かった。

「たかが窓ガラスを割られたぐらいのことで慌てふためいて警察に電話するなど、情けない。お前やわしに相談もせず、縮み上がってただちに通報などとは。多少のことで動揺していては、南西ケミカルのような大きな会社の舵《かじ》取りは出来んぞ。もっと腹を据えてもらわんと。胆力のない人間には、次を任せられん」

「最近、脅迫されているようで、それで気が立っていたのでしょう」

「脅迫？　なんのことだ？　初めて聞くぞ」

判りやすく説明しろ、と会長は怒鳴った。

しまった、うっかり口が滑った、と後悔しつつ、徹は仕方なく話した。

「このところ、祐一郎宛に白紙のファックスが大量に送られてきたり、意味不明の怪文書が投げ込まれたり、いろんな嫌がらせがあるようなのです」

「祐一郎にか？　何故だ？」

「その件について、ちょっと調べてみたのですが、どうも、その……」

会長は、孫の祐一郎を溺愛《できあい》している。父親の徹から見ても、ちょっと異常ではないかと思えるほどに猫っ可愛がりしている。それは祐一郎が赤ん坊の頃から現在まで変わらない。それゆえに、我が子の事ながら、本当のことを祖父の会長に言うのが憚《はばか》られた。

「言え。何を隠している」

「はい……実は、女子社員に手を出して、それで揉めているのではないかと」

「慰謝料とか、そういうことなのか？」

「いえ、どうもそうではないようで」

「判らんな。揉めていて、話がつかぬから脅迫されているという事ではないのか？　お前の話では、そういう展開になるとしか思えんがな」

「いえ、脅迫しているのが、その女子社員本人とは、どうやら別人のようでして」

徹は曖昧に言葉を濁した。

「その女子社員がらみのトラブルと、最近、祐一郎の家に嫌がらせが頻発《ひんぱつ》していることがもしも関連しているのであれば、話をつけるのも簡単なのでしょうが……別の可能性も捨てきれませんし」

会長は苛立った様子で、いきなりデスク上のインターホンに怒鳴った。

「祐一郎を……常務を呼べ！　すぐにだ」

他ならぬ会長からの呼び出しを食らって、祐一郎は五分も経たずに駆けつけた。

「お呼びでしょうか」

すっ飛んできた祐一郎は息を弾《はず》ませ、会長が急に何の用かと不安げな様子だ。

「つかぬ事を訊くが、お前は、社内で何か拙《まず》いことをしているのか？」

「え」

いきなりズバリ訊かれて、祐一郎は狼狽《うろた》えた。

「何のことでしょうか」

「会長がお訊きになっているのは、お前の、例の不始末についてだ」

徹は父親らしく、叱るように言った。しかし、舅と息子の両方からキツい目で睨まれた途端、腰砕けになり、気力が萎《な》えて黙ってしまった。

「徹。お前はさっき、ちょっと調べたと言ったが、実際、ちょっと調べて判るくらいなら、社内で噂はずいぶん広まっているということなのか？」

「いいえ。必ずしも……そういう訳ではありませんが」

実際には徹宛に、タレコミというか密告というか、祐一郎の「ご乱行」を糾弾する社内メールが何通か届いていたのだ。その差出人のIPはいくら調べても実在しないもので、正体を厳重に隠しているものと思われた。祐一郎が、反抗的な口調で徹に言った。

「お父さんは僕のことが信用できないんですか？　なんか、スパイされているみたいで不愉快だな。お父さんがどこまで知ってるのか判りませんが、社内で懇意《こんい》にしている女子社員はいますよ」

「懇意にしているなら、トラブルにはならないはずだろう？」

「それはまあそうですが、男女の仲なんていろいろあるじゃないですか」

「しかし、祐一郎、お前には家族があるだろう？　社内不倫ってことじゃないか、それは」

「まあ、男なんだから多少のことは仕方がない。わしにも覚えがある」

会長が助け船を出すように口を挟んだ。

「女遊びも出来ん男は大成しないぞ」

会長はそう言って娘婿を見据えた。その目が、浮気ひとつ出来ない癖に、と徹を馬鹿にしている。社長として不甲斐ないと言いたいのだろうが、実際には妻の父である会長が恐ろしくて、浮気などとても出来るものではなかった。

「いえ、私は……そういうことには不調法でして」

「結構。お前は娘婿だからな。娘を泣かせる男は婿失格だ」

それはそうと、と会長は孫に向き直った。

「遊びはきれいにしなくちゃいかん。後腐れがあったり、あとあと揉めるのは男の器量に関わる。その辺はどうなんだ」

祐一郎は、答えられずに口を尖《とが》らせ、そっぽを向いてしまった。もう立派な中年だというのに、子供がそのまま歳を取ったようだ。会長に目で促され、徹は仕方なく祐一郎に訊いた。

「……相手は、誰なんだ」

「お父さんはいろいろ判っているんでしょう？」

不満げに下を向いた祐一郎が、うらめしそうに睨み上げてくる。

「いいや、知らない。この際、はっきりさせてくれ」

祐一郎はしばらく黙っていたが、ため息混じりに名前を言った。

「井上……井上香苗と言います。本社の総務部グループ連絡室の」

「いっ、井上？」

徹は思わず驚きの声を上げたが、それを会長は訝《いぶか》しげに見た。

「知ってるのか？」

「あ……いえ」

社長は慌ててごまかした。

「その女子社員のことは知りませんが、祐一郎、お前は一体何を考えている？　常務たるもの、社員に手を出してはイカン。社内の風紀の問題でもある。お話にならん不祥事だ！」

いつになく動揺し、感情的になって怒る徹を、祐一郎と会長は不思議そうに眺めた。

「それはまあ、女子社員に手を出すのは褒められたことではないが……」

「言語道断です！　まったくお話になりません。私は子供の育て方に失敗したようです」

動揺のあまりか、会長の前ではいつも畏《かしこ》まっている自制心すらかなぐり捨て、実の息子を激しく糾弾する娘婿を、会長はしばらく怪訝そうに眺めていたが、その表情はやがて、じわじわと憤怒に変わっていった。

「ええい、細かいことをうだうだと。お前は黙れ！　黙っとれ！」

会長は娘婿を一喝した。

「南西ケミカルはわしが今のように大きくした。元は小さな地場産業だったのを全国的な大企業にしたのはわしだ。つまり、この南西ケミカルはわしが作ったも同然だ。そうだろう！」

語気鋭く迫る会長に、徹は狼狽えて「は、はい。その通りです」と答えるのがやっとだ。

「それを何だ？　わしの後を継がせる可愛い孫に不自由をさせるくらいなら、苦労して社を大きくしてきた意味がないではないか。販売促進費でも、調査費でも何でもいい。名目をつけて裏金を作れ。そのカネを、手切れ金でも口止め料でも慰謝料でも退職金でも何でもいい。いいからその女に渡して黙らせるんだ」

「退職金、ですか？」

「ああ。この際、解雇した方がすっきりするだろう」

会長は顔を真っ赤にして言い放った。

「カネでなんとかしろ。それぐらい出来なくてどうする。お前を社長に引き立ててやったのは、このわしだぞ」

「いやしかし……」

「どうしたんですか、お父さん？」

ここで祐一郎が割って入った。いつもなら、会長の言葉には二つ返事で従う父親が、今日だけは渋っている。それが祐一郎には解《げ》せないようだ。

「何故です、お父さん？　大したことでもないのになぜ、この件にそんなに拘《こだわ》るんです？」

御曹司はいかにも反抗的な口調だ。その態度には、南西ケミカルの真の権力者である祖父の溺愛を一身に集めているのは自分だ、という傲慢《ごうまん》さが溢れている。

血をわけた息子のはずなのに、こいつは私をまったく尊敬していない……。

徹は内心ひどく腹が立ったが、その怒りを見せまいと自制した。

彼は社長として、ひたすら会長の顔色を窺い、逆に弱い立場の出入り業者はいじめ抜き、とことんまでコストを切り詰めて会長の気に入る数字を叩き出す、ただそれだけでここまで出世した。

東大出しか出世できないと言われていた南西ケミカルで、有名とはいえ私立大学出身の彼が社長になれたのは、ひとえにドケチに徹して当然出すべき金さえ惜しみ、協力会社を苦しめ、安全策すらいい加減にして、低コスト高収益な財務体質にしてきたからだ。

その吝嗇《りんしょく》が外見にも現れて、彼はみるからに貧相だった。小柄で痩せて、猫背気味であり、まるで存在感がない。対照的に背が高く立派な顔立ちで、年老いてなお押し出しがよく貴族的ですらある会長とは比べるべくもない。そして彼の実の息子がまた会長そっくりで、甘いマスクに長身を誇っている。

息子が、父親である自分より良いスーツを着ているのも腹立たしかった。晩年の徳川家康《とくがわいえやす》が、息子である将軍秀忠《ひでただ》を差し置いて、孫の家光《いえみつ》を可愛がったようなものなのだろう。

徹はそう自嘲した。肩書きこそ社長だが、自分は影が薄く、経費を切り詰めて数字を出す以外、何の取り柄《とえ》もないことは自覚していた。

だが、それを言えば息子だって同じではないか。義父がそなえているカリスマ性や経営手腕を受け継いでいるとは、とても思えない。それどころか、自分にはカリスマ性があると勘違いしている傲慢さと、なまじマスクが良く背が高い外見のせいで、女性にも人気があると思い込んでいる。その自惚《うぬぼ》れは、実の父親ながら、いや、肉親だからこそ、耐え難いほど不快だった。

息子は、カリスマ会長の孫であるという、ただそれだけの理由から周りに持ち上げられているのだった。

それは、当の本人と会長以外の、誰もが判っていることだ。

死んだ河原からも、『あまり申し上げたくはありませんが、坊ちゃまを陰で悪く言う社員の数は決して少なくはありません』という報告を受けたことがあった。

そして、今回と同じセクハラ絡みで、いろんな女子社員と問題を起こしたことが過去に何度もあった。その都度《つど》、河原が相手の女子社員と、またはその家族——彼女の父親や夫と、なんとか穏便に話をつけて、事態を収拾してきたのだった。

あらゆる面倒なことを河原にすべて丸投げで、詳しく知ろうともしなかったことを、徹は今、激しく後悔していた。

「だからなぜなんだよ、親父?」

息子の物言いはいきなりぞんざいになった。

「どうしてあの井上香苗に手を出したらいけないんだ? どうせおれたちの会社の社員じゃないか。あいつの母親だってウチの系列に勤めているし、南西ケミカルなしでは暮らしていけない連中だぞ。煮て食おうが焼いて食おうがおれたちの勝手……いやそれは冗談だけど、他の女子社員とどこが違うって言うんだ? 他の女なら喜んでおれの言うことを聞くのに」

そうじゃないだろう! と怒鳴りたくなるのを徹は必死に堪《こら》えた。

息子の勘違いと危機感の無さに眩暈《めまい》がしそうになったが、それでも弱々しく反論するのが精一杯だった。

「だから、他の女子社員が喜んでいいなりになるというのなら、そういう社員を相手にすればいいじゃないか。わざわざ嫌がる相手と関わってトラブルを起こすことはない」

「だから、その嫌がるところが腹が立つんだよ！　たかが女子社員のくせに、何様のつもりなんだと……余計に屈服させてやりたくなるんだ。ねえお祖父《じい》様、お祖父様だってそう思うでしょう？」

乱暴な口調から一転、祐一郎は会長におもねった。

祐一郎の祖父である会長は、難しい顔を作ろうとしながらも、孫可愛さに口元が緩むのを抑えられない。

「まあ、お前の言うことも判らんではないが……可愛さ余って憎さが百倍というやつだな。わしにも覚えがある」

会長はそう言って、大きく頷いた。

「だが、程々にしろ。女など星の数ほどいるし、最近は世間もいろいろとうるさくなってきている。マスコミなどに嗅ぎつけられたら面倒だ。連中は、どうでもいいような些細《ささい》なことを、ことさらに声高に騒ぎ立てて大事にしたがるからな」

駄目だこれは。

徹は胃の腑が冷たくなるような恐怖に襲われた。何も報告していないのだから当然なのだが、舅も、問題の本当の深刻さをまったく理解していない。

とにかく、あの女子社員、井上香苗だけはまずい。金の問題やマスコミ沙汰だけではなくて、もっと次元の違う厄介なことになるのだ。そこには、彼にとっても、南西ケミカルにとっても、文字通り「命取り」になるほどの、それほどの危険が潜んでいるのだ。

しかし、このバカ息子は何故、よりにもよって井上香苗に執着《しゅうちゃく》するのだろう？

あの女だけは絶対にやめろ、と強く言いたいが、彼はそれを言うことが出来ない。

社長である徹には、言えない理由があった。それもまた、舅である会長には知られてはならないことだった。

＊

その夜。阪巻徹は、自宅に土木会社の社長・大森《おおもり》を呼んだ。昼間、社に呼んでも良かったのだが、社の内外の目を気にして、万全を期して密《ひそ》かに自宅で話をすることにしたのだ。

鳴海市外れの山中に作った南西ケミカル専用の産業廃棄物処分場については、考えただけでも吐き気がするほどの不安を感じる。

この産廃については、作る時から社内にも反対があったのだ。強硬に反対した技術部長に、当時副社長として現会長を支えていた徹は、「社の方針に異を唱えるな。それが出来ないなら相応の措置を取らせてもらう」と恫喝《どうかつ》した。だがその技術部長は左遷《させん》されるくらいなら辞めます、と抗議の意志を貫いて辞表を出した。

徹は、彼が辞めた時の言葉が忘れられない。

「いいですか。尾根から水が染み出してきたら、そして草木が枯れ、尾根の湧き水に毒物が混じるようになったら、すべてはお仕舞いですよ。それだけは肝《きも》に銘じておきなさい」

彼はそんな捨て台詞《ぜりふ》を吐いて去って行ったのだ。

それもあって、今年に入り反対運動が再燃してすぐ、徹は大森に頼んで、産廃の補強工事の見積もりを密かに取らせてみた。

結果は、莫大な金額が必要である事が判明しただけだった。

その金額は、大きな工場を一つ新設するのに等しいものだった。このところの経営不振で、赤字スレスレの低空飛行経営を脱出することもままならない状況では、どうすることも出来ない。いやそれ以上に、産廃が危険で、至急に補強工事が必要であるという不都合な事実を取締役会で公表する勇気が、徹にはどうしても出なかったのだ。

そんなことを言い出した瞬間、コストカットだけが取り柄だった自分は、現在も南西ケミカルの事実上のトップで全権力を握っている会長に見捨てられる。社長の地位すら失う。

その恐怖があった。

とはいっても、手をこまねいているわけにもいかない。あの技術者が言った『危険な前兆』は既に現実のものとなっているのだ。

それを考えると不安が高まった徹は、たとえば崖崩れや地滑りなどが起きて産廃の内容物が外に漏れだした場合の、住民の健康被害や農産物そのほかの被害に対する賠償金を自分で計算せずにはいられなかった。そして、絶句した。

その総額は数十億超。産廃の補強工事はもちろんのこと、撤去工事よりもさらに大きくなることが判明したのだ。その結果は何度計算してみても同じで、徹はさらに絶望した。

産廃を撤去するにしろ補強するにしろ、賠償金と併せれば百億円を超える。

その金額は、今や南西ケミカルの存続が危ぶまれるほどの巨額に達していた。

産廃から山を下った低地には、農家・酪農家などが多く、土壌が汚染されれば酪農も農業も続けることは出来なくなり、土壌の改良には莫大な金額が必要になる。つまり、賠償金の総額は際限なく膨れあがるということだ。加えてこのあたりには、最近売り出し中の畜産ブランド『うず潮牛』が飼育されていたり、品種改良されて名産となった果物も多数栽培されるようになっていた。風評被害の補償も織り込むと、社の財政は完全に破綻《はたん》する。

そして今、密かに恐れていた事態が現実になりつつあった。たかが犬一匹とはいえ、あきらかに六価クロムに汚染された湧き水を飲んで死んだ疑い例が出てしまったのだ。

湧き水が汚染されているとすれば、汚染物質が地下水に漏れているのは明らかだ。

今から思えば、出来るだけ早くに補強改良工事をやるべきだった。今からでもやらないよりはマシかもしれない。だが、やるにしても簡単には出来ない……。ジレンマだ。

徹は結局、ジレンマを解決する唯一の手段として、すべて黙っていることにした。出来うるならば、自分が社長の間は、生きている間は、事が発覚しないで欲しい。そう願うことにしたのだ。

そのために、これまで考え付く限りのことをしてきた。

警察にも、さらに飼い犬の死因を調べた獣医にも手を回した。河原の死体の口中に高濃度の六価クロムを含む残土があったことは、圧力をかけて公表をやめさせた。

さらにそれより以前に遡《さかのぼ》るが、自宅を産廃からそう遠くないこの地に建てたのも、産廃があっても安全だとアピールするためだ。自ら産廃の近くに住んでみせることによって反対派を黙らせたのだった。

その時にも出入りの土木業者・大森に話を持ちかけ、産廃から少し下った、このあたりの高台に住宅地を造成させた。費用は不動産販売の関連会社をつくり、そちらで会計処理させた。

その結果、『鳴海ハイランド・リゾート・レジデンス』と名付けた高級住宅地が売り出され、徹はそこに自宅の土地をタダ同然で手に入れた。邸宅の建築も出入り業者に無理を言って、ぎりぎりまで条件を出させ、豪華な外見のわりにはきわめて安価に建てることが出来た。もちろん外観のイメージだけが問題だから、内装などはよく見ると安っぽく貧弱きわまりない。

同様に住宅地の造成費用もぎりぎりまで業者を絞ったので、地盤などもおそらく強固とは言えない筈だ。現に街路や擁壁に亀裂やひび割れが発生しているが、徹はあまり気にしていなかった。自分が生きている間に問題が発生することはあるまいと思ったからだ。だが。

本丸とも言うべき産廃に、予想外に早く問題が発生してしまった。

産廃から有毒物質が漏れ出していることは、会長はもちろんのこと、実の息子にさえ、打ち明けるわけにはいかなかった。息子は「会長の溺愛する孫」の地位を笠に着て、入り婿である父親を見下している。父親の自分より、祖父である会長との仲の方が濃厚だから、話はすぐに筒抜けになってしまうだろう。

この件は自分の胸に仕舞ったまま、なんとか自分の一存で出来る範囲で処理してしまうほかはないのだ。

それで、徹は、以前に見積もりを出した土木会社の大森社長を、会長に気どられぬよう、社の方ではなく、あえて鳴海市の自宅に呼んだのだ。

この土木会社とは、古くからの付き合いがある。この住宅地の造成にかぎらず、長く続く不景気から大口の仕事を喉から手が出るほど欲しがっている弱味につけ込んで、工事を発注するたび値切りに値切り、叩きに叩いて何度も見積もりを出し直させ、数字をぎりぎりまで削らせてきた経緯がある。

Q市にある本社から一時間以上掛けて車で戻った徹は、その車中であれこれと考えた。だが、土木会社の大森をなんとか説得するいい材料は思い浮かばなかった。

重い気持ちで帰宅して、ドアを開けると、大森さんがお待ちですよと老妻が知らせに来た。既に応接室に通され、徹の帰りを待っているという。

書斎に入ってスーツからカーディガンに着替えながら、「祐一郎はどうした?」と老妻に訊くと、まだ帰っていないという返事があった。

どうせ昼間のことが面白くなくて、どこかで飲んだくれて帰ってこないのだろう。あるいは何人かいるらしい愛人宅に泊まるのかもしれない。

父親の苦労も知らないで、と徹はため息をついて、応接室に入った。

ソファには作業服の下にネクタイ姿が似合う、いかにもたたき上げといった雰囲気の初老の男・大森が座っていた。

「どうも、お待たせしてしまって」

立ち上がろうとする大森を制して、徹は先に頭を下げた。

「いえいえ社長、そんな……しかし、どんなお話でしょう? 例の見積もりの件なら、あれ以上は、とても無理ですよ」

　大森は先手を打ってきた。出入り業者にそう言わせるほど、徹が出した金額は少な過ぎて、お互いの開きが大きすぎた結果、前回の話し合いは成立しなかったのだ。

「その件なんだがな……いくら何でも億単位の出費となると無理だよ。予算がつけられないし、名目も立たないんだ」

「名目って、どういうことです？」

「いやだから……あの産廃は、先代が作って、作る時にかなりの金を掛けたので、今更、補強だのなんだので何億何十億の金は注ぎ込めないということなんだ。メンテナンスという名目なら出せるが、それだと数千万が限度、ということになる。それで何とかならんか」

　いやいやいや、と大森は首を横に振った。

「産廃を補強するには、今あるものを一度取り出さなきゃならんのです。そのためには必要な重機を現場に運び込む必要があるし、それには今ある道路を拡幅しなきゃならんし、要するに、根本の部分からの、工事のやり直しが必要なんですよ」

「それは判るが……」

「おっしゃる数字の桁《けた》が違います。二桁以上の」

　老妻はもちろん雇っているメイドにも話を聞かれたくないので、徹は自分で茶を入れて大森に振る舞った。

「酒の方が宜しいかな?」

「クルマで来てるので、酒は結構です」

大森は怒ったような口調で言うと、出されたお茶を一気に飲み干した。

「で、せっかくお呼びいただいたんだからと、手土産のつもりで、もう一度、一から計算し直した見積もりを持参しましたがね」

彼は鞄から書類を取り出して、応接セットのテーブルに置き、徹の前に滑らせた。

「これ以上は絶対に無理ですよ。いくら社長の頼みでも、利益が全然出ないんじゃウチも干上がってしまいます」

それに、と大森は付け加えた。

「この工事は特殊でしょ? なんとか判らないようにやって欲しいと? それは、例の反対運動が絡んでるからでしょう? 撤去なら連中も大歓迎でしょうが、補強工事だと知れた途端にオオゴトになりますからな。そもそも、今さらそんな工事をしようものなら、あの産廃が危険だったということを認めることにもなりますしね」

徹は黙って頷くしかなかった。

たとえば先日の、湧き水汚染疑惑に関する住民説明会でヒステリックに抗議してきた市民団体などは、それこそ鬼の首でも取ったように、徹底的に糾弾してくるだろう。

産廃を作った時に「絶対安全です」と近隣住民に保証した嘘もバレる。いや、新設当時は安全だったはずだが、経年変化で内張りのゴムなどが劣化して行くことをキチンと計算に入れなかったミスがバレる。それは会長からも激しく叱責《しっせき》されるだろうし、何よりも株価の下落が怖かった。

さらに決定的に不利な点が一つ。今の自分と南西ケミカルには、住民と交渉してうまく言いくるめ納得させた、河原のような社員がいないのだ。

「どうかね、あとあとこの穴は埋めさせて貰うから、今回はちょっと泣いてくれませんかね？」

徹は、見積もりの金額を赤ペンで修正した。ゼロを二つ、消したのだ。

「ちょっと社長、これは一体なんの冗談です？」

さすがに大森は色をなし、思わずキツい声を出した。

「二桁違うと今言ったばかりじゃありませんか！」

「いやだから、この値段で請け負ってくれれば、次は必ず……必ず、大きな利益の出る仕事を回すから……」

徹は餌《えさ》をちらつかせた。

「そうはおっしゃいますが社長、オタクは当面、工場の新規増設も新設も予定してないでしょ？　それなら工事とはいっても、なにかの改修とか補修とか、チマチマしたものばかりだ。そういう仕事で大きな利益なんか乗せられないとよく知ってるのは、社長、アナタでしょうが！」

「いやだからさ、今までの付き合いで……頼むよ。この通りだ」

徹は応接テーブルに手をつき、頭を下げた。土下座まではしないのがギリギリのプライドだった。

「ダメですね。ウチも慈善事業じゃないんだ。口うるさい連中から、ウチまでが公害に荷担してる悪徳企業のように言われて、社員からも不満が出るようになりましてね。この際だからハッキリ言いましょう。もう、ウチを頼りにして貰うのも、そろそろ荷が重くなってきましたわ」

大森は見積もり書類を摑んで立ち上がると、社長の目の前でびりびりと引き裂いた。丁寧な手つきで幾重にも切り裂いて、書類を小さな紙片にしてしまうまで、大森は黙って手を動かした。それは、怒りの大きさを見せつけるデモンストレーション以外の何物でもなかった。

大森は紙屑を応接間にばら撒こうと腕を振り上げたが、徹の情けない顔を見て、思い留まったようだ。

「……では、失礼します。この件はなかったことにしてください。他所に頼んでもいいが、ウチより低い金額を出すところはないと思いますよ。こんな、女房子どもに胸を張れる仕事でもないものを、損までして誰がやりますか。あんまり他人の足元を露骨に見ない方が身のためですよ、社長」

大森は腹立ち紛れに捲し立て、紙切れを背広のポケットに突っ込んだ。

「ま、待ってくれっ！」

徹は出て行こうとする大森に思わず縋《すが》り付いた。

「え？」

ビックリして思わず振り返った大森の驚いた顔を見て、徹は我に返った。

日本を代表する大企業の社長が、地元のいち土木会社のたたき上げ社長に、恥も外聞もなく助けを請《こ》うとは……。

だがしかし、このままでは、状況は悪化するばかりだ……。

手を放した徹は、ふたたびどうして良いかわからなくなり、立ち尽くすだけだった。

「……じゃあ、失礼しますよ。もう呼び出さんでください。私もそう暇じゃないんでね。こっちが飲めない無理ばかり言われても、時間を取られるだけだ。これっきりでお願いします」

大森は憤然とした足音を立てて、応接室を出て行った。

同じ頃、阪巻邸の外から敷地内をうかがう怪しい人物の姿があった。

黒ずくめの服で夜陰にひそむ、小柄な痩せた人影は……美知佳だ。彼女は、煮え切らない香苗の態度に業《ごう》を煮やして、それなら自分で祐一郎の悪事の決定的証拠を摑んでやろうと行動に出ることにしたのだ。

いつもの美知佳なら、ここまで他人に関わることはないのだが、香苗については、何故か放っておけないものを感じていた。自分とは正反対な性格で、ウジウジしているのが何ともじれったく腹立たしく、つい先に手が出てしまったようなカタチだ。

夜の住宅街は、山の中腹ということもあり、暗く静まりかえっている。家はそこそこ豪華なものが立ち並んでいるが、空き家が多い。夏場の別荘として使う人もいれば、買ってはみたものの街から遠い不便さに音を上げて、下界に逃げ帰った住人もいるのではないか。

だから、明かりが付いている家は多くない。

暗い中の張り込みだから携帯端末でネットに接続したりゲームをしたり、というわけにもいかない。液晶は発光体だから居場所を知らせるようなものだ。イヤホンで音楽を聴いていては、物音をキャッチできない。

というわけで、美知佳は、退屈なのを我慢して、塀にもたれてひたすら佇《たたず》んでいた。

と、玄関ドアが乱暴に開いて、荒々しい足音が外に響いた。

そっと首を伸ばして覗くと、小一時間前に阪巻邸を訪れた年配の男性が、出てきたところだと判った。

まったく！　とその人影は忌々しそうに呟いた。ひどく腹を立てている様子だ。

男は、阪巻邸の門から道路に出て、振り返った。そしてもう一度、「ったく金の出し惜しみばかりしやがって。やってられねえよ、畜生！」と呟いた。

屋敷を睨んでいたが、やがて、背広のポケットに手を突っ込むと、紙吹雪のような大量の紙片を掴み出した。しばし眺めたのち、思い切りよく阪巻邸の門前にぱあっとばら撒いた。

花咲か爺が灰を撒くような、そんな光景だが、全然のどかではない。腹立ちまぎれ、あるいはやけくそというか、あたかも紙束に怒りをぶつけるようにすべてをまき散らした。

「ええい！　こんなもん、こんなもん」

男は、まき散らした紙屑を駄目押しに何度も靴で踏みつけたあと、近くに駐《と》めてあったライトバンに乗り込んだ。ほどなく荒々しくエンジンを吹かして、走り去って行った。

美知佳は、しばらく様子を窺った。

家の中からは誰も出てこない。

ライトバンも戻ってこない。

それ以外の動きも一切ない。

彼女は、おそるおそる塀の陰から出ると、足形のついた紙吹雪を素早く集め始めた。そしておどろくべき根気と精密さで、あっという間に、ほとんどすべてを回収してしまった。

＊

同じ頃。

香苗は、仕事を終えてQ市から車に乗って鳴海の自宅に帰ってきた。

片道一時間ほどかかるが、鳴海市の職場に通う母を一人にしておけないし……今は、通勤していることで救われる思いでもあった。

仕事を優先してQ市に独り住まいしていたら、今よりも、もっとひどいことになっていただろう。あの恐ろしい上司に、自宅にまで上がり込まれることは確実だった。問題の上司からの性暴力をもはやセクハラと呼べる段階すらとっくに越えてしまった。だが、この不況下では、良い就職先は見つかりそうもない。だから、どんな屈辱を受けても、今は我慢するしかない……。逃れるためには南西ケミカルを辞めて転職するしかない。だが、この不況下では、良い就職先は見つかりそうもない。だから、どんな屈辱を受けても、今は我慢するしかない……。

香苗はそう思って耐えようと決めていたのだが、それでも、次第に堪《こら》えきれない気持になってきた。だが、その辛さを母親に訴えることは出来ない。

自宅のそばまで戻ってきて、少し離れたところに車を止めて、彼女は泣いた。

車の中でしばらく泣けば、帰宅して母親に笑顔で接することが出来る。

母親だけには心配をかけたくないのだ。

ヘッドライトもルームランプも消した車内でしばらく声を殺して泣き、ようやく顔を上げたところで、遠くに立って、こちらを見つめている男の姿に気がついた。

その男は、しばらくこちらを凝視《ぎょうし》していたが、やがて、ゆっくりと歩き出し、香苗の車の方に近づいてきた。

夜なので、顔はよく見えない。だが、その痩せ形のシルエットが、以前どこかで会ったような、不思議に懐かしい雰囲気を感じさせる人だった。

その人は香苗の車の近くまで歩いてきたが、そのまま、通り過ぎてしまった。スーツ姿だが、着慣れた感じではなく、普段は作業服で仕事をしているような人間に見えた。

窓越しに見る限りでは、会ったこともない初老の男だ。

知り合いだったろうか、と思ったが、少なくとも南西ケミカルの社員ではない。

その人は、振り返りもせずに、まっすぐ歩いて遠ざかって行った。

どこかで会いましたかと車から降りて、できればその人に問いかけたいほどだった。

……誰だったのだろう。

心当たりはないが、不思議なことに、気味が悪いとも危険だとも思わなかった。

なんとも説明し難い、安らぎのようなものを感じさせる、その後ろ姿を香苗はいつまでも見送っていた。

第四章　攻めるも守るも

鳴海市の旧市街、港に近い二条町には安酒場といかがわしい店が集まっている。その昔、私娼窟《ししょうくつ》の青線があった名残《なご》りを今にとどめているのだ。

そんな街の中でも、比較的静かで落ち着いた雰囲気の『バッカス』という酒場がある。さほど広くないカウンターバーで、女っ気はない。渋い木を多用した内装のほどよい暗さの店内には静かにジャズが流れ、美味いツマミが出てくる。いつも空いているから、他の客に気兼ねなく長居出来る。

その店のカウンターの隅で、黄川田がグラスを傾けていた。スコッチのブナハーブンをストレートで飲んでいる。ツマミはチーズとクラッカーだが、どちらも吟味《ぎんみ》されていて、海の塩味が効いたブナハーブンに良く合う。

コージーな雰囲気の中、黄川田はポケットから本を取り出して読み始めた。

田舎町ながら都会を感じさせるスポットで、落ち着いた穏やかな夜が過ぎてゆくとしか思えなかった、その時。

マホガニーのドアが開いて、二人の男が入ってきた。スーツにネクタイをきちんと締めた、身なりは整っているが、ガタイはデカく、どうやらカタギの雰囲気ではない。眼光の鋭さが尋常ではないのだ。

二人はつかつかと黄川田のそばまで歩を進めてきた。

「黄川田さんですね？」

片方の、髪をきれいになでつけ、つるりとした顔の、企業の中堅幹部に見えなくもない方が声を掛けてきた。口調は丁寧だが、低い声にドスが利いている。

黄川田は本から目をあげて、二人を見た。

「なにか？」

「お酒を飲まないと伺ってましたが」

「禁酒の誓いは一時間前に破った」

それを聞いた男は、なるほどね、と呟いて話を続けた。

「この前の、太平洋毎夕新聞、読ませていただきました。なかなか独特な視点からの記事で、感心しましたよ」

中年にさしかかったその男は、言葉つきだけはあくまでも穏やかだ。

「しかしね、ちょっと事実と違うかな、解釈が違うかな、と思えるところもありましてね」

「ええと、あなた方はどちらさんで？　何の記事についてのお話です？」

黄川田は男たちに向き直ったが、閉じようとした本を取り上げられてしまった。

「ヨコモジですか。こういうバーで原書を紐解くなんざ、出来すぎですな」

「原書といっても、ミステリーのペーパーバックですよ」

つるりとした顔の男はそれには答えず、本を放り投げた。

「ンなこたぁどうでもいいんです。この記事なんですがね」

男は胸ポケットから折りたたんだ新聞を取り出し、広げて見せた。

どうやら問題になっているのは、暴力団系の人材派遣会社が賃金を大幅に中間搾取《さくしゅ》しているという記事のようだ。人材派遣会社が実名で登場し、これが黙認されているのは経営する暴力団が警察とつるんでいるからだ、と指摘している。しかし最終面の小さなベタ記事で、見出しも小さい。

「ウチの社名『鳴海キャリア・エージェント』は実名でハッキリ書いてあるくせに、派遣先の社名も、警察関係者も仮名と匿名ってのは、どういうことなんです？　ウチに喧嘩を売ってるとしか思えませんが。なにか特段の狙いでもあったのですか？」

男は獲物をいたぶるように、にやにや笑いながら追及してくる。

「たとえば、ウチに全面戦争を仕掛けるつもりだとか？」

ヤクザにじっと見つめられて、さすがに場数は踏んでいる黄川田も、唾を飲み込んだ。

「いや……そんなつもりは毛頭ないですが」

黄川田は店のマスターを横目で見たが、マスターは知らん顔をしてグラスを磨いている。

男が黙って黄川田の顔を睨んでいるので、彼は仕方なく言い訳を口にした。

「それは、派遣先の実名を書いたりしたら、オタクにとって余計に迷惑になるでしょう？　それに、鳴海で有力な人材派遣と言えばオタクだとみんな判ってることですから、隠しても仕方のないことだと判断しまして」

「じゃあ、ウチとつるんでる警察関係はどうなんです？　これも鳴海でヤクザとつるんでる警察関係者と言えば、これまた誰もが『ああ、あの人ね』と知ってるじゃないですか」

いやそれは……と黄川田は言葉を濁した。

「なんだかんだ言って、てめえ、ポリが怖いんだろコラ」

ずっと黙っていた男のツレが、ここぞとばかりに凄んでみせた。この男も身なりはキチンとしているが、角刈りにサングラスという出で立ちだ。

「こんなスカした店でスカした酒飲んでスカした本読みやがって、自分はインテリだって言いたいんかコラ？　地元のもん馬鹿にしたら承知せんぞコラ」

地回りでカタギ衆を恐喝して小銭を稼ぐ、チンピラそのものの口調だ。

「この始末、どうつけてくれるんや？」

「どうって言われても……」

「あのね、黄川田さん」

つるりとした顔の、ヤクザ成分が少ない方の男が、わざと深刻そうな表情と声で言った。

「ウチとしてはですね、この記事が出てから、明らかに商売に差し支えが出てるんですよ。ウチに派遣を求めてくる会社が激減しましたし、ウチと契約してくれる働き手も、ヨソに流れておりましてね。これは立派な業務妨害になりますよね？」

「お言葉ですが……」

黄川田は慎重に言葉を選んで反論を試みた。

「この日の紙面のトップは、電力会社が大口需要家と結託して料金を闇ダンピングしてるって記事でね。そっちにページを割《さ》いてるわけだし、読者はみんなそれを読みますよ」

「ではアナタは、最終面の小さな記事は誰も目にしないとでも言うんですか？　だから何を書いてもいいとでも」

「詭弁だろがコラ！」

二人は役割を分けて、黄川田に迫った。一応、酒場の店内ということで声は抑えているし、手も出して来ないが、顔を近づけて睨みあげ、胸ぐらを掴まんばかりの迫力だ。

「現に、ウチの仕事が減ってるんですよ。オタクは、トップ記事の大企業から金をせしめ

たんでしょうが、その埋め草に使われたウチはどうなるんです？」

一見、紳士風の男がマッチでポールモールに火をつけて、深々と吸い込んだ。そして、火の付いたままのマッチを、黄川田のズボンの上に落とした。

「わっ何をする！」

黄川田が慌てて手ではたき落とすと、男は涼しい顔で「これは失敬」と謝った。

「いかに小さな記事であれ、読んでる人は読んでるんでね」

「あの……こういう言い方はカドが立つかもしれませんが、実害はどれくらいなんでしょう？　具体的な数字を教えていただけますか？　それを社に持ち帰って、上の方と相談……」

「被害が出とる言うたら出とるんじゃ！　コラ」

チンピラ風の方が凄んだ。お互いの鼻の頭がぶつかりそうなほど、顔を寄せてきた。

「具体的な数字、ですか？　かなりの額、と申し上げておきましょう。ウチの顧問弁護士にも相談した上でここに来たんですが、裁判を起こせば充分勝てるそうですよ。オタクとしては裁判費用も考えれば、内々に済ました方が賢いとは思いませんかね？」

黄川田は、なるほどそういうことかと言いたげに、頷いた。

「判りました。では、私は、どういうお詫びをしたらいいんです？」

「そういう言い方はおかしいでしょう？」

間髪《かんはつ》を入れず、紳士風が言い返した。

「詫びたいと言うんなら、その仕方を私らに訊くっていうのは、ヘンじゃないですか。そっちの方から、これこれこういう誠意を見せるから、と言うのがスジってものでしょう」

ヤクザとしては、恐喝したという言質《げんち》を取られまいと慎重になっている。黄川田がこのやりとりを密かに録音している可能性も、当然、想定しているはずだ。

「誠意って具体的には何です？　私が指でも詰めればいいんですか」

カネを出せと言わせるため、黄川田も見え見えの誘導を試みたが、この手の恐喝にかけては、どうやら歴戦のプロらしいヤクザ側には通用しない。

「あんたのそんな指なんか貰っても有り難くありませんがね。いつの時代の認識ですか？　我々の社会もずいぶん近代化してるんでね。だいたい、指のない人間はまともに仕事が出来ないんですよ。自分のしくじりを見せびらかしてるようなものだし、それ以上に、一目でその筋と判る人間が、カタギ衆相手に商売なんか出来るワケがないですしね」

男は簡単に黄川田の投げた球を打ち返した。

「せやからどないすンねん」

チンピラ風の方が凄んだ。

黄川田は顔を引き攣《つ》らせながら、ゆっくりと立ち上がった。

「……とにかく外に出ましょう。これ以上やって、店に迷惑を掛けたくない」

「いいですよ。我々は紳士的に話をしていたつもりですがね」

ヤクザ二人は素直に応じて、黄川田に続いて店を出た。

と……ドアを開けた瞬間、業界紙の記者は、脱兎の如《ごと》く逃げ出した。

不意を突かれた二人だが、想定内のことではあったのだろう、即座に反応してこちらも走り出した。

待てと言われて待つ者はいない。だから、そんな無駄なエネルギーは使わずに、ヤクザ二人はひたすら黙って追いかける。

黄川田は、必死になって走った。酔客が行き交う飲み屋街の狭い道を、業界ゴロの記者が障害物競走の選手のように疾走《しっそう》してゆく。最初こそなんとか通行人にぶつからないようにヒョイヒョイと身をかわしていたが、追っ手との距離が縮まってくるとそうもいかず、相手かまわずぶつかり始めた。酔っ払いを突き飛ばし路上の看板をはね飛ばして爆走する。

振り返ってみると、ヤクザ二人は黄川田が倒した看板や転ばせた酔っ払いを避けるのに足止めを食う分、間隔が次第に開いてきている。

やったぜ、と喜んだ、その瞬間。

足に衝撃を感じて、全身がふわりと宙を舞った。

黄川田自身も何かに蹴躓《けつまず》いて、つんのめり、空を切ったのだ。

前のめりになって倒れ込もうとした彼の肩を、誰かががっしりと捕まえた。

「おおっと危ない」

聞き覚えのある声がした。倒れそうになっていた黄川田の身体を支えて助けてくれたのは、先日、社に訪ねてきた無礼な刑事だった。

「ちょっと、黄川田さん、危ないですよ。こんな狭いところを全力疾走しちゃ」

「あんたは……」

黄川田の顔には、どうしてアンタがここに、という疑問が浮かんでいる。

その背後からは、追っ手二人が猛然と追撃してくる。

「コラ待て！」

無言で追いかけてきたヤクザが、ここで初めて怒声を上げた。

「待てと言われて待つやつがいるか？　馬鹿かお前」

佐脇は、ヒーロー然として二人の前に立ち塞がると、まずチンピラ風の男の腕を掴んだ。そして背負い投げの要領で、あっさりと投げ飛ばした。

チンピラ風が激突した路上のアクリル看板が粉々になり、結構な大音響がした。

その時点で、周囲には人が集まってきて、突然始まった乱闘を見物する人垣が出来た。

佐脇は続々と増えていくオーディエンスの期待に応えるかのように、地面にひっくり返った男の腹に蹴りを数発入れると、今度はすかさず紳士風に立ち向かった。

紳士風の外見に似合わず、男がスーツの胸ポケットから取り出したのはナイフだった。

「ダンナ、おとなしくその男をこっちに渡してくださいよ」

「そうはいくか」

佐脇は、すっと前に出て男の頰に一発右フックを入れると、そのまま倒れかかる男の腕を摑んで捩《ね》じ上げて、ナイフをたたき落とした。

黄川田は佐脇を見ていたが、その顔には「ヤラレタ」という表情が広がった。

「あの……もういいですよ。判ってますから」

さすがは裏街道に堕《お》ちたとはいえジャーナリスト。黄川田はヤクザと佐脇の連携を見抜いていた。

「田舎芝居はもういいです」

黄川田は両手を挙げて降参するポーズをとった。

「そうか。見抜かれたか。ご推察の通り、おれは、あの連中とつるんでる警察関係者だからな」

佐脇も野次馬に声を掛けて解散させ、飲み屋街の通行を回復させた。

「はいはい、もう終わりだよ。散った散った」

黄川田は、その隙《すき》を突いて逃げ出そうとしたが、佐脇はすかさず彼の腕を摑み、背中に捩じ上げていた。

「い、いてて」

それを見ていたヤクザ二人が、ゆっくりと起き上がった。

「佐脇のダンナ、助太刀しましょうか」

「それには及ばんよ……コイツは口と根性は悪いが腕力はない。いや、根性もないみたいだ」

「判ったよ。判ったから手を放せ」

黄川田はギブアップした。

「おい。逃げようとしたら手錠を掛けるぜ」

佐脇はポケットの手錠をジャラつかせながら、黄川田の腕を放した。

「……そういうことか。やっぱりグルなんだな」

無念そうな黄川田に、佐脇は、ああ、と頷いた。

「ヤクザとつるんで、県警の刑事さんがナニやってるんです?」

「だから貴方様《あなた》となんとかお近づきになりたくてな、いろいろ考えたんだ」

「考えた末が、これか」

黄川田をマークしていた佐脇は、『バッカス』のカウンター奥で成り行きに耳をすませていた。外に出ようと言った黄川田の声を聞き、同時に裏口から外に出たのだが、黄川田が逃げたと知るや、先回りしたのだ。もとより、このあたりの路地は知り尽くしている。

「こっちにも事情があってね。今日これから、あんたも興味があるはずの人物と会う。そこで、ちょっとあんたの知恵を借りたくてな。だが何か仕掛けないと、ひねくれ者のあんたのことだ、とても素直に協力してはくれないと思ってな」

「そうだな。普通にお願いされただけなら、断っただろうな」

黄川田は、ようやくニヤニヤする余裕を取り戻した。

「こんな見え見えのベタすぎる手口で、今どきこんな猿芝居、誰もやらないだろうに、やってしまったアンタに、敬意を表するよ」

「そりゃ有り難い。ベタな手も使ってみるもんだな」

佐脇も、口もとを歪めて笑った。

「で、その人物とは、誰なんだ？」

黄川田の目が、光った。

＊

鳴海で一番の料亭『柏木《かしわぎ》』の、そのまた一番格式ある座敷の上座で、メタボ気味で貫《かん》禄《ろく》の出てきつつある中年男が一人、手酌で飲んでいた。

そこに佐脇は襖《ふすま》を開いて入り、「どうもどうも」と言いながらどっかと座った。

「遅れてスマンです。ちょっと野暮用がありまして」

「先に始めてましたよ」

男は感情を害しているのか、ぶっきらぼうな性格なのか、ぼそっと言った。

「こういう座敷に呼び出されて、あげく手酌というのもまた得難い経験ですな。鳴海署きっての敏腕刑事さんだけあって、お忙しそうなのは、まことに結構」

「いやいや、皮肉は勘弁してくださいよ。たしかに検事さんともなれば毎回、下にも置かない接待なぞは当たり前でしょうからな……いやこれはスマンでした」

佐脇は、揶揄《やゆ》しているのか謝っているのか判らない口調でひょいと頭を下げてみせた。

「で、今日の用向きはナニかな。わざわざこんな場所に呼び出して」

佐脇は、すかさず銚子を取り上げて、相手に酌をした。

「まあまあ検事殿。いきなり用件に入るというのもナンですから。いける口だと聞いてますよ。お嫌いではないでしょう?」

「まあ、酒は、美味い」

そりゃそうだ、一番の酒を、取り寄せてでも出せと言ってあったのだ。

佐脇が相手をしているのは、T地検の次席検事・宗像庄三《むなかたしようぞう》。名目上は地検ナンバー2だが、実質はT地検の勤務歴が最も長い宗像が仕切っている。

名古屋から西は「関西検察」と呼称され、人事の面では東京も迂闊《うかつ》には手を出せない。

かつて大阪高検の公安部長が検察の裏金を暴こうとして未然に逮捕され、その後、不公平な人事、でっち上げによる逮捕などの関西検察の暗部を、獄中も含め何冊もの著書で暴き立てたことがあった。大きなメディアにはほとんど取り上げられず、勤務中にデリヘル嬢を買ったなどの公安部長の冤罪が晴らされることはなかったが、関西検察にもそれなりのダメージはあり、以後、裏金は大幅に減った。

人事についても表向きは東京に一元化されたということになってはいるが、それでも、長年の慣習や影響力、そして様々な思惑は一朝一夕には変わるものではない。

検察も役所である以上、人事が一番モノを言う。その人事を掌握《しょうあく》していたのが大阪高検であり、その人事は大阪高検の管轄にとどまらず広く西日本全体の検察人事が閉鎖的なサークルの中で回されていた。結果、西日本の検察全体が、東京の検事総長ではなく、大阪高検検事長の方を向いていた――それが「関西検察」の実態だったと言われている。

その影響下にあったこの県のT地検でも、検事正が東京から来て東京に帰る以外、人事は西日本中心に動くのが慣習になっている。T地検を出ても、西日本を回って数年後には戻ってくる。その場合は、宗像のように昇進して戻ってくることが多い。その名目は「地域の実情や特殊性を熟知しているから」ということになっている。

地元の警察と検察は、微妙な関係にある。制度上は、警察が被疑者を捕まえて調書を取って検察官送致し、検察が起訴して裁判を担当する以上、検察が上位にある。実際、警察が検察から捜査指揮を受ける時があるし、警察は検察に気を遣うし頭を下げている。だが、実のところは、検察には自力で捜査する能力がほとんどない。一部大都市の検察になら、自力で捜査する陣容が整っているが、それにしても、地べたを這いずるようにして調べ上げる刑事とは、基本的な捜査手法や能力に大きな違いがある。それ故に、検察の側も、警察の機嫌を損ねないように気を遣う。公判維持のためには、警察から送られてきた証拠に頼るしかない。証拠以外の捜査資料もほとんどすべて警察から来たものを使う。ゆえに警察の機嫌を損ね、サボタージュされてしまうと、検察は手も足も出なくなってしまうのだ。

そうかと思えば、警察は警察で、捜査の足りなかったところ、甘いところを検察になんとかして欲しいと思っている。公判での検事の立証の組み立てや弁論、そして検察とは人事交流がある裁判所との、密接な関係に期待するところも大きいのだ。有罪率九十九％という数字は、起訴されればほぼ例外なく有罪判決が出ていることを示しており、その精密さが、警察が検察に頭が上がらない大きな理由でもある。ちなみに、検察官送致となった被疑者が実際に起訴される率は六十三％。残り三十七％の被疑者が検察の段階で放免されている。警察から上がってきたものを自動的に起訴して有罪にしているわけではないところに、一定の緊張があるし、お互いの微妙な感情も生まれる。

とはいうものの、警察と検察は総じて、「もたれ合」っているし、「気の遣いあい」をしている。それだけに、お互いへの不平不満も蓄積しているわけだ。ことに佐脇は、この県の検察を基本的に信用しておらず、本心ではバカにしている。検察から「トラブルメーカー刑事」と言われていることも充分、知っている。だが、そういう気持ちはすべて押し隠して、今夜の佐脇は宗像検事の機嫌を取ることに徹しようとしていた。

「こうして一席設《もう》けさせていただきましたのは、まあその、今夜は、役所の中ではちょっと出来ないご相談を、ひとつ」

佐脇はひたすら下手に出て、酌する側に回っている。

「ま、あんたは金持ちだから、奢《おご》られても気が楽だがね」

宗像は、見透かすような目で佐脇を眺めた。

「さしずめあんたの目的は、不当捜査の件だろ、石垣啓助の。心配しなさんな。あれは、被疑者の人権にかかわる重要な案件である以上、慎重な捜査が必要との名目で、引き延ばすだけ引き延ばしたあげく、マスコミが忘れた頃に証拠不十分で不起訴、警察内部で訓《くん》戒《かい》、という線で、どうせ落ち着くんだから」

「ああ、その件は別に、なんの心配もしてないです」

佐脇はあっさりと言い放った。

「あの程度の事でびくびくしてたら、ワタシなんぞはとっくに警察辞めてなきゃならない。しかし当分は辞める気はない。上も、ワタシを馘《くび》には出来ない。ま、そういうことです」

「えらい自信だね」

「エエ、それはもう。そのための保険も掛けてありますんで。裏付けもなしに大口叩いてるだけなら、誇大妄想バカですがね」

そこで「ごめんください」と仲居の声がして襖が開き、追加の酒と料理が運ばれてきた。

「ここの名物は魚料理ですがね、今夜は特別に、肉にして貰いました」

座卓狭しと肉料理が並べられた。冷めても美味いローストビーフにタルタルステーキ、うず潮牛のカルパッチョにビーフ・ストロガノフと、まさにビーフ責めだ。もちろん、宗像が肉好きだということは、前もって調べてある。

「ところで宗像検事。東京のことは知りませんが、名古屋から西では、大阪の伝統に学んで、たしかこの県でも、地元検察と地元の政財界の懇親会が催《もよお》されてましたな」

「そうなのかね?」

宗像はトボケて、酒を日本酒からウィスキーのロックに変えた。この検事がワインを飲まないこともリサーチ済みだ。

「ご存じないですか? おかしいなあ。まあそういう馴れ合いというか、べったり癒着というか、持ちつ持たれつの人間関係は、鳴海署みたいな田舎警察にさえあるんだから、オタクたち検察にはない、という事はないでしょう」

「そりゃあまあ、地元の有力者との親睦《しんぼく》もそれなりに深めておかないと、いろいろと困ることが出てくる。その辺のところは、キミだって判ってるだろ。それが何か問題なのかね？」

宗像は大好物である牛肉に箸《はし》を進めながら喋った。

「もちろんそれは承知です。他県から転入してきた検事や事務官のお披露目《ひろめ》も必要でしょうしね」

いかにも、と宗像は頷きながらビーフを平らげていく。

「あと、ステーキも参りますが、焼き加減はレアでよろしいか？」

ああ、と宗像は頷いた。

「バターを載せて醬油《しょうゆ》を垂らしてくれ。柚子胡椒《ゆずこしょう》を添えてな」

宗像は顔を脂でテカテカさせながら言った。

部屋の内線電話でその旨《むね》注文し終わった佐脇は、切り出した。

「ところで、ワタシはこう見えて、そんな歳でもないんで、この県の昔の事件のことは、よく知らないんです。ついては宗像さんに昔のことを伺いたいんですけどね」

そう言って、佐脇は言葉を切って、宗像に考えさせるための間を置いた。

「……ちょっと調べたんですが、十五年前の、死体取り違え事件、覚えてますか？　宗像さん、あなたが担当なさった事件ですが」

「覚えてるよ」

宗像はグラスを置いてゲップをした。

「しかしあれは『死体取り違え事件』などではないよ。なんか、勘違いしてないか？」

いいか、と宗像は噛《か》んで含めるように説明し始めた。

「キミも判っている事だろうが、死体の身元を特定しようにも、免許証などを身につけていなかったり指紋が採取出来なかったら、どうする？　おまけに死体が腐乱していて、顔すら識別出来なかったら？　今ならＤＮＡ鑑定があるが、あの頃はまだ使えなかった。というか信頼が置けなかった」

「歯形という手がありますな」

「歯医者で治療を受けた痕跡がなかったら？」

宗像はオンザロックのグラスを傾けた。

「死体は山中に埋まっていて、半分白骨化していた。衣類も身につけてなくて、身元を特定出来る材料がなかったんだ。年齢や身長などは骨から割り出せたが、そんな条件だけでどう探す？　今ならコンピューターで検索出来るかもしれないが、当時はそんなシステムもなかったんだ」

「それで、たまたま市民運動家の魚津正義が行方不明になっていたため、背恰好が一致するということで、その白骨死体が魚津ではないかと、一時は判断されたんですな」

「あくまで可能性の一つとして、だ」

「しかし、おかしな話だ」

佐脇はわざと大袈裟に首を傾げてみせた。

「おれは所轄の一介の巡査長だから頭悪いのは仕方ないとして、どうも判らないんですよ」

刑事は箸でローストビーフを突つきながら言った。

「そんな身元を特定するのが困難な白骨死体が、どうして井上誠だと断定出来たんです？」

「それはキミ、明白だ。遺族から提供された歯形の資料が遺体のものと一致して、血液型も同じだったからだよ」

「やっぱり判らないなあ……」

佐脇は、コロンボのように首をひねって頭を掻いた。

「そこで、どうして都合よく、井上誠という人物が登場したんです？」

「行方不明者リストを照合していったんだろ。それはキミらがやったことだ。ウチは、警察から上がってきた結果を確認しただけだ」

「なるほどね。そういう実務は警察の担当で、頭脳の部分の検察は関知しない、と」

「なにを急に卑屈になるんだ？　警察と検察との、普通の連携だろ。いちいち妙なところに突っ込むなよ」

宗像は、佐脇に余計なことを訊かれまいとしてか、料理をバクバクと口いっぱいに頬張った。

「美味いぞ。キミも食え」

「もちろん。ここの勘定はおれ持ちだから、おいおい、遠慮なく食べますけどね」

佐脇は、いかにも頭が悪そうに首を振り、眉間《みけん》に指を押し当てて、古畑任三郎《ふるはたにんざぶろう》のように考え込んでみせた。

「でも、どうにも解せないんですよねえ」

「なにがだ。キミは昔のことを蒸し返して、一体、ナニを言いたいんだ?」

宗像は今や不機嫌さをハッキリと現している。

「いえね、その後の事も合わせて考えると、どうにも妙な感じが拭えなくて。魚津正義は当時、南西ケミカルの産廃、鳴海市の山中にあるあの産廃ですが、あれの危険性を指摘して撤去運動を指導してましたよね? で、死体の主《ぬし》とされた井上誠はくしくも南西ケミカルの社員だった。死体は魚津正義ではないことになったのに、魚津本人は姿を消したまま、今に至ってもまったく所在がわからない。普通、ああいう運動家は目立ちたがりが多いから、警察は私を死んだ事にしようとした、これは陰謀だ! とか騒ぎ立てて記者会見を開いたりテレビに出たり本を書いたりしてもおかしくないはずなのに、それがまったくなくて、依然として行方不明のままだ。おかしいでしょう」

「それは、あの男が借金まみれで女にもだらしないことがバレて、クリーンな正義派じゃないのが誰の目にも明らかになったからだ。恥ずかしくて表に出てこれなくなったんだろ。そうじゃなければ、キミの言う通り、テレビに出たりして派手に騒ぎ立てただろう」

「そうですかね？　あの手のマスコミ人種は右も左も得てして厚顔無恥《こうがんむち》なもんじゃないですか？　主義主張をコロッと変えてしまえる器用さがないと生き延びられないんでしょ。経済評論家とか原発の専門家とかって、もう百回以上死んで地獄に行かなきゃならないようなのばっかりじゃないですか」

「魚津正義が、たまたま恥を知る人間だったんだろうよ」

ほれ、あんたも飲め、と宗像が佐脇のグラスにウィスキーを注いだ。その時。

「恥を知る人間、などというフレーズが、あなたの口から出るとは意外ですな。宗像次席検事」

突然そんな声がして、襖が開いた。

控《ひかえ》の間に潜んでいた黄川田が、すっと出てきたのだ。

「あの時、南西ケミカルの言いなりに絵図を描いて、それに合わせてあることないこと、いいように調書をでっち上げた当のあなたが、よくもまあ恥だの何だの言えたものだ」

「なんだキミは」

宗像は新たな人物がいきなり登場し、自分を悪し様《あざま》に罵《ののし》ったことに驚き、佐脇に向かって、これはどういうことだ、と怒った。

「何の真似だね？　私を嵌《は》めようとでも言うのかね？　キミら警察と我々検察は、一心同体じゃなかったのか？」

黄川田は、そんな言葉を完全に無視して、宗像に迫った。

「だいたいあの事件には不自然なことが多すぎたんですよ。魚津が名前を変えて、東南アジアで観光ガイドをして生きているという噂がその最たるものです。南米に逃げたナチスの残党じゃあるまいし、出来すぎてやしませんか？　あたかも、邪魔な人物を抹殺《まっさつ》したあと、周囲を納得させるための筋書きが最初から出来ていたみたいじゃないですか。不自然なんですよ。不自然すぎます」

「誰だキミは！　キミも出来の悪い警官の一人か？」

「いいえ。私は出来の悪い新聞記者です。イエローペーパーの記者ですと言ってもいい」

黄川田は不作法にも宗像の皿からローストビーフを一枚、勝手に掴みとって口に入れた。

「宗像さん。死体遺棄はもう時効なんだから、本当のところを教えてくださいよ」

黄川田は肉を咀嚼《そしゃく》しながら、検事の前に蹲《かが》み込んだ。さっき彼自身がヤクザにやられたのと同じ、いかにも不作法で威圧的な態度だ。

「言えませんか？　なら、おれの勝手な想像を言ってもいいですか？」

「佐脇君！」

宗像は黄川田を無視して、佐脇を非難した。

「この礼儀を知らぬ失礼な人間を追い出せ！」

「え、何と言いました？　そんなに耳元で怒鳴られると、逆によく聞こえませんなあ」

とぼける佐脇を良いことに、アカ新聞の記者は言い募《つの》った。

「宗像さん。T地検には、『海原会《うなばらかい》』という親睦会がありますね？」

黄川田は宗像を正面から見据えた。

「検事正や次席と、県の幹部や警察・司法のお歴々が、スポンサーである企業の奢りで飲み食いしたり旅行したりしてることは判ってるんですよ。そのお仲間には地元マスコミも入ってますよね。ウチの地元マスコミと言えば、うず潮新聞にうず潮テレビしかありませんが、そういう『仲良しクラブ』はいろんな憶測を生みますな。マスコミにはネタを流してやる、その代わりに検察を悪く書くな、検察リークをもとに、裁判が始まる前から有罪の印象を与える記事を書け、そして検察が起訴したらそれは即有罪なのだと報道しろ等々。覚えがあるでしょう？　仲良くなれば、そういうことも阿吽《あうん》の呼吸でやり放題だ」

「憶測でモノを言うな！」

宗像は憤然とした。

「佐脇君。こういうアカを呼んで私をつるし上げようと言うんなら、帰らせて貰う。この非礼はオタクの署長や県警の上の方にもしっかり伝えておくから、そのつもりでいろ！」

宗像は立ち上がって佐脇を怒鳴りつけた。

「所轄の刑事風情《ふぜい》が何様のつもりだ？　無礼にもほどがある！」

「ちょっと、宗像さん。刑事さんとばかり話して、私の話は無視ですか？　でね、海原会でしたっけ？　そのタニマチが、南西ケミカルでしたよね？　飲み食いのつながりは表面上のことで、実際はいろんな名目のカネがオタクらに流れ込んでるんじゃないんですか？」

なおも言い募る黄川田に、宗像はついに逆上し、怒鳴り散らした。

「証拠はあるのか証拠は！　想像や思い込みだけでこれ以上誹謗中傷《ひぼうちゅうしょう》を続けるなら、こっちにも考えがあるぞ」

だが黄川田は一向に怯《ひる》む様子もなく、自分の『憶測』を述べ続けた。

「そういう、モロに体制側ばかりの顔ぶれが集まれば、おのずといろんな事が決まったことでしょうね。世間に出せないアレコレの処理も含めて。その中に当然、魚津の件もあったんじゃないんですか？　人情として、いつもゴチになってる相手が困るようなことは、マスコミだって報道できないでしょう？　あくまでも人情としてね」

そう言って、付け加えた。

「この国は正義なんかじゃ動いてないからな。コネとカネがすべてだ。……証拠？　いやそんなものは、まったくありません。ただ」

黄川田は検事を正面から指さした。

「宗像さん、あなたのその動揺する顔が、最大の証拠じゃないんですか？　まったくの事実無根なら、そんなうろたえた顔はしなくて済むと思うんですがね」

「おれは生まれてからずっとこういう顔なんだ！　ほっといてくれ」

次席検事は吠えた。

「おれたちは、お前ら安物のブンヤと違って、公私混同を厳しく戒《いまし》める職業教育を受けてるんだ。職業倫理は毅然《きぜん》として守るのが、おれたち検察の誇りなんだ。お前みたいな……お前、どこのモンだ？　うず潮新聞にはいないよな？」

「昔はいたが、今は太平洋毎夕新聞にいる」

「太平洋……毎夕……ああ」

宗像は、太平洋毎夕新聞がどんな新聞だったか思い出して、あたかも笑い袋が破裂したように爆笑し始めた。

「あ、ああ、あれか、あのアカ新聞というかイエローペーパーというか、不祥事を嗅ぎつけると記事にしてやると脅して、協賛金を出させて儲けてる、犯罪スレスレの、アレか」

検事は黄川田を指さして大笑いした。

「あんなヤクザ新聞の記者でございというお前が、どの面《つら》下げておれにアレコレ言うんだ？　気は確かか？　お前んとこなんか、その気になればすぐに取り潰せるんだぜ。ヤバいネタはゴロゴロしてるだろうが、え？　言論の自由とか報道の自由とかほざくんじゃないぞ」

「そうですよ。そういうヤクザ新聞でアカ新聞でイエローペーパーだからこそ、どこの紐付きでもないんで、追及したい時にはガンガンやれるんだ。うず潮なんか、デカい会社の金に首までどっぷり漬かっているもんだから、書きたいことも書けねえ。オタクらのことも、ウチなら洗いざらい書けるんですよ」

「じゃあやってみろ。すぐに潰してやる」

捨て台詞を吐いて宗像は出ていこうとした。

「ああどうぞ。言っておきますが、ウチはただの田舎ヤクザ新聞じゃないんだ。ヤクザ新聞にはヤクザ新聞の裏街道ネットワークってなものがあって、おれが書いた記事はニュースバリューによっては、東京で出てる『噂の内幕』とか『実話タックル』って雑誌にも載るようになってる。さすがに地元では泣く子も黙る検察でも、東京の海千山千のマスコミが相手ではどうなりますかね？　ご威光が通用するといいですがね。万一ウチが潰れたら、『検察が口封じ！　地元弱小マスコミが検察の餌食《えじき》に！』とか、あることないこと書き立ててくれるようにお願いしてあるんですがね」

そこまで言った黄川田に、検事は出て行きかけた足を止め、逆にどっかと座り込んだ。

「で？　おれにナニを言わせたいんだ？」

「ですから、ナニも問題がなければそんなにムキになって大きな声出したりしませんよね。子供やヤクザじゃあるまいし」

「違うだろ。お前や佐脇が妙に突っかかってくるから、こっちはうるさい蠅《はえ》を追い払ってるだけだろうが」

「まあ、この鳴海署の悪徳刑事さんが考えてることと、ワタシの疑問が同じかどうかは知りませんが、ワタシとしては、この刑事さんがうっかり締め上げてしっぺ返しを食らったあの石垣と、南西ケミカルの関係を疑ってるんですよ。あんなチンピラ野郎に東京の大物弁護士が私選で付くなんて、考えられますか普通？」

黄川田は相手を凝視した。

「弁護士当人は、冤罪の可能性が強く、たまたま仕事で大阪に来ていたから飛んできた等と言ってましたが、あの弁護士、正義派とはいえ、実はかなりの金を取るんですわ。有名なセンセイだけにね。で、支援団体もないあの石垣啓助のどこにそんな金があるかってことです。ウロウロしてたのが南西ケミカルの社長宅近くって、偶然でしょうか？　訴え出た常務が、数時間後には被害届を取り下げてることといい、あの夜、なにかあったと考えるのが普通でしょう。つまり、石垣は、南西ケミカルの社長と常務親子が住む屋敷に何か用事があり、そこに居合わせたと。しかし、たまたま同じ夜、阪巻家に別の賊が侵入して、石垣が間違われて捕まった、と」

「間違えたのは、キミだよな、佐脇君」

次席検事は、話を佐脇に振った。

「ええ。たしかに間違えたのはおれですが、実際、怪しい風体だし、追いかけたら逃げましたからね。あれは、あの夜、石垣が阪巻の屋敷に行っていたことがバレては困るから、職質を拒否して逃げたんでしょう。ウチの警邏《けいら》巡査だってバカじゃないから、素直に職質を受ける人物を怪しんだりしませんよ。それに」

「それに?」

宗像は興味を持ったように佐脇に先を促した。

「おれは、木《こ》っ端《ぱ》警官だから、南西ケミカルからクスリを貰ったことがないんですよ。つまり、彼らからすれば、コントロール出来ない人間です。で、河原恭一の死体が発見されて以降、あの会社にまつわるきな臭い出来事が頻発してます。おれにはまだその全容はさっぱり判りませんが、彼らは、おれに首を突っ込まれるのが嫌なんじゃないかと思いましてね。で、石垣の件をうまく利用して、おれをあわよくば警察から追い出そうとした……」

「仮にそうだとしたらだ、佐脇君。そもそも最初のところで、河原恭一の件を君に任せることはなかったんじゃないか? 南西ケミカルの息のかかった、誰かもっと御しやすい捜査官を担当にしたはずじゃないのか?」

「鳴海署の新しい刑事課長は、そのへんの呼吸が判ってなかったんじゃないですかね。もしくは、上の方はみんなバカだから、普通の事件だと思って、何も考えずに決めたと」

佐脇はそううそぶいた。

「で、ヒマなおれとしては、いろいろ想像を逞《たくま》しくしましてね。なんせ最初からストーリーを作って、それに合わせて捜査をしようという悪人ですから、おれは」

「いいから言いたいことを言え」

宗像は完全に帰る気をなくしたらしく、グラスに手を伸ばした。そこに襖が開いて、焼きたてのステーキが二人前、じゅうじゅう音を立てながら運ばれてきた。

「おお、美味そうだな……せっかくだから戴こうか」

肉の焼ける音と、香ばしい匂いに負けて、宗像は完全に腰を落ち着けてしまった。

「おれは食わないから勝手に喋れ」

佐脇は、自分の分のステーキを黄川田の前に押しやった。やさぐれ記者は、遠慮する気配さえ見せずに、分厚いヒレステーキにナイフを入れた。

「一度は死体だということにされて、その後、死体は別人とされた魚津正義は、その後もなぜかまったく姿を現さない。そのうちにあることないことスキャンダルが山ほど流れて、潮が引いたら魚津も完全に過去の人になっていた。と同時に、南西ケミカルの産廃問題も、忘れられてしまった。反対運動をしていた人たちも気が抜けて、手を引いた」

佐脇は何も食べず、何も飲まず、タバコを咥《くわ》えて火をつけた。そして宗像に言った。

「黄川田さんの言うとおりだ。おかしいでしょう？」

「だから、なにが？　私にはまったくおかしいとは思えん。世の中には合点《がてん》のいかないことは山ほどあるだろう」

「しかしですね、実は、十五年前にほぼ白骨で見つかった死体が、本当はやっぱり魚津正義のものだったとしたらどうでしょう。反対運動を根絶させるために、魚津は殺されたんじゃないか。しかし、あの当時、魚津が死んだとなれば、下手人《げしゅにん》は南西ケミカルだという事になって、世論に火がつきかねない。それを恐れた彼らは」

「彼らって、誰だ」

宗像は分厚いレアのステーキにシュッとナイフを入れ、口に運びながら、言った。

「お前も捜査員だろう。検事を相手に喋るなら、正確に喋れ」

「了解。彼らとは、南西ケミカルの首脳陣です。彼らは魚津が邪魔で黙らせたかった。しかしカネで黙るタマじゃない。かと言って死んだと判ったら大変だ。で、永久に失踪して貰うことにした。死人に口なしの変形ですな。ただ、死体はあるけど名義人がいない。そこで白羽の矢が立ったのが、井上誠。当時、南西ケミカルの社員でした。この井上が社内でどういう立場にあったのか、まだ調べが足りませんが、まあ、何か弱みがあったのかもしれませんし、泣き落とされたのかもしれません。社のために死んだ事にしてくれ、とかね」

宗像は付け合わせのポテトやニンジンのグラッセなどには目もくれず、三百グラムのぶ厚いヒレステーキだけを一気に平らげると、ニンマリと笑った。

「で？」

「想像のついでに喋れば、あの石垣は、十五年前に魚津を殺した真犯人なんじゃないかって妄想を逞しくしてみたりしたんですがね。ちょうどそのころ、石垣は鳴海を離れて関西に移っている。で、そろそろほとぼりも冷めたんで鳴海に舞い戻り、阪巻んところに顔を出して、またカネを出させようとしたか……あるいは腐れ縁を復活させて、新たな仕事を持ちかけたか、それとも依頼されたか……」

「ああ、食った食った」

宗像は爪楊枝で歯の間をシーシーとほじっていたが、ウィスキーで口をゆすぐと立ち上がった。

「で？　佐脇君。キミの言いたいことはそれだけか？　だったら私は失敬するよ」

「で、次席検事のお返事は？」

「キミの三文小説みたいな妄想にいちいち感想を述べなきゃいかんのか？　せっかくの美味いステーキが台無しになるようなことを言うんじゃない」

「しかし事実無根ならきっぱり否定してもいいじゃないですか」

横から黄川田も口を出し、ネチネチと絡む。

「宗像さんが否定できないのは、怖いからでしょう。刑事に向かってウソをつくと、あとあと面倒な事になるから、言を左右にして何も言わない。それこそが、佐脇サンの仮説を裏付ける証拠ってことにはなりませんか？」

「仮説なんかじゃない！　そんなものは妄想だ、馬鹿野郎！」

宗像は歯茎《はぐき》を剥き出しにして黄川田を怒鳴りつけると、そのまま襖を勢いよく開けて、出て行ってしまった。

「……芸者を呼ばなかった分、安くついた。それはいいが」

佐脇は、ぼやいた。

「ここのビーフは結構な値段だ。宗像にあれっぽっちしか喋らせられなかったんだから、完全な赤字だな」

「案外ケチですね、佐脇サン。どうせ請求書は鳴龍会に回すんでしょ？」

黄川田はニヤリと笑った。

「佐脇サン。どうやらアナタとは上手くやっていけるかもしれませんね」

「ビーフが結ぶ仲か」

佐脇は猛然と残った肉を平らげ始めた。

＊

その夜。本社の自室で残業して予算執行の決裁をしていた阪巻徹は、不審な書類を見つけて息子の祐一郎常務を呼びつけた。

「この振込が手続きの途中で中断しているようだが」

デスクの上を滑ってきた書類を見て、祐一郎は、ああ、と思い出した。

「これは、使途不明の送金です。毎月五十万ものカネが損金扱いで、この口座に振り込まれています。十年以上も名目不明で。これっておかしいでしょう」

「いや、これはいいんだ。会社にはいろいろと説明出来ないカネも必要なのは、お前も判っているはずだ」

徹社長は、腋の下に汗が滲《にじ》んでくるのが判った。この件を息子にどう説明していいのか、判らない。出来れば自分の代ですべて納めてしまいたい事項なのだ。

「ヤクザ関係ですか？　そういう出費は今、暴対法の絡みもあって、こういう処理じゃマズいですよ、お父さん。マルサの格好の餌食になるし、ウチと敵対する総会屋にほじくられたら終わりですよ」

「そんなことはいいんだ。その心配は無い。だから、すぐにもう一度振り込め。いいか、すぐにだぞ」

祐一郎は、教師に叱られた中学生のように、床の絨毯《じゆうたん》を不満そうに爪先で蹴っていたが、やがて、ああそうかと顔を上げて父親を見た。

「お父さんも、隅に置けないな。そういうことだったんですか。なあんだ」

ニヤニヤ笑う息子に、父親は戸惑った。

「僕の女癖の悪さを叱るクセに、自分だってやってるんじゃないですか」

「違う！　そういうカネじゃない！」

徹は、愛人など持った事はない。一晩かぎりの浮気はもとより、毎月のお手当を渡すような関係の女を作ったこともない。すべて、婿養子である以上厳禁だと自分を戒めてきたからだ。

「私は、そういうことはしない。品行方正とは言わないが、そういう趣味がないと言うべきか」

「じゃあ、この金はなんなんです？　僕は、ＣＦＯとして南西ケミカル全体のキャッシュ・フローや投資の管理、経営計画策定における数値的裏付けの作成と管理をやってるんですから、すべてを把握しておくべきだし、把握しておかねばなりません。ＣＦＯに秘密は作らないで戴きたい」

「ＣＦＯなどと言うな！　お前は常務取締役財務本部長だろう！」

「今どき横文字を嫌がっても始まりませんよ。お父さんはCOOじゃないですか。で、お祖父さんがCEO。世の中、グローバル・スタンダードなんですから、早くこの呼び方に慣れて貰わないと」

徹は、なんとか息子の話の腰を折って自分の言う通りにさせたかった。さもなければ、そのカネの本当の意味を説明しなければならない。だが、それは出来ない。いや、何時《いっ》かは説明しなければならないのかもしれない。それは判っているのだが、社内的にすべてが丸く収まるように事を納めるには、一体どうしたらいいのか……。

こういう時に河原がいてくれたらと思うが、それを言っても始まらない。

この「使途不明の振込」について説明するならば、徹は祐一郎の社内セクハラにも触れて、絶対にやめろと息子に強く迫らねばならない。この二つは完全に不可分の事柄なのだ。この振込が出来なくなるのは、本当に困る。だが、すべてを話すことは出来ない。いや、上手く話す自信がまったくない……。

親子の間に気まずい空気が流れた。

祐一郎は、不機嫌に口をつぐんだまま書類を見ていたが、書面のある一点に目を留めて、眉根に皺を寄せて考え込んだ。

徹は、その様子をハラハラして見つめるしかない。そんな自分が情けないが、強いカリスマと指導力で鳴らす会長と自分は違う。調整型でしかない自分が、上から高圧的に押さえつけるような遣《や》り方をしても、いい結果は生まないだろう。

まあ、最悪の場合は、自分のポケットマネーから振込を続けるしかない……と割り切ったところで、祐一郎は「判りました」と父親の目を見た。

「判ってくれたか」

徹は安堵《あんど》した。が、どう判ったのか、祐一郎は言葉を足さない。

かといって、徹には問い質《ただ》す勇気がどうにも出ない。情けないのだが、破局を目の当りにしたくない、先送り出来るものなら、明日にしたい、という気持ちが働いてしまった。

明日以降、経理の実務担当者に確認して、振り込まれていなければなんとかすればいい。

徹はそう自分をごまかして、息子が社長室から出て行くのを黙って見送った。

＊

「……雨が降ってきましたね」

懐中電灯で崖の様子を調べていた水野が空を仰いだ。

夜空は雷雲に覆われて、時折り稲妻が光る。内臓に走る血管がレントゲンで浮き上がるように、黒雲が明るくなるのは気味悪い。

水野の横には、表情を強ばらせた若い女性が、傘を差して立っている。飼い犬が毒水を飲んで死んだと被害届を出しに来たところを佐脇が追い返し、その後、南西ケミカルの住民説明会でも懸命に抗議しようとしていた、ハイランド・リゾートに住む若い女性、ピピちゃんの飼い主だった。

「中嶋さん、だいたい判りましたから、家の中に入りましょうか？」

中嶋亜希は、以前は県外の大都市在住で職場もそこだったが、身体を壊して退社し、両親とともに、この鳴海市春日町の住宅地に引っ越してきた。ここの山林が開発され『鳴海ハイランド・リゾート・レジデンス』として売り出された時の話だ。庭つきの一戸建てに住むことになったので、彼女はポメラニアンにピピと名前をつけて飼い始めた。

ピピちゃんは散歩が大好きで、いつも途中で、この辺の名水と言われる湧き水を飲むのが習慣だった。とても元気だったのに、ある日、散歩のあと突然、体調を崩した。獣医にかかって、亜希が懸命に看病したのだが、その甲斐もなく、あっけなく死んでしまった。

その死因は、湧き水を飲んだせいだ、と亜希は直観した。湧き水が流れ出る崖の、少し上のほうにある、南西ケミカルの産廃。そこからきっと毒物が流れ出しているのだ、亜希はそう思った。その毒物に、何も悪いことをしていない愛犬が殺されてしまった。両親をはじめ周囲の人間の「やめておけ」という圧力にも屈せず、亜希は南西ケミカルへの抗議行動に加わった。加わっただけではなく、原因を究明しようとし、先頭に立って南西ケミカルを糾弾するようなことまでしてしまった。

「ひどいです。南西ケミカルは私の言い分も調査も、頭ごなしに否定して」

「僕も住民説明会のビデオは見ましたから、あの日の様子は知っていますよ」

懸命に訴える亜希を、水野は宥《なだ》めた。

「そろそろ行きましょう。雨に濡れて風邪を引くといけませんから」

亜希の家は、崖からそう遠くないところにある。阪巻の屋敷も、そこからさらに下ったところに建っている。

「南西ケミカルの社長は、この産廃が安全だと言いたいんでしょう。近くに家を建てて住んでるんです。でも、水道の水を使っていれば、それは安全でしょう。庭の木にも水道の水を撒いてれば何も問題はないはずです。でも」

雨が一気に強くなり、雷鳴もどんどん近くなってきた。

水野と亜希は、住宅街のはずれの坂道を駆け下り、彼女の家に逃げ込むように入った。

「社長は、『私は近くに住んでますが至って健康』と言うばかりで、産廃の調査一つしません。そのうちに……最近になって抗議行動に参加した人に、嫌がらせが始まったんです。それも、南西ケミカルがやらせているとしか思えません」

水野には、黙って彼女の言うことを書き取ることしか出来ない。

「で、嫌がらせというのは？」

「うちの玄関先や庭に、動物の死骸《しがい》や生ゴミが投げ入れられるんです。それも、何度も。一度なんかは、ピピちゃんにとてもよく似たポメラニアンの死体までが……」

そこまで言うと、おぞましさを思い出したのか、亜希は顔から血の気が引いて悸《ふる》えだした。

彼女の両親は、警察が調べに来た事自体を良く思っていないようで、全然顔を出さない。被害届を出すことさえ、警察に関わりあいになることで、それは善良な一般市民としては恥ずべき事だというように思っているらしい。

「私の両親は、南西ケミカルに楯突くのはアカのすることだって。いったい、いつの時代に生きてるんでしょう……私がピピちゃんをあんなに大事にしていたことを知ってるのに……」

二人は誰もいないリビングに上がった。

亜希は丁寧な手つきで紅茶を淹れて水野に出した。

「ああ、これは美味しいですね！」

一口飲んだ水野は、明るい声を出した。彼女が入れた紅茶は本当に美味しかったのだ。

「本当はね、裏山の湧き水で淹れるのが一番美味しかったんです。春日の名水って、結構有名だったんです。でも……あの産廃のせいで、飲めない水になってしまいました」

ええ、と水野は頷いた。

崖の岩肌からは、豊富な水が湧き出している。もう少し水量が多ければ滝になって、川の水源となっていただろう。しかしそこまでの量はないので、湧き出した水はすぐ地面に吸収されてしまう。

「でもね、聞いた話ですけど、あの産廃が出来る前は、もっとたくさん水が湧いていて、ちょっとした池があったそうなんです。小さな川がそこから延びていた、とも。でも、産廃が出来て水脈を切ってしまったせいなのか、水が減ってしまって、池も小川も埋め立てられて、南西ケミカルが住宅地を造成したんです」

亜希は、懸命に喋った。いつもは黙っていることが多いだろう事は、住民説明会での様子を見れば判る。今は、水野がわざわざ来てくれて、熱心に話を聞くものだから、彼女も努力して喋ろうとしているのだろう。

言いたいことは山ほどあるのだろうが、ちょっと喋り疲れてしまったのか、亜希は黙ってしまった。

「あの……さっき見た時、崖の岩肌が案外脆《もろ》そうだったんですが」

水野は、話の接《つ》ぎ穂を探して、亜希に話しかけた。

「そうですよね」

彼女は頷いた。

「崖の上のほう、木が減ってきたらしいんです。山ってほら、木が根を張ってるから土砂崩れが起きないって言うでしょう？　でも、その木が減ってるって」

「それも、産廃の影響でしょうか？」

それは……と言いかけた彼女は、家の奥を見やって言葉を切った。

「私があんまり言うと……専門家でもないのに」

彼女が言いたいのは、産廃の有毒物質の影響で、木が枯れてしまったか、根が腐ってしまったのだ、ということなのだろう、と水野が頭の中で補完していると、亜希が続けた。

「ただ、専門家の方からも、山崩れの可能性について考えた方がいいかも、という御指摘は受けたので、もう一度、住民説明会を開いて貰うように会社にはお願いしてるんです」

「なるほど……」

家の奥から、咳払いが聞こえてきた。

時計を見ると、もう夜の九時を過ぎようとしていた。

「あ……もうこんな時間ですね。大変お邪魔してしまいました」

「いえ。今日は本当に有り難うございました」

亜希の家を辞去してから、水野は気になってもう一度裏山に行ってみた。

寒冷前線が通過中なのか、雨はいっそう激しく降ってきて、止む気配がない。

亜希が言っていた、昔の池を埋め立てた場所には、立派な公民館が建っている。日帰り入浴施設を備えた、公民館というよりレジャー施設と呼ぶべき大きなものだ。

その周辺は広めの道路や公園、駐車場として整備されていた。危険に思える崖っぷちをきれいに有効利用しているように見える。

水野が懐中電灯で照らすと、その公民館の前にある岩肌を、滝のように水が流れ落ちているのが判った。

こんなに水が湧けば、土地も脆くなるはずだ。

指先で岩肌に触れ、少し強くえぐってみると、何岩というのか、高校の地学で習った記憶が微《かす》かにあるが、そういう砂岩のような岩が、ぽろぽろと小さく割れて落ちてきた。

地滑りの前兆として、岩が割れる爆発音のような音がする、湧き水がいっそう多くなる、あるいは地震のような揺れを感じるなど、いろいろなことが起こるらしい。これは警察の研修の時に教わったことだ。刑事課の人間も、災害の時は現場に行って救難救助をしなければならないし、レスキューでなくても、危険な現場で事件が起きる時もある。

もし、仮に、この崖が崩れたら……。

水野は想像してみた。

この崖の向こうに、南西ケミカルの産廃がある。山を穿《うが》って巨大な穴を掘り、そこに、有害物質が入ったドラム缶などが大量に投棄されているのだ。

で、この崖が、山が崩れたら……。

当然、産廃の中身も一緒に流れ出してくるだろう。

水野は振り返った。

そこには、住宅街が広がっている。手前に亜希の家があり、奥の方に阪巻の屋敷がある。

崖の高さは十五メートル、いや二十メートルはあるかもしれない。これが崩れたら、住宅街のほとんどが、あっという間に飲み込まれるだろう。

今までは、産廃から漏れ出した有害物質、主に六価クロムだが、その環境への影響が問題にされてきた。だが、事態はもっと深刻なのかもしれない。

とはいえ。

亜希同様、水野も地質学の専門家ではないし、これまでだって大雨は何度も降った。でも、この崖が崩れたことはない。今はたまたま大雨になって、嫌な感じになっているが、明日には雨も止むだろう。止んで天気が回復すれば、危険は去るに違いない。

水野はしばらく辺りを眺めてから、車に乗り込んだ。

第五章　破局《おわり》のはじまり

雨の夕暮れ。ビルの線が闇に溶け込みかけて、街の灯も車のヘッドライトも明るく感じる頃。

鳴海の中央バスターミナルに、若い女が立っていた。しかしその恰好は、あまりにも派手であり煽情《せんじよう》的で、場違いだった。

バブル時代でもあるまいし、今どきこんなものを着て外を歩けるのかと目を疑うボディコンの真っ赤なミニドレスに、ガーターベルトで止めた黒いストッキング。マイクロミニのドレスはサイズが小さいのか、女の躰にぴったり貼り付いて、ボディラインがくっきり浮き出ている。下はノーブラで、乳房の膨らみや、その先端の乳首が立っている様子までが、くっきりと浮き出ている。九センチはありそうなピンヒールで、女はよろよろと歩く。こういう靴には慣れていないのだろう。その振動で、バスト全体がふるふると揺れる。決して大きな乳房ではないが、お椀型で張りがあり、若い女らしい曲線だ。

マイクロミニの裾《すそ》から伸びる長い脚も形が良くて、女が歩みを進めるたびにショーツがちらちら覗くのが悩ましい。

一言で言って、古典的過ぎる娼婦《しょうふ》スタイルなのだが、今の若い女性のファッションには、海外アーティストを意識したこういうスタイルもあったりするから、ぎりぎり許容範囲なのかもしれない。

しかし、着ている当人の表情を見れば、自分の意志でこんな恰好をしているわけではないことが判る。彼女は恥ずかしさからか、頬を耳まで真っ赤に染めて俯《うつむ》いていた。周囲の男の視線がイヤらしく全身を舐め回し、女たちが軽蔑するような眼差《まなざ》しで眺めているのが判っているのだ。こういう服を着て街を歩くのなら、自分の肉体とセックスアピールをふてぶてしく誇示するくらいのしたたかさが必要だ。だが、若い女は羞恥《しゅうち》に身の置きどころもないように見える。

その若い女は、香苗だった。

蛍光灯に照らされたバス乗り場で、その姿は完全に浮いていた。

やがて、ぷあん、という警笛とともにバスが入ってきた。

大型バスの車内はシートがすべて埋まり、立っている乗客が十人ほど。ぎゅうぎゅう詰めの満員状態なら隙間もないだろうが、この状態では、香苗の恥ずかしい恰好は、すべて見られてしまう。

バスの車内でもターミナルと同様、女性客は露骨に嫌悪の感情を見せ、男性客は値踏みするような目で、舐めるように香苗を視姦している。

逃げ場のない閉鎖空間で、至近距離から見られている。香苗は羞恥に悸えた。

バスが発車した。

香苗はついに羞恥に耐えられなくなり、座席に座っている「あの人物」に、助けを求めるように、必死に視線を送った……。

「ねえねえ、あの娘、もう相当参ってるみたいよ」

同じバスに乗り合わせている夏恵が、隣に座っている、南西ケミカルの御曹司・阪巻祐一郎に囁いた。

「あの恰好だものね」

一度は祐一郎のセクハラを脅しにかかった夏恵だが、いつの間にやら祐一郎に取り入って南西ケミカルの正社員となり、こうして香苗をいたぶる側に回っている。

娼婦ファッションでバスに乗れと命じたのは、祐一郎だった。

香苗が一向に自分の自由にならないことに、祐一郎は腹を立てていた。無理矢理犯すことは出来る。レイプや凌辱の愉しみは味わえる。しかし彼の真の目的は、香苗の心を貶めて、完全に隷属させることだった。身も心も自分の奴隷にしてしまうことだった。

だが、彼女は、「肉体は許しても心は許さない」態度を取り続けた。泣いたり哀願したりはするが、祐一郎に媚びたり意を迎えようとすることはなく、いっこうに気を許す様子のないことが、祐一郎の怒りを掻き立てた。

可愛さ余って憎さが百倍。その苛立ちから、香苗をとことん貶めたいという、どす黒い欲望が祐一郎を突き動かしていたのだ。

そんな彼に入れ知恵をしたのが、夏恵だ。

夏恵は最初、南西ケミカルを企業セクハラの廉《かど》で恐喝する側にいたのだが、夏恵はうまく立ち回って罪を逃れた。その後、セクハラの当事者だった阪巻祐一郎に渡りをつけて男女の関係に持ち込み、正社員として途中入社するという離れ業をやってのけた。女遊びの激しい男だけに、夏恵には造作もないことだった。一時は祐一郎も夏恵の躰とテクニックに夢中になった。しかし問題は、祐一郎は自己愛が異常に強く、「普通のセックス」だけでは満足しない男だったことだ。

南西ケミカルの実権を握る会長の孫で、その溺愛を一身に集めていることが、祐一郎のプライドであると同時に、コンプレックスの源になっていた。夏恵がごく短期間に観察しただけでも、祐一郎は大して頭も良くなく、仕事上の判断にもどうかと思うようなことが多かった。だがそれを部下が指摘すると祐一郎は異常なほどに激怒する。

社内の誰一人、社長でさえ祐一郎にはノーと言わない。それが会長の七光りであることは誰が見ても明らかで、祐一郎自身そのことを薄々判ってはいるのだろうが、それを認めたくないのだ。

さらに祖父である会長・阪巻祐蔵の貴族的とさえいえる風貌に比べれば、祐一郎の甘いマスクには年齢にしては苦労を知らない幼さと、空気も他人の気持ちも読めない鈍感さが露わで、およそ人間的魅力などないことは、夏恵にもすぐ判った。

これは金と地位と権力でしか女を屈服させられない男だ、と見て取った夏恵はそんな祐一郎のプライドを巧みにくすぐり、あっという間に取り入った。

自分の魅力が女性を惹きつけていると思いたい祐一郎の、いわば弱点を突いたのだ。

南西ケミカルの女子社員を集めてランチをおごったり、酒を飲みにいってちやほやされるのが好きな祐一郎に再雇用された夏恵は、水商売で何人ものホステスを仕切った腕で、部署の女子社員たちを束ね、そういう席で祐一郎を気分良くさせることに専念した。

だが、その席で祐一郎が目をつけたのが、同じ部署の、愛想も何もない、井上香苗だった。気も利かず、お世辞ひとつ言えない香苗に、なぜか祐一郎はひどく執着した。

心にもないことでも平気で口にして、祐一郎を喜ばせてやれば良いものを、どうやら本気で嫌がっているらしい香苗が、夏恵には心底腹立たしかった。そして、いっこうになびかない香苗に、ますます執着する祐一郎にもムカついた。少なくとも南西ケミカルの社内では祐一郎の愛人としてトップの座につき、栄華を欲しいままにしようと思っていたのに、あんな小娘にお株を奪われたようで気分が悪い。

さらに夏恵が大事だと思っているもの、祐一郎に取り入りさえすればいくらでも手に入る権力にも金にも、香苗が無頓着《むとんちゃく》であることが、怒りの火に油を注いだ。

人を馬鹿にして、あんた一体何様なの？　どんなお嬢様だって言うのよ？

香苗自身には何の悪意もないのに、彼女は、夏恵の憎悪を一身に浴びる立場になってしまったのだ。

夏恵には高校時代、自分が気に入らない、美人で可愛い同級生をただ苛めるだけでは気が済まず、援助交際を強要し、親父とセックスさせ、その金を巻き上げていた過去があった。人には言えない秘密を作らせたことを逆手に取り、以後、「この売春女！」と徹底的に痛めつけ、何度も客を取らせていた。その女は必死に勉強し東京の大学に進学して、夏恵から逃げた形になっているが、いつでもまた脅しにかかれると夏恵は思っていた。

その「成功体験」を祐一郎に伝授したのだ。

「女はね、特に香苗みたいな気が弱いけど強情なタイプは、人に言えない秘密が出来てしまうと、一気に心が折れるから、その線で行くのはどうかしら。いきなり売春しろと言っても無理だろうから、まずは娼婦みたいな格好で街を歩かせて、強制的に客を取らせてしまえばいいのよ」

そんなこと出来るのか？　と懐疑的な祐一郎に、とことんワルな夏恵はうそぶいた。

「エロい恰好をさせるぐらいなら簡単でしょう。馘にするって言えば、このご時世、恥ずかしい格好で街を歩くぐらいは我慢しようって思うんじゃないの？　そこから先は成り行きで……カラダのラインがハッキリ判るイヤらしい格好で、エロ心をそそるように歩けば、男は放っておかないんじゃない？　特に二条町《にじょう》とかなら、ああいう女は毎晩立ってるし」

祐一郎は夏恵の悪知恵に呆れながらも、名案だと言った。

万が一、祐一郎のセクハラが明るみに出ることがあっても、香苗が元々淫乱で、性的にだらしない女だということにしておけば、自分のほうこそ被害者であり、女にハメられたのだと主張して責任を逃れられる、という狡猾《こうかつ》な計算もあった。

また、香苗を思い通りにするために、祐一郎は先日、もう一枚のカードを手に入れており、それも最近切ったばかりだった。経理から名目もはっきりせぬまま支出されていた、井上家への月々の送金を止めてしまったのだ。

父親であり、南西ケミカルの社長である阪巻徹が、振込を続けてくれと、あくまでもこだわった送金先が「井上」だった……その名前から、祐一郎は香苗の家への送金に気づくことになった。「井上」とは、住所から、南西ケミカルの系列会社にパートとして勤める、香苗の母親宛であることが、すぐに判ったのだ。

これは香苗を追い込む材料に使えると、狡猾な祐一郎は瞬時に計算した。

振り込みを止めて、一家の収入を断ち、母親も馘にする。そして香苗を昇進させ、過分な給与を与える。これで香苗は、何があっても南西ケミカルを辞められず、自分の言いなりになるしかなくなる。そして現在、まさにその目論みどおりに物事は運び、香苗は祐一郎が夏恵に用意させた服を身につけ、祐一郎の命じた通り、バスに乗っていた。

祐一郎と夏恵は、香苗が耳までを真っ赤に染めて、必死に晒し者の恥辱に耐えている様子を、ニヤニヤしながら観察していた。

きっと、こんな恥ずかしい娼婦みたいな格好をしている女は、好きでやっている露出症な淫乱だと思われているのだろう……。

大勢の中で晒し者になる事で、香苗は、辱められていた。

バスはやっと次の停留所に着いた。そこが、祐一郎に降りろと命じられていたところだ。

外にはかなりの雨が降っていたが、一刻も早く乗客の好奇の目から逃れたい彼女は脇目もふらず、必死に降り口に向かった。

ほとんど剝き出しの肌に冷たい雨が容赦なく突き刺さった時には、安堵すら覚えた。

関わりあいになりたくない乗客たちは、降りた停留所でも彼女を避けるように身を引き、そしらぬ顔をして立ち去ってゆく。

大きな雨粒に容赦なく打たれながら、香苗は歩き出した。

傘を持たず、雨に濡れることも気にならない。とにかく、命じられたことを済ませてしまいたい……。

香苗はそれだけを願っていた。

と……少し離れて、祐一郎と夏恵が立っているのに気づいた。

彼らは私を徹底的に辱めようというのか……香苗は絶望した。

逃げることは出来ない。逃げれば南西ケミカルを馘になり、生活の糧《かて》を失う。やはりパートを解雇された母親ともども路頭に迷ってしまう。こうなってしまった以上、もう、どうすることも出来ないと香苗は思い込まされていた。

祐一郎からは、二条町の繁華街を歩け、と指示されている。

その街が、堅気の若い女性なら、絶対に立ち寄りたくない所なのは判っている。いかがわしいセックス産業の集まる街で、男の欲望を発散する場所であると知っている。そんなところに、こんな、半裸も同然の姿で足を踏み入れる事の危険性も判っている。

しかし、これに耐えなければ、生活の危機を乗り越えることが出来ないのだ。

香苗は懸命に自分に言い聞かせ、雨が降る中、ずぶ濡れになりながら、二条町に向かって歩いた。

繁華街が近づいてくると、果たして、すれ違う男がじろじろと品定めするような視線を投げて来る。覚悟していたつもりだったが、やはり恐ろしく、香苗の足は震えた。

痴漢とはまた違う、もっと直截的に値踏みしてくる目だ。自分を完全にセックスの相手としか見ていない目だ……。

二条町のフーゾク街は、軒先に雨をさえぎる日よけを張り出している店も多く、雨に打たれることは少なくなった。

だが、ここで香苗は自分の服が雨に濡れて躰に密着している上に、かなり透けてしまっていることに気がついた。乳首がはっきり浮き出ている。ショーツのラインも丸判りで、薄い生地のマイクロミニは、ほとんど何も身につけていないのも同然の状態になっていた。さっきすれ違った男たちが露わな欲望の視線を投げてきたのも、全身が……バストも、そして薄いショーツの下のヘアまでが透けて見えてしまっていたからなのか……。

羞恥に全身が火照った、その時。

彼女の行く手に立ち塞がるようにして、一人の男が立っているのが目に入った。その男は香苗を観察するように、じろじろと見据えている。

脇道に入ってかわそうかと思ったが、そこはいっそう細くてうす暗く、いかがわしく怪しげなポルノ・ショップとかピンクサロンがある路地だった。でも、このまま行ってあの男と正面からすれ違うのはなんだか恐い。このまま後戻りして、少し大きな通りまで出てしまうほうがいい。

香苗はそう判断して、踵《きびす》を返した。

が、背中に気配を感じる。ひたひたと足音を忍ばせて、男がつけて来る気配だ。

恐怖のあまり、早足からほとんど走るような感じになった時、後ろの男も走り出し、足音を隠そうともしなくなった。カツカツと靴音を響かせながら追いすがってくる。

香苗がパニックになって振り返るのと、男が飛びかかって来たのがほぼ同時だった。

「いやあっ！」

香苗のその悲鳴を隠そうと、男の大きな手が彼女の口に蓋をした。

「何で逃げるんだよ。客を引いてるんだろ？　いい客を探してるんだろ？」

男は押し殺した声でそう言うと、背後から香苗を羽交い締めにした。

「またあ、こいつう、なにふざけてるんだよぉ。全身ビショビショにしちゃってさあ！」

わざと陽気な大声を出すと、男はじゃれるような素振りで、しかし腕の力はいっそう強くして、香苗の全身を抱きかかえるようにした。耳に感じられる男の息が荒々しい。

揉み合いながら数歩、歩いたところで、男はぐいっと横移動した。

一瞬、香苗には何がなんだか判らなかったが、気がつくと、脇道の路地に無理やり引き摺《ず》り込まれていた。

「いくらだ？　こんなカッコして立ちんぼしてるんだから、高い事言うなよ！」

まだ若そうな男の力は強かった。息からは酒の匂いはしない。シラフで女を襲おうと待ち構えていたのか。

「い、いや……やめて」

男の手がマイクロミニの中に入ってきた。

その指は彼女の下半身をまさぐり、ショーツのゴムにかかった。このまま一気に下着に手を突っ込み、秘部を蹂躪しようとしているのだ。

「なんだよお前。なに嫌がってるんだ。こんな時間にこんなカッコしてこんなところをうろついてるのは、客を探してたんだろ？　やりてえんだろ、え？」

暗闇の中で点滅するネオンに照らし出された男の顔は獣欲に歪《ゆが》んでいる。まだ若いが内向的な感じだ。日頃女にモテない鬱憤を一気に晴らそうとしているのか。

男は、恐怖に蒼ざめ震えている香苗を見て、一気に行こうという最初の方針を変えたようだ。抵抗できないと判ったので、じっくり責める気になったらしい。

「おい、お前はここで、いったい何本のちんぽを咥《くわ》えこんだんだよ？」

ショーツの上からぞろりと香苗の股間を撫で上げた。

「ち、違います……あ、あたし……そんなんじゃない」

ふふふ、と男は鼻先で笑うと、指先をぞろり、と秘裂に沿って擦りつけてきた。

「テレクラで引っ掛けた女も、みんなそう言うんだよ……でもそれは値段を釣り上げる手口なんだよな。最近は素人の方がよっぽどスレてるぜ……あれ？」

男の指は香苗の秘毛の中で、スリットに食い込ませ、秘唇をごりごりと掻き立てた。

「おれがすぐに気持ちよくしてやるよ……さあ、行こうぜ」

そう言いながら肩に腕を回して抱き寄せた。

男の汗くさい体臭を感じた香苗は、吐き気が込み上げてきた。

「何だよ、イヤか？　ここでやるほうがいいのか？　……まあいいけどよ。お前、そうとうな変態だな」

「た、助けてっ！　誰か助けて」

香苗は必死になって声を上げた。路地から一部が見える二条町の本通りには通行が多い。

もちろん、薄暗い路地の中で男と女が揉み合っているのは、通りからでも見える。しかしホテル街とピンク街が隣接している場所柄だけに、みんな見て見ぬふりだ。

どうやら男にも、香苗が本気で嫌がっているのが判ったようだ。

「なんだよお前。客を選り好みするってのか？　娼婦が偉そうにナニ言ってやがるんだ」

脅えきった香苗の顔を見ていて嗜虐心が刺激されてしまったのか、男はなおも執拗に彼女の恥ずかしい部分を嬲《なぶ》りつづけた。

「カッコつけてんじゃねえよ。どうせ誰のちんぽでもいいんだろ？」

肩に回っていた手が伸びて、襟口から一気に中に侵入してきた。ノーブラの乳房をぎゅっと鷲掴みにされて、香苗はショックのあまり声も出ない。

「！」

それをいい事に、男の手はなおもぐいぐいと香苗の胸を揉みしだき、ついにじれったくなったのか股間に置いた手も動員して、マイクロミニを下から全部たくし上げてしまった。

ぷくん、とまろび出た両の乳房を、男の手は掬《すく》い上げるように揉みしだく。

「けっこうデカいな。着痩せするタイプか」

そう言いながら男は唇を尖《とが》らせて、香苗にキスを迫ってきた。

「……や、止めて……」

恐怖にすくみあがっていた香苗は、必死に勇気を奮い起こして哀願した。

だが男はためらう様子もなく、逆に愉しんでいるふうで、なおも唇を寄せてきた。

「やめてっ！　やめてくださいっ！」

迫って来る男の唇を必死でかわし、香苗は全身をもがいて男を拒否しようとしたが、男の力には全く歯が立たない。しかも彼女が抵抗すると、胸を掴んでいる男の指が、乳首を思いきり摘まみ上げる。敏感なその部分に爪を立てられて潰されると、痛みに全身が硬直した。

茫然《ぼうぜん》自失して半開きになっていた彼女の唇に、ぬめぬめと生温かい気味の悪い柔らかな物体が重なってきた。

男の左手が、乳房から香苗の頭の後ろに回ってしっかりホールドしている。顔を背けて男の唇から逃れることも出来なくなった。

男が素早く舌を差し入れてきた。彼女が口を閉じようとしても、これも乳房から這い上がってきた右手がしっかり顎を摑み上げていて、相手の舌を噛んでやりたくても、口を閉じることさえ出来ない。

軟体動物のような男の舌が、香苗の口の中を気味悪く蠢いた。

必死になって舌を硬くして男のものに搦《から》めとられまいとするのだが、男の舌は強引に、下側から持ち上げるようにして浮かせ、あくまでも絡みついて来る。

それをキスに酔っていると勘違いしたのか、香苗の力が尽きかけ、抵抗が弱まってやり易くなったものか、男の行為はどんどん大胆になっていく。

彼の息づかいはさらに激しくなり、節くれだった指も勢いを得たように、今度はもっと容赦なくショーツのなかに侵入してきた。

男の指が、香苗の恥裂や肉芽を無遠慮にまさぐっている。

見ず知らずの男に、こんな事までされている状況は、悪夢以外の何物でもなかった。

「どうする？　近くのホテルでしっぽりやるか？　二は高いよな。不景気だしよ、一五でいいだろ」

手が、ずるずると彼女のショーツを引き降ろした。

「だが、ここで今すぐっていうのもいいな。青姦ってやつか」

男の指が、剝き出しにされた香苗の繁みに分け入ってきた。ざわざわと掻き乱して、その感触を楽しんでいる。

「お前、薄いな。ここまで来たら、じっくり見たいよな」

そう言いながら、指で再び肉芽をざらりと撫であげた。

乱暴な行為に、香苗の躰はびくりと凍りついた。

度重《たびかさ》なる衝撃で抵抗出来なくなったのをいいことに、男の指はなおも乱暴に、香苗の秘部の蹂躙を続けた。

この界隈には日が暮れると夜の女が出没する。普通の商店街からさほど離れていないのに、大胆というかおおらかというかケジメがついていないというか、そういう土地柄で、フーゾクの呼び込みに混じって、立ちんぼの娼婦や遣《や》り手婆《てばば》があがいる界隈なのだ。鳴海市は、ろくな産業もないのに水商売だけは盛んだ。そういう裏経済がこの市を支えている側面があるだけに、この二条町には、男の無法ぶりを咎《とが》める者もいない。

立ちんぼの中には、服の前をはだけてバストを露わにしたり、下には何も着けずにスカートを持ち上げたりして客を引いている女さえいる。香苗はそんな事は知らないが、この街の遊び好きの大人には常識な事だった。

香苗は、屈辱に涙ぐみながらも、足がすくんでしまって動けない。恐怖と恥ずかしさで、ほとんど失神状態だ。頭の中は真っ白になり、これが現実に起こっている出来事なのかさえ、定かではなくなりつつあった。

太腿の付け根の、薄い翳りが原色のネオンに照らし出された。

「可愛いじゃねえか……」

男は、うほうと奇声を発すると、かがみ込み、顔をいきなり香苗の股間に埋めてきた。

今度は、女として最も恥ずかしい場所に男の舌の蠢《うごめ》きを感じて、香苗は気が遠くなった。

男の舌先は、香苗の薄い秘毛を搦《から》め取り引っ張るようにしながら、容赦《ようしゃ》なく核心に近づいて行った。

「あっ！　そ、そこは……」

秘裂に沈んだ舌先が、いきなり豆粒のような秘核に命中し、転がした。

「あっ……あうう……」

快感はない。ただただ気持ち悪いだけだ。好きな相手に、甘い雰囲気でクンニされるのなら、痺《しび》れるような快感が湧くのだろうが、そんな状況とはまさに正反対だ。

しかし、股間にしがみつかれ、がっしりと腰をホールドされてしまえば、彼女はただのか弱い小動物でしかなくなる。

男の舌が動くたびに突き上げて来る悪寒に耐えながら、茫然として通りの方を見やった香苗は、路地を覗き込んでいる男と目が合った。

それは、祐一郎だった。彼は一緒にいた夏恵に何か言って立ち去らせると、ゆっくりと香苗たちの方に近づいてきた。

無残に辱められている香苗の姿を舐め回すように見た祐一郎は、だらしなく頬を緩めてにやにやと笑い、助平極まりない顔になった。

「いやー最近の立ちんぼは若いのがいるんだねえ〜。兄さん。おれが買うから譲ってくれ」

「だめだ！　今からいいとこなんだから」

男は拒絶したが、祐一郎はスーツの内ポケットから無造作に取り出した万札の束を突きつけた。

「頼むよ。これでほかの女と遊んでくれよ。これだけあれば大豪遊出来るだろ」

二十万はある束だった。

「……まあ、これだけくれるんならいいけどよ」

男は面食らった様子で金を受け取ると、未練たっぷりの様子で香苗の躰から離れた。

「あんた、こいつのなんなのさ」

「さあねえ」

祐一郎は男を相手にせずに、行った行ったと手で追い払った。

香苗には、この成り行きがよく判らない。

「あの……私を助けてくれたんですか？」

「そう思うか？」

祐一郎は、そのまま蹲《しゃが》み込むと、香苗の股間に顔をつけた。

「……眺めてたら、今すぐ、ここで、お前とやりたくなったんだ」

股間に舌を這わした祐一郎はそう言うと、両手を上に伸ばしてきて、香苗の胸を両脇からむんずと押し潰した。

「ここでやろう。お前もずいぶん感じ出してたじゃないか。あの男に声をかけられた時から、ずっと見物してたのは知ってただろう？」

股間を這いまわる祐一郎の唇が、香苗の秘唇をいやらしく挟んでくいっと引っ張り、その指が乳首を摘まみ上げてこりこりとくじった。さらに、祐一郎の手は香苗のバストを、まるで乳牛の乳搾りのように根元からぐいぐいと揉み立て、搾り上げていく。

まさか、こんな場所でこんな扱いをされるとは……。屈辱とおぞましさに脚が震え、ショックで頭の中が真っ白になり……快感などは感じるはずもなかった。

最低の娼婦のように扱われ、夜の歓楽街の雑踏で、通りすがりの男たちに見られながら犯されようとしている自分の姿……それを意識しただけで、激しい怒りと恐怖と恥ずかしさと悔しさが全身を包んだ。だが、どうすることも出来ないのが哀しい。

「ううっ……あはあ……」

香苗の唇から、気味の悪い感触を堪える声が洩れた。

「これでお前も、まともな女としちゃ終わりだな。立ちんぼ同然の女なんだぜ、お前は。こういう立ちマンがお似合いなんだよ」

祐一郎は顔を香苗の秘唇から離し、彼女の顔を見上げるようにして喋っている。しかし舌を指に変えただけで、相変わらずしつこく、香苗の股間をまさぐるのは止めない。

香苗は必死にいやいやをした。

祐一郎の舌が、ふたたび彼女の秘唇の内部に侵入し、その柔らかな果肉の入り口を舐めあげた。

「ひいっ！」

ぬめぬめとした動きで敏感な入り口を這いまわられると、このうえなくおぞましい感触が込み上げてくる。

祐一郎の舌は巧みに動きまわり、香苗の秘唇ばかりではなく、肉芽を突然、べろりと嬲ったりする。その刺激が、堪らなく嫌だ。

祐一郎の口は、今度は彼女の秘部の恥肉を、ちゅぱちゅぱと吸い立て始め、その下品な音が香苗の耳を容赦なく打った。

あらゆる意味で抵抗出来ない香苗は、これまで必死に拒んできたはずのセクハラ上司に、すべてを委ねるしかない。それが死ぬほど悔しかった。

ところが、祐一郎はやおら彼女の下半身から顔を離して立ち上がってしまった。

「今度はお前が奉仕しろ。いいな」

祐一郎は青姦の真似をして気分がワイルドになっているのか、スーツのズボンのジッパーを下げ、中に手を入れると、見事に屹立している男根を取り出した。先端からは、興奮のあまりか、滴があふれている。

「いやっ……」

「舐めろよ。お前の口でオレを悦《よろこ》ばせるんだ」

男は香苗の頭を押えつけて、自分の股間の高さにまでしゃがませた。

香苗の目の前には、堅く反り返った肉棒がそそり立っていた。

「さっさと舐めろ!」

香苗は、力が入らなくなってフラフラになった腰を落として、言われるままに彼の前にしゃがみこんだ。

怒りと羞恥で、すでに理性はボロボロになっていた。普通なら吐き気を催《もよお》す行為が出来てしまうのが自分でも恐ろしい。屈辱的、あるいは恥辱、という感覚も言葉もどこかに行ってしまったようなのが、自分が壊れてしまったようで恐ろしいのだ。

口を割られて無理やり押し込まれる前に、香苗は自分から男根を咥えた。

「うむむ……」

祐一郎は呻いた。口に含まれた感触が絶品だったからだ。

舌先が動くたびに、男の肉棒がひくひくと蠢動《しゅんどう》する。

自分になつかず心の芯では屈服しないこの女を屈辱的に押さえ込んで恥辱を与えるという、このシチュエーションに酔いしれた祐一郎は、思わず果ててしまいそうになり、必死で自制した。

「あふっ」

たまらず呻いたあと、思わず射精しそうになった祐一郎は、慌てて香苗の口から自分のものを抜き取った。

「フィニッシュは口じゃなくて、お前のあそこでやらせろ」

今や暴発寸前になった彼は焦りながら、香苗の片脚を持ち上げて秘腔を思いきり広げさせた。立位で挿入しようというのだ。

「あっ……いや……。こういうのは、いやです！」

さすがに、強制クンニに酔い痴《し》れた香苗の頭にも僅かな理性が戻ってきたようだ。

「じゃあ、そこのホテルに入るか」

彼は顎をしゃくった。

「ああいう俗なラブホもいいだろ」

「いやっ！　離して！　もうイヤですっ！」

香苗は全身の力を振りしぼって思いきり祐一郎を突き飛ばした。

挿入しようと中腰になっていた彼は、だしぬけに胸を押されて、虚を突かれる形になり、もんどりうって倒れ込んだ。

「馬鹿野郎。おれを一体誰だと思っている！」

思いを遂げられない怒りが、彼を激怒させた。

「女子社員風情が、舐めた真似しやがって！」

祐一郎はもの凄い形相で襲いかかってきた。

殺される！

香苗は血の気が引いた。

彼の手が、彼女の首に掛かろうとした、その時。

路地に人影が走り込んでくると、香苗を突き飛ばして祐一郎の腕を摑んだ。

一瞬の出来事だった。

暴漢と化していた祐一郎は次の瞬間、背負い投げを食らって投げ飛ばされていた。

ごん、と鈍い音がした。彼の頭が路地のブロック塀に激突したのだ。

「ううう……」

したたかに頭を打った祐一郎は立ち上がれずにそのままひっくり返った。

「大丈夫か?」

突然出現した人影は、香苗の身を案じた。

この人には、一度会ったことが、いや見たことがある……香苗は呆然としながら思った。

「かわいそうに。こんな格好をさせられて……」

その人影は、自分が着ていたウィンドブレーカーを彼女に羽織らせた。

男だった。それも、声の感じからすると、初老の男。

「君には話したいことが山ほどあるんだが、今は時間がない。とにかく、この男を運ばなければ」

「運ぶって……どこへ?」

初老の男はそれには答えず、失神したままの祐一郎の大きな体を、さほどの苦労もなく肩に担ぎ上げた。細身の身体だが、歳にしてはかなり力があり、鍛えているようだった。

「あの路地の向こうに車を止めてある。君も来るんだ」

「え。でも……」

「もう、あの腐った職場に戻ることはない」

わけが判らず躊躇している香苗を、男がじっと見た。

街灯とネオンの明かりで、男の横顔が照らされた。

どこかで見た顔……どこか懐かしい、知っているはずの顔……。

「判るのか？　別れたのは、君がまだ、ほんとうに小さかったころなのに」

初老の男は、まぶしそうな笑みを浮かべた。

「死んだはずの、君の父親だからな」

＊

その数時間後。

鳴海市の春日町公民館で開かれた南西ケミカルの住民説明会に、佐脇は盟友とも言える地元暴力団・鳴龍会の若頭、伊草とともに出席していた。

小型のムービーカメラを持った磯部ひかるも入ってきて、少し離れた席に座ると、佐脇に向かって小さく頷いた。放映される見込みはないが、「いつか日の目を見るかもしれないから」という理由で、今夜も独自取材に来ているのだろう。

「よく降るねえ」

昨日から降り出した雨は、止むどころか勢いを増して降り続いている。

「さっきのニュースでは、勝俣川の水位が上がってるようです。梅雨前線が居座って、大雨になるパターンですね」

伊草の整った顔はなぜか強ばっている。何か心配なことでもあるのだろうか、と佐脇は思った。佐脇はといえば、相変わらずお気楽に、すっかりだらけてパイプ椅子の背もたれに全身を預けている。

「しかし暑いな」

扇子をぱたぱたさせ、椅子からすべり落ちるか、椅子ごとひっくり返りかねないようなだらしない姿勢だ。

公民館の会場は、冷たい蛍光灯の光に照らされて寒々とした空気に包まれているが、実際には蒸し暑くて不快さもピークに達していた。節電でエアコンが切られて扇風機が回っているが、除湿はできないものだから汗が止まらない。

住民が揃う時間を考えて、夜の八時に設定された説明会だが、参加した住民たちの多くは一日の仕事のあとで、顔にも疲労の色が濃い。しかも、そのほとんどが危機感に駆られて出てきているので、場内は緊迫して、同時に殺伐とした雰囲気だ。

住民側のパイプ椅子が並ぶ席はほとんど埋まって、始まるのを今か今かと待っているのだが、肝心の会社側のメンバーがまだ揃わない。長テーブルには南西ケミカルの系列会社が作るローカル清涼飲料『ダリオ』のペットボトルが虚《むな》しく並んでいる。

住民たちと向かい合う、長テーブルの中央に座っているのが南西ケミカルの社長なのだろう。痩せた貧相な初老の人物だ。誰を待っているのか苛立たし気に始終時計を眺め、用意された資料のページを繰ったり、しきりに飲み物のボトルに手を出したりしている。

社長のうしろの壁際には十人ほどの、スーツをぴしりと着こなした若手社員が並んでいる。この暑いのに上着も脱がず、ネクタイもゆるめず、それなのに全員汗ひとつかいていない。胸を張り、姿勢をくずさず、後ろで手を組み、壁にもたれるでもなく直立している。全員背が高く、整った顔立ちの、いかにもエリートといった見かけの秀才肌の若者たちだ。

「何なんだろうな、社長のうしろのあいつらは。ボディガードにしちゃ線が細い連中だが」

暇にまかせて南西ケミカル側の面子《めんつ》を観察していた佐脇が感想を洩らすと、伊草が教えてくれた。

「あれが社長の親衛隊と言われる取り巻きですよ。なにしろ不景気で、ことにこのあたりは失業がひどいから、南西ケミカルみたいな大企業は公務員と同じくらいの買い手市場です。どんな人材でも取り放題だ。その中から、ああいう見てくれのいい連中を選抜して、社長秘書室に置いてるってわけです」

「なんだそれは。芸能プロダクションか」

「見た目だけじゃありません。全員が超一流大卒ですよ。南西ケミカルの実権を握っているのは今でも会長で、社長は番頭みたいなものだと言われてますが、せめてああいう取り巻きをそばにおいて、権力者の気分を味わいたいんでしょうな」

社長本人にはカリスマもオーラもない、ただの貧相な初老の男だ。してみるとあの取り巻きは、アクセサリーのようなものなのだろう。自分に足りないものを補おうというコンプレックスを、ここまでわかりやすく見せてしまっていることに、あの社長は気づいているのだろう。

「なるほど。見てくれと学歴以外に『暑さに強く汗をかかない』ってのも選抜の条件らしいな」

佐脇は首にかけたタオルで額の汗をぬぐった。

「まさか。あれは保冷シートをワイシャツの下にどっさり貼らされているんです。身体には悪そうですがね」

伊草は情報通だ。佐脇はふと思い立ち、伊草に訊いてみた。

「ところでおれは警察の代表としてモロモロの状況が知りたいんで来てるんだが……伊草、何故お前がここにいる?」

なんか利害関係でもあるのか、と佐脇に訊かれた伊草は白い麻の上下を着こなし、彫りの深い顔に汗ひとつ浮かべていない。

「私らだって、立派な関係者ですから」

「鳴龍会も南西ケミカルを恐喝してるのか?」

「ヤクザが常にカタギ衆を恐喝してると思われるのは心外ですね」

硬い表情のせいでいっそう凛々しくカッコよく見える伊草は、若頭とはいえ田舎のヤクザにしておくには惜しい。Ｖシネなら主役を張れるビジュアルだ。

「物流や建設関係で、ウチは南西ケミカルさんには大変お世話になってるんですよ」

鳴龍会も、このご時世では本業の暴力団だけではやっていけず、従来からの稼業とも言える任侠の道とは別に、水商売や風俗産業も含めて多角経営に乗り出している。

「そうか。オタクも今の調子でいったら、いずれ鳴龍会を持ち株会社にして、カタギの企業グループになるのかもな。ヤクザを堅気にしたい、ってのがお上の意向だが、この世からヤクザが消えてなくなるはずはないのにな」

「大きな声じゃいえませんが、今じゃカタギの企業がヤクザまがいのことを平気でしますよ。私らはお株を奪われっぱなしだ。南西ケミカルさんにしたところで、いろいろ噂は聞こえてきます」

暴対法の目標はすべての暴力団の壊滅だが、それで世の中が良くなるかというと、そんなことはあるまい。

「おれが甘い汁を吸い難《にく》くなるのは確かだな。ヤクザと違ってカタギ相手じゃ勝手が違う」

「いや……佐脇さんなら、カタギの衆からでも平気で生き血を吸いますよ。大丈夫です」

「じゃあおれがヤクザってことじゃねえか」

「国からお墨付をもらったヤクザですな……いや県警なら国営は違うか。県営ヤクザ」

「なんか恐喝するにも稟議書書いてハンコを十個くらい貰わないとダメになりそうだな。で、そのうちに行政改革で民営化ってことになって、元の木阿弥《もくあみ》になるんだぜ」

そんなくだらない冗談を言いながらも、佐脇は、伊草が相変わらず硬い表情のままなのが気になった。

「どうしたんだ？　不景気な面して。なんか、あるんだろ。言っちまえよ」

「わかりますか？」

「当たり前だ。長い付き合いだからな」

「……ご明察です」

伊草は軽く頭を下げた。

「実は……佐脇さんに相談しようかすまいか、迷ってたんですけどね……ウチの傘下の土木会社で保管してるダイナマイトの数が合わなくて」

伊草は文字通りの爆弾発言をした。

「な、なに？」

佐脇は驚いて伊草に向き直った。

「今までも、一本や二本、ダイナマイトの数が合わなくなることはあったんです。だいたいが帳簿のつけ間違いだったのが判るんですが、今回はちょっと合わない量が多くて」

「どれくらい合わないんだ？」

「ざっと、二十本ほど。ついさっき判ったばかりなんですがね」

佐脇は仰天した。

「抗争でも始まるのか?」

田舎警察は人手が足りないから、一課も四課もないに等しい。特に佐脇はよろず困り事引き受けますとばかりに手の足りないところに駆り出される。いや、それ以上に自らの利害に直接関係してくるだけに、地元暴力団の動向には敏感だ。

「カネヅルだからいろいろ心配なんだよ。オタクが妙な事になったら大変だ」

「御心配、痛み入ります」

伊草はまた頭を下げた。

「しかしお前。ダイナマイトが二十本紛失したって、そりゃいくら何でもマズいだろ。武器に使われたらどうする?」

暴力団同士の抗争では大量殺戮《さつりく》兵器として使われて、組本部が爆破されたりする。

「ダイナマイトは威力がありすぎて、なかなか使えませんよ。ウチだって、そんな物騒なモノをその辺に転がしてたわけじゃないんです」

ダイナマイトを取り扱うには、危険物取扱免許の乙五類を持っていなければいけないし、規則に定められた保管場所で厳重に保管する必要がある。

「もちろん、法令どおり、きちんと保管してましたよ。今の段階で捜査が入ったり、報道されるのは非常に困るんですが……」

「しかし、聞いてしまった以上は放っておけないぞ」

「やっぱりそうですよね」

伊草は、佐脇に言ってしまったことを悔いるような顔になった。

「ウチにしても、危険物取扱免許を取り上げられたら死活問題なんでね。すぐに調べて内輪で決着つけますんで。倉庫の鍵の管理を手繰《たぐ》っていけば、犯人は自《おの》ずと判るとは思うんですが、万が一の事を考えて、佐脇さんの耳に入れておこうと思いましてね」

ヤクザが内輪でケジメを取るのであれば、決着は警察より早いだろう。人権問題を考慮する必要がないから口を割らせるのも簡単で、犯人はすぐ見つかる。

「聞かなきゃよかったなあ……だが、聞かなかったことには出来ないし」

「舐めた真似をしたのはどいつか、きっちり調べます。明朝までに判らない時は、事件にして貰って結構ですんで」

「そうならないようにしてくれよ」

佐脇はとりあえず伊草に任せることにした。盗んだ犯人が鳴海港に浮かぶ事になっても、それはまあ仕方がないだろう。

それにしても、説明会はまだ始まらないのか。時計を見ると、開始時間のはずの八時はとっくに過ぎて、九時になろうとしている。

「おい、さっさと始めろよ。なに勿体《もったい》つけてるんだ?」

気になる話を聞いてしまった苛立ちも手伝って、コワモテ刑事はつい大声で怒鳴った。

「みんな待ちくたびれてるんだぞ!」

その声がキッカケになって、住民たちからも「そうだ、早くしろ!」「こっちは一時間も待ってるんだぞ!」「社長、さっさと出てこい!」「大雨でビビッて欠席か?」などと口々にヤジが飛び始めた。

収拾がつかなくなるほど怒号が渦巻き始めた会場に、遅れてそっと入ってきた男がいた。

その男があまりに静かで、殺伐《さつばつ》とした中で、いわば「気配を殺して」いるので、逆に佐脇の目を惹いた。

作業帽のようなものをかぶり、うつむいているが、どうもその顔は何処かで見たような気がする。

「なにか?」

勘のいい伊草が訊いてきた。

「いや……あそこにいる男なんだが」

だんだんと思い出してきた。見覚えがあると思ったのは、以前、自分の弟子を勝手に名乗っている美知佳がセクハラの被害者として自分に引き合わせた若い女性……井上香苗に、整った横顔が似ている気がしたからだ。いや、それだけではない。それ以外の時にも、あれに似た顔を見たような記憶がある……。

「ああ、あの男ですか」

伊草はその男を知っていた。

「関西から来たモグリの発破師ですよ。最近ウチで働いてます。ここだけの話、資格は持ってないけれど、腕はいいんです」

「おい。お前んトコは、ダイナマイトはなくすわ、無資格の発破師は使うわ、どうなってるんだ」

聞き捨てならんという表情になった佐脇を、伊草は宥《なだ》めた。

「まあまあお平らに。そういうの、今までだっていろいろあったじゃないですか、ね?」

こういうことを打ち明ける時、伊草は決まって佐脇への小遣いを倍以上にする。それが判っているので、刑事もそれ以上言い募《つの》るのは止めた。

「今までトラブルになったことはないですから。ちゃんとやってますから、大丈夫です」

伊草は、佐脇に請け合った。

「しかし、それにしても、どうしてウチの発破師がこんなところに居るんだろう?」

伊草は首を傾げた。

公民館の小部屋では、南西ケミカル社長の阪巻徹が、時計を睨んでいた。

＊

「おい。常務はまだ来ないのか？」

彼は秘書に怒鳴《どな》った。

「はい……遅れるという連絡も入っておりませんで」

申し訳なさそうな秘書を、会社側の御用学者・東大名誉教授の池谷が一瞥《いちべつ》した。前回の住民説明会でも熱弁を振るって住民を丸め込んだ学界の重鎮だ。

「私もね、ヒマな人間じゃないんですよ。明日は東京で学会があるんでね、早いとこ終わらせてホテルに戻りたいんですがね」

「ああ、先生、それはもう重々に判っております。この埋め合わせは十分にさせていただきますので、どうか、今しばらくお待ちを……」

徹は池谷名誉教授に平身低頭した。

祐一郎には、今夜の説明会のために作成させた、重要な資料を持ってこいと命じてあった。池谷のアドバイスを受けてデータの数字を操作して捏造《ねつぞう》した、産廃の危険性を過小評価し、安全性を幾重にも強調するパンフレットだ。さらに次期社長として、こういう場所に祐一郎を同席させ、現在南西ケミカルが置かれている状況の困難さ、問題の深刻さを理解させる必要があるとも思ったからだ。しかし、肝心の当人が時間になってもいっこうに姿を現さない。

「そもそも、こういう問題は社長レベルの話じゃないだろう……常務クラスが対応すべき事なんだ」

秘書を相手に愚痴《ぐち》ったが、それを言ってもせんないことだ。

河原が生きていれば、全面的に任せていたはずなのだ。だが、彼は何者かに殺されてしまった。この産廃の問題点、社として隠蔽してきたことなど、負の遺産をも含め、すべての経緯を知る者が他にいない以上、社長である徹が自力でなんとかしなければならない。

しかし、自分に河原の代わりが務まるかどうか、自信はない。

そもそも先代が産廃を作った時も、さらに十五年前、あの活動家が住民を煽動して南西ケミカルに刃向かい、厄介な事態になりかけた時も、河原はうまく処理してくれたのだ。

その手際があまりに鮮やかで、反対運動が一気に退潮したのに徹は驚き、実際には何をやったのか河原に訊いてみたことがあった。

「社長はお知りにならないほうが良いと思います」

そう答えて河原は一瞬苦しそうな表情を見せ、ややあって言葉を続けた。

「……ウチの社員が一人死んだことはご存じですね？　当社の規定は存じておりますが、

彼の家族には特別のご配慮をお願いしたいのです。特別年金のような名目をつけて支出することを考えておりますが、この河原に一任戴けますか」

その言葉で、裏で何が起こっていたのか、薄々ながら事情は判った。だが真相を知ってしまうと危険だという思いもあって、あえて深く追及しようとはしなかった。

だがその、決して口に出して説明することのできないさまざまな事柄が、永年にわたる隠蔽の努力にもかかわらず、このところ、一気にほころび始めている。

徹はどうあっても、この事態を収拾しなければならなかった。

「どうするのかな? このまま待たされるなら、私は失礼したいんだが」

立ち上がり掛けた池谷名誉教授に、徹はほとんど縋《すが》りつかんばかりに哀願した。

「いえいえ先生。そういうことでしたら、常務の到着は待たず、今すぐ始めますので」

祐一郎が遅刻して出席しないまま、南西ケミカルによる二回目の住民説明会が開始された。

「大変遅くなりまして、申し訳ございません」

社長である徹が深々と頭を下げると、同じ列に居並ぶ秘書や徹の部下たちも一斉に頭を下げた。説明会が一時間遅れで始まった。

前回に引き続きという形で、産廃処分場の現状について社長が説明し、その安全性について池谷名誉教授が学術的にお墨付を与える解説を加える。

特に新しい説明もなく住民側からも追及する新材料のないままに、開始の遅れから荒れそうだったこの会合も、どうやら会社側の思惑通りに収束しそうな気配になってきた。開始が遅れたことが逆に住民側を疲れさせ、ダレさせたのが功を奏したようだ。

住民側からの、今夜の一番激しい追及が「この大雨で、産廃の毒が流れ出すんじゃないですか」という程度のものだったのが、その盛り上がりの低さを物語っていた。

取材に来たうず潮テレビの女性リポーターも、見るからに気のない様子でムービーカメラを向けている。取材する価値もなかった、と言いたげな態度に徹はホッとした。

「……では、他にご質問がなければ、今夜はこの辺で……」

と進行役を兼ねた徹が締めにかかった時。

「ちょっと待って！」

という甲高い声音とともに、一人の子供が会場に走り込んできた。バックパック姿が、ランドセルを背負った小学生のように見える。

「おやおや。子供歌舞伎の『暫《しばらく》』ですかな」

池谷名誉教授が失笑した。それほど、この時点では南西ケミカル側には余裕があった。

駆け込んできたのは、最初小学生かとも思えたが、よく見ると、もう少し年齢が上の少女だった。小柄で痩せていて、やはり、中学生ぐらいとしか思えない。胸も薄くて、いまどき小学生でも、もっと体格が良くて大人っぽいだろうという感じだ。

説明会も無事に終わりかけたという安心感から、徹は気が緩んでいた。

「私に、いや南西ケミカルに何の用かな、お嬢ちゃん？」

徹社長は、子供をあやすようにニコニコして声を掛けた。

が。

その瞬間、子供にしか見えなかったその少女の印象が、一変した。

「あのさ。人のこと気安くお嬢ちゃんとか呼ばないでくれる？　それとも南西ケミカルって会社は相手が未成年だったり女だったりすると、女子供と侮《あなど》って扱い変えたりするわけ？　そうなの？　え？」

少女の目には怒りが燃え上がり、小柄なその身体が突然、むくむくと何倍にも大きく膨らんで巨人に変身したように、徹の目には映った。

自分を睨《にら》みつける眼光の凄まじさに、不覚にも一瞬たじたじとなってしまった。

徹は、そんな自分を内心叱りつけた。

相手はほんの子供ではないか。どうやら目上の人間に対する口の利《き》き方すら知らないらしいのは腹が立つが、しかしここで怒ってはいけない。こんな子供でも鳴海ハイランド・リゾート・レジデンスの住民であれば、いや住民側に立って意見を言うだけの人間であっても、慎重に対応しなければならない。ここにいる全員をなんとか懐柔《かいじゅう》して、産廃の危険性を知られないようにしなければならないのだ……。

だが。

「あんたが隠してること、あたしが全部知ってるって言ったらどうする？　あんた、産廃は安全で、きちんと工事してあるから、どんなに雨が降ろうが、台風が来ようが、大地震に襲われようが、危険なんか絶対にない、崖崩れなんか起こらないって言ったよね？　あんたと、そこの御用学者だかなんだか知んないけど、偉いセンセイもそう言ったよね？」

少女の人を人とも思わぬ態度、生意気な口調に心底不快になりながらも、徹は自分を抑えて、あくまでも常識的に答えた。

「はい。ご指摘のとおりです。鳴海市春日処分場につきましては、弊社が十全の安全策を取っており、漏出防止工事、ライニングなどを施工時に完璧に施《ほどこ》しましたので、有毒物質が環境中に漏れ出すというようなことは、万が一にも、絶対に、ありえません」

「ふうん。絶対、とか言うんだ。そんな顔して平気で嘘つくんだ」

一見、子供のようにしか見えないが、その振る舞いも口調も態度も社長の目には恐ろしいモンスターとしか映らないその少女は、あろうことか、「クソ嘘つきは死ねばいいのに」と、独り言《ひと》にしては大き過ぎる声で吐き捨てた。

「キミ。ちょっとは口の利き方を考えなさい」

池谷名誉教授が思わず注意した。学界の重鎮として、こんな罵声《ばせい》を浴びせられることに耐性がないのだ。

「あんたに言ってるんじゃないんだよ!」

少女は池谷名誉教授を睨み付けて黙らせると、視線を社長に戻した。

「今、あんた、絶対って言ったよね? それはつまり、産廃は今のままで安全ってこと? たとえば鳴海ハイランド・リゾート・レジデンスに住んでる人たちとか、それよかもっと坂をおりたところで、野菜とか牛とか豚とか育ててる人たちも、安心してていいってこと? そういうことなの? え?」

ついこの間、土木会社の社長を呼びつけて見積もりを取らせた嫌な記憶がよぎり、徹は急に不安になった。しかし、大森は深夜に、しかも社ではなく、自宅にひそかに呼びつけたのだ。社内の人間にも外部の人間にも、徹が欠陥産廃の改修工事を考えていたことを知る者がいるはずがない。

いったい何が言いたいのだ? イヤその前に、このコドモはいったい何者なのだ?

さっきは詰まらなさそうにしていた女リポーターが立ち上がり、ビデオカメラをこちらに向けているのが見えた。

いったい何を知っているというのだ……いや、大丈夫だ。所詮、ただのコドモではないか。

胸騒ぎはしたが、徹は強いて大丈夫だ心配するなと自分に言い聞かせ、気持ちを落ち着かせた。そして、むかむかするほど生意気なその少女にも丁寧に答えた。

「はい、安心していただいて結構でございます」

大見得を切るように、大きく頷いてみせた。だが少女には納得する様子がない。

「つまりそれは、現状のまま、何の工事も必要ないって意味？」

少女は、そのかわいいと言えなくもない顔で、馬鹿にするように口を歪《ゆが》ませ、ニヤリと笑った。

なんだ、この小娘は？　何を知っている？

徹は高まる不安を押し殺し、あくまでも余裕のある風を装いつつ答えた。

「はい。現状のまま工事は必要ないと、そう取っていただいて結構ですよ、お嬢ちゃん、いやこれは失礼、お嬢さん。ところで、あなたの言いたいことが良く判らないのですが、こういう席で、自分も何か勇《いさ》ましいことを言ってみたかったってことなのかな？　自分の意見をみんなの前ではっきり述べるのは大事なことだから、学校でも最近はそうするように教えているのかな？　でもね、その前に、礼儀ってことも勉強しておかなければね」

「なーにを寝言言ってるんだ、このクソジジイが！」

少女は、突然爆発した。

「あたしは学校なんて行ってないよ。問題をスリ替えるな！　誤魔化さないでくれる？」

礼儀も何もない、言語道断とも思える少女の暴言に、徹社長と池谷名誉教授はたじたじとなりつつも応戦した。

「とんでもない。誤魔化してなんかいませんよ。でもそろそろ集会も終わりの時間だし、ほかにも、きちんとした大人の人たちがいるし、あなただけが質問の時間を独り占めっていうのはどんなもんだろう？　あなたの保護者や学校の先生は、あなたのこういう振る舞いを見て何と言うかな？」

「そうだとも。社長のおっしゃる通りだ。キミは偉そうに主張する前に、まず社会のルールを、つまり大人に対する口の利き方や礼儀作法を身につけるべきだね」

「バカか、あんたら！」

少女は激高した。小柄な全身から火の玉のような怒りのオーラがほとばしり、荒れ狂っている。

「だからあたしは学校には行ってないんだって何度言えば判るわけ？　あんたら、マジにバカじゃないの？　社長とか名誉教授とか言ってるけど、外見は薄汚いオッサンで、中身は腐りきった嘘つきのくせに！」

この侮辱的発言に、二人の大人は凍り付いた。

「あたしにはね、説教する先公もいなければ、うざったい保護者なんてモンもいないの！で、そこの社長のあんたにもう一度訊くけど、あんた今、絶対、と言ったよね。産廃は絶対に安全だって。現状のままで、何もしなくても」

少女は、社長に指を突きつけた。

「あ、ああ……言いましたよ」

「ふ〜ん。だったらこれは何？」

彼女は、背負っているバックパックからなにやら書類を取り出すと、社長や名誉教授が座っている机につかつかと歩みより、叩きつけた。

「よーく見てよ。これは、ナニ？」

「何ってキミ……」

そう言いつつ突きつけられた書類を一瞥《いちべつ》した瞬間、社長の指先はすうっと冷たくなった。

気がつくと、その書類をくしゃくしゃに丸めていた。

「こっ、こんなものをでっち上げて、キミは私を陥《おとしい》れるつもりかっ」

「はぁ？　ちょっとナニ言ってるのか判らないんですけど？　アンタさあ、この前、家に土建屋の社長呼んでたよね？　何の密談だったわけ？」

「密談？　なんのことやら」

社長は必死になってトボケようとした。

「だからね、あんたが深夜に土建屋の社長を呼びつけたのは、すっかりお見通しなんだ！」

「おいおい。キミはお奉行様か」

そう言いながらも、社長の目は泳ぎ、うろうろとさまよった。誰かに助けて欲しいのだが、頼みの綱の河原はもうこの世にはいない。仏頂面《ぶっちょうづら》で横に座っている名誉教授は、こうなるとまったく頼りにならない。部下や秘書はまったく役にも立たない。

「ああ、たしかに自宅に出入り業者を呼びつけた。しかしな、商談は決裂して、業者がその場で書類をびりびりに引き裂いてしまった。だから、証拠なんてモノは存在しない。ありっこないんだ」

軽蔑《けいべつ》したように社長を見た少女は思いきり顔を歪ませて、社長を嘲笑《ちょうしょう》した。

その機敏に動く手がバックパックから、もう一枚の書類を取り出した。それは、引き裂かれた書類をテープで張り合わせて復元したものだった。

痩せた少女は、それを高々と掲げてみせた。

「破られた書類ってこれのこと？」

あっ、と徹は思わず叫んでしまった。

「悪かったね。誤魔化そうとしても無駄だよ。それはコピーなんだ。原本はこれ。たしかに、びりびりに破ってあるよね」

完全に墓穴を掘った……。

徹は顔から血の気が引いていくのがハッキリと判った。

しかも、会場からは拍手が湧いて、「やるじゃないか」「いいぞ！　お嬢ちゃん」などとかけ声まで出る始末だ。

社長の目にはもはや鬼としか映らなくなったその少女は、バックパックからさらに大量の紙束を取り出すと、それを最前列に座っている住民に手渡した。

「これ、ここにいる人たちみんなに配ってくれる？」

「やめろ！　やめるんだ」

徹は立ち上がって叫んだ。

「そんなものはでっち上げの怪文書だ！　そんなものを配るな。名誉毀損《きそん》で訴えるぞ！」

正面の長机を回り込んだ社長は、配られ始めたコピーを回収しようとつかみかかった。

「こら！　お前らもぼんやりしてないで、怪文書を回収しろ！」

蒼白めていた顔が今や怒りで真っ赤に変色した徹は、公民館の中にいた南西ケミカルの社員を怒鳴りつけ、社員たちも見積もりのコピーを奪い取ろうと住民たちに近づいた。

しかし、社長の指示は完全に裏目に出てしまった。

住民たちからは「配らせろ！」「住民には見る権利があるぞ！」「何を隠しているんだ！」と口々に怒号が飛び、社員たちとのつかみ合いや小競り合いが始まった。

＊

美知佳が会場に飛び込んで来るや暴言を吐き、重要書類をばら撒き始めたのを見て、佐脇は大笑いした。

「さすが我が弟子ってとこだな。アッパレ！　おい、おれにも一枚くれ！」

美知佳の真意をすぐさま理解した佐脇は、彼女に加勢してコピーを会場にばら撒いてやった。

「け、警察が、一方的に住民側に荷担していいのかっ！」

徹社長は興奮してつばを飛ばして怒鳴った。そして、この様子をビデオに撮っている磯部ひかるにも怒りの矛先《ほこさき》を向けた。

「撮るな！　こんな茶番を撮るんじゃないっ！」

顔を真っ赤にした徹社長は、次いで佐脇に向かって指を突きつけた。

「それにお前は、例の、暴力刑事じゃないか！」

「うるせえ。どうせおれは不良刑事なんだから、何をやってもいいだろ。一人殺すも二人殺すのも一緒だって、な！」

そうあしらいながら、佐脇は手にしたコピーをつくづく眺め、驚いた。

「おい美知佳！　どうしてこれをすぐおれに知らせないんだ！」

「パズルを解くのに時間がかかったんだよ」

美知佳は口を尖《とが》らせた。

「五百ピース超あったんだから。びりびりになった書類が」

そのやり取りを聞き、こちらも書類に目を通した池谷名誉教授は、ゆっくりと立ち上がった。

「……これまでですな。こんな見積もりを取られていたのでは、これまで貴社に協力し、安全だと申し上げてきた私の立場が無い」

そう言い捨て、席を離れて立ち去ろうとしている。

「待ってください！」

徹が池谷を追いかけようとしたが、その時、携帯電話が鳴った。

「なんだ、こんな時に！」

怒りで真っ赤だったその顔が携帯を耳に当て、電話に出て数秒後、一気に真っ青になった。

「な、なに？」

徹は、呆然と立ちすくみ、声を潜めた。

同時に、スレートの屋根をうるさく叩いていた雨足がいっそう激しくなり、ザーザーという音からゴーゴーという怒号のような音に変わっていることに会場の誰もが気づいた。

「……どういうことだ？　え？　なんだと？」

徹は、激しい雨音に負けまいと声を強めたが、次の瞬間、放心したように腰を抜かした。

「おい、どうした」

尋常ならざる社長の様子に、佐脇は駆け寄った。

「刑事さん……あんた、刑事ですよね」

「ああ、おれは刑事だ」

「だったら」

徹は、かすれた声を絞り出した。

「祐一郎が……ウチの常務が、誘拐されたと、今、犯人から」

「なんだと！」

佐脇は徹の手から携帯電話を奪い取って耳に当てたが、通話は既に切れていた。

「おい。誘拐というのは、確かなのか？」

「そんなウソをついてどうするんですか……」

徹は一気に老《ふ》け込んだように見えた。まがりなりにも社長に見えていたものが、今はただの老人でしかなくなっている。

そこへ、公民館の係員が駆け込んできた。

「大雨で、裏山が危険です！　すぐにここから出てください！」

佐脇は振り返って、伊草を見た。

若頭は、こうなったら何でもするぜ、というように頷いた。

会場からは住民が我先に逃げ出そうとして、ちょっとしたパニックになっていた。

「落ち着け！　土砂崩れには前兆があるんだ！　何かが割れるような大きな音がするとか、近くの井戸水が濁るとか、湧き水が増えるとか！」

「刑事さん、それ、全部もう起きてます！」

公民館の係員が叫んだ。

「さっきから何度か、何かが破裂するようなパーンッていう音がしてるし、裏山の崖から物凄い勢いで水が噴き出してるし……」

大きな災害が、目前に迫っていた。

第六章　天網恢恢《てんもうかいかい》

「急げ。すみやかに、全員を避難させるんだ」

佐脇は公民館の係員に言った。

「ここは裏山に一番近い。というか、この辺は避難勧告が出ていてもおかしくないはずだが」

「市の消防からはまだ何も」

「連中は判断が遅いんだ！」

舌打ちした佐脇は、伊草やひかる、美知佳に声を掛けた。

「みんなを逃がすぞ。手伝ってくれ！」

公民館の出入り口には外に出ようとする住人が殺到し、そこに、一旦外に出た人たちが引き返してきて混乱をきわめていた。

「外は凄い雨で、傘も役に立たないんだ……」

「馬鹿野郎。玄関でたまってると出ようにも出られないだろ！　とにかく外に出ろ出ろ！」

「外を見ろ。雨で前が見えないほどだし、雨粒がデカくて痛いんだ！」

これは駄目だと思ったのか、伊草が、住人たちを掻き分けながら怒鳴った。

「一度中に戻って、落ち着いて態勢を立て直そう！　安全な避難経路を調べて、集団で逃げるんだ！　ここで揉み合いしてても意味ないぞ！」

押し出しが良くて肝の据わった伊草の見てくれと声に、阿鼻叫喚《あびきようかん》のパニックになりつつあった玄関方面の混乱が、一気に潮が引くように鎮まった。

「公民館の人！　避難経路を教えてくれ！」

「はいっ！　ただいま！」

係員が事務所にとって返すのと入れ違いに、さきほど席について説明会を聞いていた、作業服姿の痩せ形の男が佐脇たちに近づいてきた。先刻、伊草が「モグリだが腕の良い、関西から来た発破師」と言った男だ。

何か伊草に用事でもあるのかと思ったが、その男がつかつかと歩み寄ったのは、がっくりしてへたり込んでいる南西ケミカルの社長だった。いきなり阪巻徹のネクタイを掴み、

「立て！」と怒鳴りつける。

「おい、何をやってる！」

驚いた佐脇は発破師と社長を引き離そうとした。

「気でも狂ったのか！」

「狂っちゃいない。……社長、私のこの声、聞き覚えがありますよね？」

顔を上げた社長の表情に、驚愕《きょうがく》が走った。

「え？　ま……まさか」

「そのまさかですよ。さっき、この部屋から出て、外の廊下から電話したのは私だ。ご子息の常務を誘拐したとね」

佐脇はとっさに飛びかかろうとしたが、その気配に感づいた誘拐犯は、着ている作業服の前を左右に開いた。

それを見た佐脇は、瞬間的に飛び退《の》いていた。少し遅れて、佐脇の周囲にいた人たちも、わっと叫んで後ずさり、男の周囲にはたちまち直径五メートルほどの空間が出来た。

男の胴にはダイナマイトが五本、巻き付けてあった。

公民館が吹っ飛ぶ恐怖に全員がパニックになったが、かといって外に逃げるのも危険だ。外はバケツをひっくり返したようなもの凄い大雨で、道路を濁流のように水が流れ下っている。どこに逃げれば安全かもわからない。

ダイナマイトを巻いた男は、腰を抜かしたままの徹社長を引き据え、立場上対峙せざるを得ない佐脇は、仕方なく説得を試みた。

「なんだお前は、映画の悪役か？　ダイナマイトを体に巻くなんて、そんなのは今どき流行《はや》らないぞ」

さすがに、佐脇の声はかすれている。

「古い安っぽい映画みたいだと言いたいのか。悪かったな。だがそんなことは別にどうでもいい」

男の手には、無線機のようなものが握られている。男は、怯えている住人たちをぐるりと見回して、宣言した。

「そう。あなた方が思っている通りです。これが起爆スイッチだ。ダイナマイトは裏山の数ヵ所にも仕掛けてある。どれかを選んで、もしくは全部一括で爆破出来る。この、腹に巻いているものも含めてね」

男は、自分の言葉の意味が伝わったか確認するように、会場を見渡した。

「意味は判りますね？　この裏山には、産廃処分場があります。すでにこの大雨で地盤が緩んでいる。そこにダイナマイトが爆発したらどうなるか？　ほぼ百%、裏山が土砂崩れと地滑りを起こして、この春日町と住宅街を飲み込むでしょう。いや、崩れるのは土砂だけじゃない。産廃処分場に貯蔵された大量の六価クロムその他の猛毒物質が流れ出すんだ。どういうことになるか判りますね？」

「近くに川があるじゃん、勝俣川！」

美知佳が叫んだ。

「あの川に流れ込んだら大変なことに」

「そう。あの川の水は取水されて水道水に使われている。この地域一帯のね。しかも六価クロムによる汚染は、簡単には除去できない。この辺一帯を飲み込む土砂も、あまりに有害なので、すぐには撤去出来ない。数年間は手がつけられないかも知れない」

会場にいた全員に、激しい動揺が走った。

「私はね、この大雨が降り出す前にダイナマイトを仕掛けておいた。その時は前線が停滞して、こんな大雨が続くとは思ってもいなかったから、かなり大量のダイナマイトを仕掛けてしまった。だが、この様子じゃ、放っておいても裏山は崩れてしまうかも知れない。駄目押しに爆破すれば、完全に山が無くなってしまうかもしれないな」

恐るべきことを言う男の姿を、磯部ひかるのカメラが冷静に撮影し続けている。カメラを持つ手には携帯電話があって、この様子を逐一、どこかに伝えているのがわかった。

「警察に……佐脇さん一人じゃ無理だから」

ひかるが携帯電話に囁《ささや》く声を佐脇の耳は捉えていた。

その時、住民の一人が叫んだ。

「みんな、騙されるな。そのダイナマイトが本物だという証拠はないぞ!」

年配のその男は、鳴海ハイランド・リゾート・レジデンスの自治会長だ。

「その男は頭がおかしくて、偽物のダイナマイトを巻いてるんじゃないか?」

「そういや、あのダイナマイトは嘘くさいぞ!」

別の男も叫んだ。

「みんなで取り押さえよう！」

「いや、それは駄目だ！」

伊草がとめた。

「そいつは本物だ。おれには判る」

「ああ、これは若頭。申し訳ないですね。お世話になったのに、ご迷惑をかける結果になって。お察しのとおり、これはおたくから盗み出したものです」

その瞬間、ダイナマイトが本物だと確定して、場内は騒然となった。

「静かに！　あんた、要求はなんだ。そこまでするんなら、なにか欲しいものがあるんだろ!?」

そう叫んだ佐脇に、男は静かに答えた。

「ああ。私は、南西ケミカルの社長に、サインして貰いたいものがある」

上着の内ポケットから取り出した書類を、男は読み上げ始めた。

「ひとつ、南西ケミカルは、春日町産業廃棄物処分場の危険性を全面的に認め、すみやかにその全体を撤去すること。ひとつ、被害が出た場合は、これまでのものを含め、全額を補償すること」

「……判った。この大雨が止んで、工事が出来るようになったら、着手を検討しよう」

一気に老《ふ》け込んだように見える徹社長が、消え入りそうな声で言った。

「検討じゃダメだ。着手することを、ここではっきりと約束するんだ！」

「……確約すれば、爆破はしないと約束してくれるんだな」

ならば、と徹はペンを出した。

「いや、それだけでは駄目だ。十五年前の、環境保護活動家・魚津正義氏殺害の遺体をわざと別人と誤認させ、県警と共謀して魚津氏殺害の事実を隠蔽したことも認めろ！」

それを聞いた徹は、ゆっくりと首を横に振った。

「いや……そこまでは……私にも何のことだか」

ちょっと待て、と佐脇が一歩前に出た。

「知ってると思うがおれは、この地元の、鳴海署の刑事だ。すると、あんたは、もしかして、井上……」

男は、佐脇を見据えた。

「そうかもしれない。が、今はどうでもいいことだ」

井上誠であることを否定しない男は、書類を徹に突きつけた。

「今、ここでサインしろ」

ペンを出してサインしかけた社長は、文面を読むと、ペンの動きを止めた。

「いや……これには、やはりサイン出来ない」

元銀行マンの官僚的体質が剝き出しになったと言うべきか、そもそもこの男の責任逃れ体質が露《あら》わになったと言うべきか、今やハッキリと逃げ腰になっている。

「何故だ！　この一帯を死の街にして、鳴海市や県南地域すべての水道が使えなくなってもいいんだな。そうなった場合の責任は、あんたや会社にあるんだぞ」

井上は、焦《じ》れた声を出した。

「いや……そう言われても……ここには、常務は即刻退社、社長も即刻辞任させる、という一文が入っているが、これは」

社長は、とことこに及んで自らの地位が失われることに抵抗していた。

「それがなんだ？　社長の地位がそんなに大事か」

「それもあるが、私には代表権が半分しかない。半分は会長だ。会長は、孫である常務が南西ケミカルを去るなどという条件は呑まないだろう」

「会長にはもう話してある。問題ない」

井上は平然と言った。

「ついさっき、死んだ河原の携帯から会長に連絡した。会長は、孫を殺さないでくれるのなら、どんな条件でも呑むと言っていた。だから、まず社長であるあんたからサインしろ」

「嘘だ！」

会長の孫はこの男の息子でもある筈《はず》なのだが、しかし社長の反応は意外なものだった。

「たった一人の、それも会社に損害ばかり与える出来の悪い男のために、会社を潰せというのか？」

肉親よりも金が大事という本性をはっきりと顕《あらわ》した社長は、憑《つ》かれたような表情になり、井上誠かもしれない男を見上げた。

「今気がついたが、仮に爆破されたところで、当社にダメージはない。テロによる産廃の崩壊は不可抗力というより想定外だ。補償の義務はなくなる」

社長はあくまでサインを拒《こば》んだ。

「あんた、正気で言っているのか？」

「頼む！　サインしてくれ！」

「サインしてみんなを救ってくれ！」

拒否する社長に、住民たちは口々にサインしろと罵声《ばせい》を浴びせて、場内は騒然となった。

「バカかお前」

佐脇が怒鳴った。

「テロで想定外とか言うのは保険会社の言いぐさだ。お前んところは保険が利《き》かなくなった分も自前で補償しなきゃならんのだ！」

「そうよ！」

カメラを廻しながら、磯部ひかるも声を上げた。

「原発事故という前例もあるんだから！」

人々は再び騒然となって、社長にサインしろと罵声を浴びせて、場内は大混乱に陥った。社長を守るべき部下や秘書たちは、おたおたするばかりだ。

だが、その時、人々を沈黙させるに充分な異音が轟《とどろ》き渡った。

ばきばきばき、という何かが裂けるような激しい音だ。

「これは……山が崩れる前兆よっ！」

最初に動いたのは女たちだった。

「こんなことしてられない！　家に帰って子供をつれて避難しなきゃっ！」

「そうよ。この見積書のコピーにも、豪雨で崩れる可能性ありって書いてあるし」

中年の女性は、美知佳が配ったコピーを手に、叫んだ。

「あんた方は、逃げていい。逃げたいやつは逃げなさい」

井上は、住民がここから脱出するのを止めようとはしなかった。

が、そのどさくさに紛れて床を這《は》い、こそこそと逃げ出そうとしたのは徹社長だった。

「お前は逃げるな」

と、住民たちがバリケードを作って阻止《そし》した。

「お前がすべての張本人だろ！」

「何を言うんだ。張本人は私じゃなくて、あの男だろう！」

徹は井上を指さして怒鳴った。

「何揉めてんの、こんな時に？　もうこの人たち信じらんない！　放っておいて、さっさと逃げようよ」

呆れ果てた、という表情の美知佳がバックパックからハザードマップを取り出した。

そこに公民館の係員も、書き込みをした地図を持ってきた。

「消防がいま、こっちに向かっています。それと……あの、警察も」

美知佳は係員が持ってきた地図を一瞥《いちべつ》し、ハザードマップと見比べて結論を出した。

「公民館を出て、とにかく右に行くんだよ！　急いで！」

「え。それじゃ崖沿いに進むことになりますよ。崖から離れないと」

係員は反論した。

「バカねえあんた。崖から離れるように逃げても、崖崩れが起きたら土砂に追いつかれて速攻飲み込まれるじゃん！」

いやまあそうかもと口籠《くちご》もる係員を無視して、美知佳はてきぱきと指示を出した。

「私についてきて。とにかく崖沿いに右に進む！　そうすると、造成してない、しっかりした地盤のところに出るから。子供を迎えに行く人たちも、家を出たらとにかく崖に向か

「右側に逃げて！ この際、雨は我慢して！」

行こうよ！」と美知佳が強く言い、女性たちはそれに従って会場を出て行った。ピピちゃんの飼い主、こと中嶋亜希も一緒に出て行こうとしたが、彼女の両親は出て行く気配がない。

「どうしたの、お父さんお母さん？　ここは危ないのよ！」

「何を言ってる。ここで逃げられるか」

亜希の父親は娘を叱りつけた。

「肝心の話がついていないだろ。南西ケミカルの社長はあの男の書類にサインするべきだ。ここで有耶無耶《うやむや》にしたら、崖崩れが起きて大変なことになっても、それはダイナマイトの爆発で想定外だったということにされて、補償もなにも誤魔化されるぞ。南西ケミカルは悪辣《あくらつ》だからな！」

その言葉に、周囲の年配者は一斉に頷いた。

「それはその通りだ。この際きっちり確約して貰おうじゃないか」

年配の住民は、生命や安全よりも財産に執着するものなのか。

「お父さん、お母さん、命よりお金が大切なの？」

さっさと逃げろ、と佐脇は怒鳴りたかったが、それを美知佳が代弁した。

「おねえさん、もう行こうよ。生きて、また犬飼えばいいじゃん。保健所から可哀想な犬を貰えばいいんだから！」

「そうだ！　ここは危険だから、さっさと逃げろ！」

佐脇は美知佳たちをうながして、公民館から追い出そうとした。

「あんたらも、欲の皮を突っ張らせてないで、さっさと逃げろ！　命あっての物種じゃないのか！」

そう言われても、年配の資産家たちはこの場を去りがたい様子を見せている。井上が言った。

「社長。あんたが態度をはっきりさせないせいで、犠牲者が増えてもいいのかな？　私としては、道連れにする人数が増えれば増えるほどニュースの扱いも大きくなるんで、本望ではある。だが、それだけあんたの会社への風当たりはきつくなって、社の存続にも関わりかねないと思うんだが」

そこまで言われても、社長は態度を決めかねている。

「……私の一存では……」

「じゃあ誰に決定権があるんだ？　会長か？　あのジイサンがいつまでも実権を握ってるのか！　じゃあ、会長をここに呼べ！」

社長がこんな苦境にあるというのに、身体を張って上司を守ろうという気概のある社員はいなかった。社長についてきた五人ほどの社員たちは、集まった住民を避難誘導するでもなし、社長を守るでもなし、みんな細面の秀才顔を真っ青にして立ち竦《すく》んでいる。本当は逃げ出したいのだろうが、社長を置いて自分だけが逃げた場合の処分を恐れて、ここに留まっているだけかもしれない。

「こんなことになっても、あんたの部下は誰もあんたを守らないんだな。成績優秀な大卒エリートを集めて社長親衛隊を作ったんじゃないのか？」

　佐脇は憎まれ口を利いた。

「そうだ。部下も当てに出来ないし、会長が助けに来てくれるわけでもない。ここは社長であるあんたが決断しなさい！　生きて、ここを出たかったらな」

　井上は起爆装置をこれ見よがしに見せた。

「私は本気だ。はっきり言って、この住宅地がどうなろうが、知ったことではない。あんたはまだ私の本気具合を疑っているようだから、もう後戻り出来なくしてやろう」

　井上が、起爆装置のボタンに指をかけた。

「やめろっ！」

　居合わせた全員が、凍り付いた。

　次の瞬間、公民館の玄関の反対側にある庭から物凄い爆発音がして、建物全体が大きく揺れ動いた。

　ガラスが割れる音がして、豪雨が会場に降り込んできた。

場内は騒然となったが、井上は大声で「静まれ！」と怒鳴った。

「中庭に一発仕掛けただけだ。逃げ出した女たちには影響はない。しかし、これで判っただろう？　私は本気だし、一発でも爆破した以上、もう後戻りは出来ない」

井上は、腰を抜かしてへたり込んだままの社長を睨《にら》み付けた。

「あんたがあくまでサインもせず、会長もここに呼ばないのなら、他のボタンを押す。その結果、裏山が跡形もなく崩れて産廃の中身が流れ出しても、私の知ったことではない。こうなったらもう豪雨で崩れようが、人災だろうが、同じことだ。みんな道連れにしてやる。南西ケミカルから宅地を買ったあんたらも、同罪みたいなもんだからな！」

井上は、会場に残っている人たちを見渡して、言った。

「県と市も同罪だ。南西ケミカルのやりたい放題を黙認していたんだからな。そして、自分たちには関係ないから、関心がないからと、南西ケミカルの悪辣なやり方に抗議してきた人たちを馬鹿にして、笑っていたあんたら全員にも、共同責任というものがあるんだ！」

「それは……かなり乱暴で無茶な理屈だろ。県や市、そしておれたち警察関係の連中には責任はあるが、この近くの住人には関わりあいのないことだ」

佐脇はそう言ってはみたが、井上は聞く耳を持たないだろうと思った。

「あんた……警察だろ。だったら、この男を捕まえてくれ」

徹社長が弱々しく言った。

「拳銃で撃てば解決するんじゃないのか」

「バカ言うな」

佐脇は、この期《ご》に及んで往生際の悪い社長に心底腹が立った。

「だいたいみんな下らない刑事ドラマの見過ぎなんだ！　刑事は常に拳銃を携帯してると思ったら大間違いだ。おれはダーティ・ハリーじゃないんだぜ！　それに」

佐脇は、ニヤリと笑った。

「そのダイナマイト男は、おれの理解が正しければ、とうの昔に死んでいるはずの人間だ。警察的には、そして検察的にも、そいつは既に死んでいるってことだ。そんな『存在しない人』のはずの誰かを逮捕すると、県警も地検も、さぞや困ったことになるだろうなあ。余計なことをしてくれたと憎まれ、割りを食うのはおれだ」

「なるほどね」

死人だと言われた井上が呼応した。

「たしかに私は、十五年前に死んだことになっている人間だ。ならば、この際、きちんと、本当に死のうと思う。大勢を道連れにすることになるが、仕方がない」

井上は、起爆装置のさらなるスイッチを押そうとした。

「待って！　やめて、お父さん」

そこに、外からずぶ濡れになって駆け込んできたのは、若い女だった。

「お父さんやめて！　罪もない人たちを殺さないで」

香苗だった。彼女はサイズの大きすぎる作業着の上着を羽織っているが、その下はなぜか肌も露わなミニドレス姿だ。佐脇は、祐一郎から酷いセクハラを受けている彼女が、十五年前に死んだとされている、南西ケミカル社員の遺児だったことを思い出した。

「香苗。ここには来るなと言ったはずだ……」

井上の手が止まった。起爆装置のスイッチを押せなくなったのだ。

突然あらわれた香苗と井上とのやりとりに全員が気を取られていると、佐脇の視界の隅で動くものがある。気がつくと、南西ケミカルの社長が床を這い、またも逃げだそうとしている。

「おい、あんた、逃げるなよ」

佐脇は社長の襟首《えりくび》を摑み、ぐい、と引き戻した。

「あんたも懲《こ》りないな。この根性を社長の仕事で見せていれば、現状も大きく変わったんじゃないのかな?」

うんざりした口調で井上が言い、これを持っていてくれ、と香苗に起爆装置を渡した。作業着のポケットから梱包用のロープを取り出している。

井上は社長を縛り上げにかかり、香苗は父親からいきなり渡された起爆装置を、しげしげと眺めている。その時また裏山で、どーんという大きな破裂音が聞こえた。

全員が怯えた表情で一斉に窓に顔を向け、井上は社長を縛り上げる手をいっそう速めた。

「こいつは連れて行く。香苗、お前は早く逃げろ」

井上に背を向ける形で、それまで窓の方を見ていた香苗が振り返って訊いた。

「連れて行くって、お父さん、どこに行くつもりなの？」

「こんなところでうだうだ言っていても、こいつは何ひとつ理解しない。現場を見せてやるのが一番だと思ってな。数字ばかり見ていて現実をまるで知らない事務屋には、現場の土を舐めさせるくらいのことをしなきゃ、全然判ろうとしないんだ！」

井上はそう言って、香苗から起爆装置を受け取ると、社長を縛ったロープの尻を思い切り引っ張った。

「さあ、産廃に行くぞ！」

その時。

公民館の外で、ふたたび何かが爆発したような大きな破裂音がした。

「私は爆破していない！」

井上が叫んだ次の瞬間、もの凄い地響きで公民館が大きく揺れた。めりめりと木が折れる音、ガラスが割れる音、それよりもっと固いものが破壊される音が一斉に起こり、とてつもない質量が動き始めるような、不気味な轟音が響きわたった。

「何だ？　何が起こったんだ！」

「危険だぞ」

「もう限界だ、逃げろ！」

公民館に集まった住民たちは狼狽えて口々に叫んだ。

裏山が崩れ始める寸前なのは、間違いない。

「とにかくみんな、二階に上がれ！　この公民館は頑丈に出来てるからなんとかなる！」

佐脇は叫んだが、根拠はなかった。ただ、この住宅街が造成された後出来た新しい建物なのと、鉄骨コンクリート建築だから丈夫に違いないと踏んだのだ。

「早く、上に行くんだ！」

佐脇は、狼狽える南西ケミカル関係者を尻目に、伊草や自治会、地元消防団の人たちと協力して、足の悪い高齢者は背負い、手を引き、お尻を押して集会室にいる住民をどんどん二階に誘導した。

社長を引っ立てた井上が、一足先に廊下に出て、二階への階段に向かうのが見えたが、それより先に住民たちを助けて安全を確保する方が優先した。

比較的若くて力のある者達が、周囲の住民に手を貸して、とにかく階段を上らせた。

磯部ひかるも、カメラをいったん止めて、救助に手を貸している。

「二階に逃げるってどうなの？　二階なら安全だって言える？　公民館全体が流されるん

じゃないの？」

「バカかお前は！　下にいるよりマシだろ！　ウダウダ議論してるヒマがあったら二階に上がれっ！」

佐脇がひかるを階段に追い立てた次の瞬間、公民館の二階から阿鼻叫喚の悲鳴が渦巻いた。

大きな岩が壁をぶち抜き、一階に突入してきたのだ。

「裏山が崩れた！　地滑りだ、みんな……」

佐脇より集会場の中央寄りに立っていた自治会長が言葉の途中で、悲鳴を上げた。一気に押し寄せてきた膨大な土砂に飲み込まれたのだ。

が、すんでのところで近くにいた佐脇と伊草が腕や襟首を摑んで、必死に引き擦り出して、助けた。

「みんな！　階段を上がって、二階に逃げろ！」

すでに二階に上がった人々から悲鳴が上がった。窓から山が崩れるのを目の当たりにしたのだ。

「うわーっ！」

天井で蛍光灯が激しく明滅した。停電してしまうかと思われたが、幸いなことに、なんとか持ちこたえた。だが流れ込んでくる土砂の勢いは止まらない。

土砂は公民館の反対側の壁を押し破り、ごうごうという轟音とともに容赦なく流れ下ってゆく。

「全員無事か⁉」

「な、なんとか……」

佐脇の見たところ、公民館自体はめちゃくちゃになったが、集会の参加者は全員二階に上がっていて、まさに不幸中の幸いで、間一髪、なんとかみんな助かったようだ。

だが、一階の集会場だった空間を、最初は岩石だった土石流が、やがて濁流となり、いまや鉄砲水と化して激しい勢いで流れていく。

「二階から動くな！　しばらく様子を見るんだ！」

佐脇は住人たちに向かって叫んだ。住人を助けて逃げ遅れそうになっていた佐脇や伊草も、土石流が押し寄せる寸前に階段に上がって、なんとか難を逃れることが出来た。

すでに濁流渦巻く外に逃げることは出来なくなっている。

佐脇の読み通り、公民館はとりあえず無事に建っていた。

公民館の二階は、いくつかの集会室に区切られていたが、一階が崩れて建物全体が大きく歪んだせいと、二階の高さにまで押し寄せた大量の土砂で、壁が破壊されていた。

井上と社長は、泥だらけになりながらも、二階の窓のところに立っていた。

「みんな、早く逃げろ！　たとえ土砂崩れがこの程度で収まっても、ダイナマイトが全部爆発すれば、産廃も、この住宅地も、この下の農地も、全部おしまいだ！」

「どこに逃げればいいのっ！」

香苗が叫んだ。

「お父さん！　もう止めて！　裏山が崩れたんだし、もう充分でしょう！」

「充分ではない！　徹底的にやって、どんな言い訳も出来ないほどに甚大な被害が起きない限り、この連中は反省もしないしやり方も改めない。お前もそれはイヤと言うほど判ってるはずだ！」

そう叫んだ井上は、窓枠に登らせた社長を思い切り突き飛ばした。

「！」

あまりのことに佐脇は驚いたが、よく考えたら、窓の下には土砂が押し寄せて一階部分が埋まっていたのだ。

井上は、続いて自分も窓枠に登って飛び降り、姿を消してしまった。

雨は多少勢いが弱まっていたが、まだ降り続いている。

「追いかけないんですか？」

窓外を見て、井上を見送っているだけの佐脇に、伊草が怒鳴った。

「あんた、オマワリだろ！　人質を助けないのか⁉」

「……正直、気がすすまねえ」

佐脇は腕を組み、顎を撫でながら言った。

「人質が二人。だが一人はあの金の亡者みたいなクソ社長、もう一人がその息子の、出来の悪いセクハラ御曹司だぞ？　どうも助ける気が起きないな。自らの命を賭《と》してまで、助けるべき連中なのか、あいつらは？」

なんだそれは！　と伊草は怒鳴った。

「悪いやつにも人権はあるだろうが！　それに、悪化する事態をなんとかするのが警察の仕事だろ！　このまま放置して済むと思ってるのか？　あの井上は、ウチで働いてる発破師だ。あいつなら所期の目的を達成するだろうよ！　つまり、産廃をキレイに爆破して、人里に流し込むってことだ！　もの凄い被害が出るんだぞ！」

伊草は本気で怒っている。これでは、どっちが警察でどっちがヤクザなのか判らない。

「……ヤクザに人権と言われちゃ、仕方ねえな。お前がそこまで言うなら……全く気は進まないが、なんとかするか」

佐脇は窓から外に出ようとして、伊草に向かって「お前も来い！」と命令した。

「どうせあれだろ。お前は自分とこのダイナマイトが使われて大惨事になるのがイヤなんだろ？　ダイナマイトの出所がバレて、管理責任が問われるのはとってもヤバいもんな」

土砂を掻き分け公民館の二階から駆け下りながら、佐脇は伊草に憎まれ口を利いた。

「ああ、そうですよ！　その通り！　カッコつけて悪かったね！」

伊草も自棄《やけ》になってホンネを吐いた。

井上が先に出たとはいえ、さほどのタイムラグがあるわけでもない。それに、井上は年配の社長を連れている。あのくせ者社長が素直に足を進めるとは思えず、また崖が崩れて地下水が膨大に湧き出しているこの悪路をすいすいと進めるはずがないのだが、二人の姿は、すでにどこにも見えない。

どうやら井上は産廃周辺の地理については知り尽くしているようだ。

「どこ行った！」

「さあ……しかし、井上が向かうところは決まってるでしょう。山頂にある産廃以外、ありえない」

伊草はそう断言した。

「お前、さすがに自分のシノギが絡むとなると一気にマジになるな」

「おれはいつだってマジですよ。オマワリはサボっていても給料貰えるけど、民間はサボると即、おまんまの食い上げですからね」

「ヤクザも『民間』かよ！」

そりゃ民間には違いないよな、などと言いながら、佐脇は悪路を上に向かって進んだ。体格のいい伊草はずんずんと土砂を乗り越えて進んでいく。

もともと細い登山道のようなものがあったのだが、土砂崩れで完全に埋まっている。土砂と言うより岩ほどの大きさの石がごろごろしている泥の中を登るのは至難の業だ。しかも、依然として雨は降り続いている。

遠くで防災無線のサイレンが鳴り始めた。

「あれは洪水警報だぞ。勝俣川が氾濫《はんらん》するかも」

「だとすると、余計にダイナマイトを爆破させちゃ駄目ですよ。流域だけではなく、海までが汚染されますよ！」

「判ってる！　しかしおれは一介の刑事であって、県知事でも市長でもないんだがな」

二人は喚きながら、懸命に登った。何か怒鳴っていないと自分に気合いが入らない。すでに服は下着までぐっしょりと濡れ、足も靴の中に小石が入って歩くと痛いし、一歩進むたびに足首までが泥に埋まり、いちいち引き抜くのも大変だ。

「井上は、きっと、産廃の管理小屋ですよ」

「管理小屋？」

「ええ。このへんの建物といえば、あそこしかない。誘拐した人質を置いておけるような場所があるとしたらそこです。阪巻祐一郎はきっとそこにいるんでしょう」

伊草によれば管理小屋は以前、産廃がまだ機能していた時に、管理人が常駐していた建物だという。トラックが運んでくる廃棄物の受け入れを管理していたのだ。その後、新たな受け入れを止めた産廃が閉鎖状態になってからは、管理小屋も使われなくなり、傷《いた》みも進んで、廃屋寸前の状態になっている。

たしかに廃屋同様であろうが、この大雨に人質を監禁しておく場所は他にないだろう。産廃を爆破すると言っている以上、産廃以外の場所に祐一郎が居るとも考えにくい。

懸命に登り続けるうち、ようやく頭上に光が見えた。

どうやら産廃の入り口にたどりついたようだ。光は、管理小屋の駐車場に止められた車のヘッドライトらしい。

佐脇と伊草は、井上に気づかれないように、身を潜めて辺りを窺《うかが》った。

崩れかけの掘っ立て小屋の前には、ゴツい外見の軍用車のようなジープのお化けみたいなヘビーデューティ仕様の４ＷＤ車が止まっている。一見して悪路走行限定仕様とわかる、巨大なタイヤを装着して車高《リフトアップ》した異様な車だ。

管理小屋の扉は開いており、中に人影が見える。

「お前の言ったとおりだったな。早いとこカタをつけようぜ」

これ以上雨に濡れたくない佐脇は、出て行こうとした。

だがそこに別の車がやってきた。破損もせず、泥に汚れてもいないトヨタ・センチュリーだ。下の住宅地を迂回《うかい》し、山の裏側から産廃に登る林道を走ってきたのだろう。こちらの道路には土砂崩れも起きず無事だったらしい。

降りしきる雨の中、エグゼクティヴ御用達の高級車から降り立ったのが、おそらく南西ケミカルの会長・阪巻祐蔵なのだろう。

慌てて運転席から出てきた運転手が、老人にうやうやしく傘を差し出した。

ステッキを突いて雨の駐車場を突っ切り、小屋に入った老人は、いきなり大声で怒鳴った。

「これはいったい、どういうことなんだ！　社長、説明してもらおうか？」

怒号が響き渡った。雨足は依然として強く、もの凄い音を立てて降っているが、それを突き抜けて、会長の声が飛んでくる。

「……これは面白くなってきたぜ」

他人の内輪の修羅場ほど面白いものはない、と佐脇はそろそろと場所を移動し始めた。もっと声がよく聞こえる窓のすぐ下に忍び寄る。幸い、小屋の中の人間には、外を警戒する様子はない。

佐脇がそっと覗き込むと、小屋に監禁されていた祐一郎は、縛られて床に転がされたままだが、猿ぐつわは解かれている。

「申し訳ありません……しかし、祐一郎が誘拐されたということで、私の一存では……」

弱々しい社長の声をさえぎるように井上が言った。

「会長か。見てのとおり、この社長は自信喪失して何がなにやら判らなくなってる。話をつける相手は、あなたしか居ないと思ってね」

「話をつけるだと？　お前、何ものか知らんが、誰に向かって物を言っている？」

会長の怒りの矛先は、ここで地面にへたりこんでいる社長に向かった。

「説明しろ！　いつまでこのわしに面倒を掛けるんだ！　こんなことくらい、自分で処理出来ないのか！　この能なしが！」

会長は激高のあまりステッキを振り上げ、社長を叩きのめそうとしている。

「ソロバンしか相手に出来ない役立たずが！　お前は会社を潰す気か！」

「もっ……申し訳ございません！　ですが会長、聞いてください！」

社長は必死に言い訳をしている。

「巨額の補償金が発生する可能性が……ですので、私の一存では如何《いかん》ともし難く……」

「補償金だと？　何の話だ？　何もかもわけがわからん！　わしはいつ引退出来るんだ！　こんなテイタラクで、わしはいつ楽になれる？」

「一生、無理ですな。棺桶に入るまで会長の椅子に座り続けるがいい」

井上が冷たい声で言った。

「そして世間の指弾を一身に浴びるんですな。さんざん阿漕《あこぎ》な商売をしてきて、そのツケは全部、娘婿に回して自分は楽隠居できるとでも？　県有数、いや全国有数の財界人が、そんな極楽トンボとは情けない」

「だからお前は何者だ？　誰に向かって口をきいている？　無礼なことを言うな！」

「無礼なのはそっちでしょう？　会社のために私を利用し、家族と過ごせる人生を奪い、約束も踏み躙《にじ》った上に、おまけに娘にまでひどいことを」

「だからいったい、なんの話だ！」

　会長は社長を見た。

「わしが知らないことがいろいろあるようだが、隠していたのはお前か？　わしの機嫌を損《そこ》ねると思って小賢しいごまかしをしてきたのか！」

　会長は振り上げたステッキで、娘婿である社長を滅茶苦茶に打ち据え始めた。

「聞く耳を持たなかったのはどっちです！」

　それまで頭を庇《かば》っていた手で舅のステッキを摑み、ついに社長も言い返した。

「この際言わせて貰うが、孫可愛さの余り、出来の悪い祐一郎のすることに何もかも目をつぶった結果、会社は滅茶苦茶になったんですよ」

「祐一郎はお前の息子じゃないか。出来の悪い娘婿のタネだから、出来が悪くて当然だな」

　会長は平然と言い放った。

「ならばこちらも言わせてもらう。まず祐一郎、お前だ」

　社長にも積年の不満があったのだろう。人質になっている祐一郎を糾弾し始めた。

「祐一郎、お前の社内の評判は最悪だ。死んだ河原も言っていた。『自分には能力があって仕事が出来ると常務は勘違いしている。親や祖父の七光りなのに自惚《うぬぼ》れている。自分をイケメンだと思い込んでいてキモいと女子社員もみんな言っている』とかな。まあ、こんな出来損ないにお前を育ててしまったことは、父親として責任は痛感している」

「嘘だ！　河原さんが僕のことを『キモい』などと言うはずがない。それはお父さんが尾鰭《おひれ》をつけてるんだ！」

「そうか。前からそうじゃないかとは思っていたけど、お父さんは僕を嫌っていたんですね」

「ああ嫌いだ。心の底から大嫌いだ。お前の母親も、その父親である会長も大嫌いだ」

「なんだと！」

と激高したのは、会長だった。

「貴様、社長にまで取り立ててやった恩を忘れおって！『あんな貧相な、ネズミみたいな男の嫁になるのは絶対嫌だ』と泣いて嫌がった娘に因果を含めてお前の嫁にしたのに、飼い犬に手をかまれるとはこのことだ！」

だが貧相なネズミ呼ばわりされた社長は、怒る代わりに不敵な笑い声を上げた。

「はっはっは。私は知ってるんですよ、会長。女房は私と結婚したあとも、昔の男と付き合っていたことをね。出来の悪いこの祐一郎だって、誰のタネだか判ったもんじゃない。

確かなのは、畑はあんたの娘だって事だ！」

まさに骨肉の争いの様相を帯びてきた展開に、佐脇と伊草は盗み聞きしつつ呆れ果てた。

「もう滅茶苦茶だな」

「まさかここまでとは……」

それは井上も同じだったようで、つくづくうんざりしたような声で口を挟んだ。

「そうか。それではお前らの出来の悪い息子、ないしは出来の悪い孫がどうなろうが、別にどうでもいいわけか。巨額の補償を払うくらいなら孫だろうが息子だろうが見殺しにして、ついでに自分たちもくたばると。その方がいいんだな？」

ドスッと音がして、祐一郎が呻いた。井上が娘を辛い目に遭わせた祐一郎に暴行を加えたのだ。

「会長と社長が、産廃が危険であることを正直に公表して、被害も全面的に補償すると約束するのであれば、娘に許せないことをした男ではあるが、こいつの命は助けてやってもいいと思っていた。だが、どうやらその必要もなかったようだな」

「そんな条件は呑めない！」

思わず社長が叫んだ。

「会社が潰れるどころの騒ぎじゃなくなる！」

なんだと、と会長が反駁《はんばく》した。

「貴様、わしの孫を見殺しにする気か！」

キリがない、と佐脇は思った。身内同士、延々醜《みにく》い争いをしている間に、この豪雨で産廃が崩落してしまうかもしれない。

佐脇は、正面から小屋に入っていった。その大胆さに、伊草も慌てて付いてきた。

「取り込み中のようだが、おれの意見も聞いてくれ。そこに転がされてるセクハラ野郎だが、そいつは消えても惜しくはない。いやむしろ、世のため人のためだ」

招かれざる関係者が増えたので会長はさらに逆上した。

「なんだお前は！」

「自慢じゃないがオタクからの汚いカネが回っていない、県警では数少ない人間の一人だ。ヨソからのカネは貰ってるがな」

それから井上に向かって言い放った。

「自分で判ってるかどうか知らないが、あんたは、この世にいるはずのない人間だ。法律的にそうなってるんだから、警察も検察も『存在しない人間』として扱うしかない。つまり、あんたがこれから何をしようと勝手だ。思う存分、好きなようにやるんだな」

「何を言ってるんだ……」

ただ一人、佐脇の言っている意味が判った社長は真っ青になり、動揺を隠せない。

「あなたは警察の人間のくせに、何を言うんだ！」

「よく判りませんが佐脇さん、たとえばこの世に存在しない人間が犯罪を犯した場合、法的にはどうなるんです？」

伊草が素朴な疑問を発した。

「いい質問だ」

佐脇はもったいをつけて、一同を見回した。

「何をやらかそうが、その犯罪自体が『なかったこと』になるしかないな」

もちろんウソだが、こういう異常な状況下で堂々とつかれたウソは真に迫って聞こえた。

「バカをいうな！　そんなことあり得ないっ！」

自身が『存在しない人間』、つまり井上に真っ先に殺されそうな祐一郎が悲鳴を上げた。

「死んだはずの人間が生きてたってことだろっ！　訂正すれば済む話じゃないかっ！」

「世の中、そう簡単にはいかないんだよ、ボクちゃん」

殴られた痕《あと》が顔に生々しく残る祐一郎に佐脇が言うと、御曹司は命乞いを始めた。

「頼む。殺さないでくれ！　井上香苗に……手を出したのは悪かった。でも、悪気はなかったんだ。よくあることだ。たかが男女の間のことじゃないか！」

「たかが、と言うのか？　香苗にあれだけのことをしておいて？」

激怒した井上が祐一郎を思い切り蹴り上げた。安全靴の爪先が股間にヒットし、祐一郎は絶叫してのたうち回った。

「……もういい。時間切れだ。お前らにはつくづく絶望したよ。自分の罪も認められない、間違いを正そうともしない、自分の身を守ることだけに汲々として、他人の苦しみには、まったく無自覚で……それはこの下の、お上品な住宅地に住んでた連中も同じかもしれんが」

井上は、起爆装置に指をかけた。

「設定は、一斉に爆破するようにしてある。どいつもこいつも苦しんで死んでしまえ！」

「待て！　冷静になれ！」

佐脇は一歩前に踏み出した。

「井上、あんたの娘も一緒に死んでしまうかもしれないんだぞ。それでもいいのか！」

「いいと言ったら、どうする？」

井上の目は、もはや死人のようになっていた。

「……もう、どうでもいいんだ」

「ま、待て。待ってくれ」

半ば自棄になって起爆装置のボタンを押そうとした井上を止めたのは、社長だった。

「悪いのは全部、死んだ河原だ。総務のあいつが、社の裏側のすべてを仕切っていた。何もかも河原が提案したことなんだ。井上さん、あなたが身を隠さなければならなかったのも河原の差し金だ。窮地に陥っていた社をなんとかするには、他に方法がなかったんだ!」

「そうやって、すべてを死んだ人間のせいにするんだな?」

井上の顔に冷たい笑みが浮かんだ。

「河原は畳の上で死んだわけじゃない。誰が殺ったと思ってるんだ?」

「おい。当の下手人が、えらそうな態度を取るなよ」

佐脇は強気に出た。こういう場合、気合いで負けたら犯人に主導権を握られてしまう。警察官として、それはマズい。

「だいたいのところは判ってるんだ、井上さん。河原は明らかに他殺だし、殺す動機も、お前にしかない。河原の口の中に泥を突っ込んだのは、この産廃が危険だというメッセージだろ?」

「そうだ。もっと早く割れて、捜査が進展するかと思っていたが」

「死んだはずの人間が生きているっていうのは、あんまり無いことなんでね。あんたを死亡認定した検事にも会ったが、何ひとつ、認めようとはしなかったな。捜査機関というものは、後ろめたいことをすればするほど、絶対に改めないし調べようともしないもんだ。それに、南西ケミカルから金を貰って言いなりになったのがバレれば、検察全体に累が及ぶ。ただ」

「ただ？」

井上は、話が核心に迫り、自分の過去から現在につながる事態が語られようとしていることを悟《さと》り、身を乗り出さんばかりになった。

「少なくとも、おれは真相を摑んだと思うぜ。当時の状況から考えれば、魚津正義を誰かが殺し、その死体があんただ、ということにされたのは間違いない。証拠が失われているので今までは仮説でしかなかったが」

「証拠ならあるじゃないか！　墓を暴《あば》いて、骨を調べれば」

「残念だが」

佐脇は首を横に振った。

「日本でやるような念入りな火葬をされた遺骨からは、鑑定出来るＤＮＡは採れないんだよ。ウチみたいな田舎警察だからじゃない。骨を東京や京都に送っても同じだ。だから、検察も口で否定すれば逃げ切れると思っているし、実際そうなんだ」

「……魚津というのは、あの、産廃反対運動を煽動《せんどう》していた東京の男か」

ぽつりと言った会長に、苛立った口調で突っ込んだのは社長だ。

「会長。そういう『初めて聞いた』みたいなフリは止めて戴きましょう。元はと言えば……あなたが無理矢理作った、この産廃さえなければ……こんな面倒なことにはなっていなかったんだ！」

娘婿から非難された会長は、果たして逆ギレした。

「今ごろそんな事を言うな！　当時は、産廃についての意識が会社も国も住人もみんな低くて、適当に埋めておけばいいと考えていたんだ。キチンと処理するにはそれなりの設備が必要だが、こんなものは穴を掘って埋めておけば済むことだ。だいたい今が騒ぎ過ぎだ。アカどもが煽《あお》るせいで、世の中が神経質になりすぎている」

おそらくこれが会長の本心なのだろう。だが、その言葉を裏切るように、降りしきる雨音とともに不気味な地鳴りのような音はやまず、一同の足元にも、心なしか水が染み出してきているようだ。急がなければ、と佐脇は危機感に駆られた。

「とにかく、魚津は、あんたら南西ケミカルにとって邪魔な存在だったので、殺された。だが、公害反対運動の指導者を殺したのが企業側の人間だとバレたらどうなる？　当然、大変な騒ぎになる。そこで、魚津の死体を別人のものにしてしまえ、ということになった。とんでもない話だが、県警にも地検にも南西ケミカルのカネがたっぷり回っているこの県では、それが出来てしまったんだな。で、身代わりとして、井上さん、社員だったあんたに白羽の矢が立った」

佐脇はまっすぐに井上を指さした。

「そういうことなんでしょう？」

ああ、そのとおりだ、と井上は頷いた。

「その頃私は、今で言うリストラの対象者だった。仕事でミスをして、会社に大きな損害を与えてしまった。南西ケミカルを解雇されたら、次の仕事がどうなるか、全く見えなかった。そこに、この話が来た。河原は私の目の前に大金を積んだ。残された家族の面倒は一生見る、潤沢《じゅんたく》な年金を終生払う、一人娘の就職も責任を持つ、とも言った。ただし、事がことだから書面になど出来るわけもなく、『この私を信用して欲しい』と河原が大見得を切ったんだ」

「しかしその約束が破られた、と」

佐脇の言葉に、徹社長は、あああ！　と大声を出して頭を抱え、蹲《しゃが》み込んでしまった。

「この件は、私と河原だけが知る案件として処理してきたんだ。これ以上秘密を知る人間を増やせば絶対に外部に漏れる。会長の耳にも入れたくなかった」

「婿養子としての点数稼ぎですか？」

それは佐脇ではなく、脇で聞いていた伊草が発した言葉だった。

「不始末をナンバー2のレベルで処理しておく。それでトップにいい顔をして、覚えめでたい存在であり続けたい……カタギの大企業のくせに、やってる事がヤクザと同じですな」

「魚津の死を隠したいのは警察や検察も同じだったんだ！」

徹社長は喚いた。

「東京の反体制の有名人が殺されたとなると、大変なことになる。どのレベルか知らないが、警察の方からも、『なんとかならないか』みたいな話はウチに舞い込んで来たんだ！」

「いわゆる『共同正犯』ってやつですかな？」

伊草がなおも口を出した。大企業のトップがヤクザと同じようなことをしていたことに心底、ムカついているらしい。

「世も末ですな。この国はどうなってるんです……とヤクザが嘆《なげ》くようではおしまいだが」

「いや、もっとひどいことがあるぞ、伊草。聞いて驚くな」

佐脇は続けた。

「魚津正義が死んで、反対運動のトップは消えた。しかし、南西ケミカルはそれでも満足しなかった。死者をとことん貶《おとし》めたんだ。肉体から命を奪っただけでは足りず、社会的な生命までも葬った。いわば二度、魚津を殺したわけだ。魚津が急に消えるのは不自然だから、失踪するに足る理由をでっち上げた。借金、それから女性問題。汚いスキャンダルを捏造《ねつぞう》して、反対運動自体を薄汚い色に染めようとした。そしてそれは大成功した」

佐脇の指摘に、阪巻徹は頷いた。

「河原はその辺、抜かりがなかった。やるからには徹底しないといけないと言っていた。マスコミにもずいぶん金を使ったようだ……いや、全部仕切ったのは河原だから、私は概要しか知らないんだが」

徹は言い訳するように言うと、会長を睨み付けた。

「すべて、会社と、会長、あなたのためだったんだ！」

「警察と検察のためでもありましたな」

佐脇が付け加えた。

「その結果、オタクと警察・検察、そしてマスコミの、悪のトライアングルが輪を掛けて強固になったという、思わぬオマケも付いてきたというワケか」

虚《むな》しいねえ、と佐脇は聞こえよがしにため息をついた。

「実に虚しい」

雨音が弱くなった。大雨は峠を越えたようだ。だがその分、小屋の中での話がハッキリ聞こえて、余計に虚しさが増した。

「で、井上サンは、あなたは名前を変えて、日本の何処かで暮らしていたんですな？」

井上は頷いた。

「謄本《とうほん》が取れないから、まともな仕事には就けないし、アパートを借りるのだって一苦労だ。最初のうちは会社が住処も仕事も用意してくれていたが、そのうち、きちんとした対応がされなくなった」

河原が定年を迎え、嘱託になったことが関係したのだろうか。

「妻とは密かに連絡を取り合っていた。妻は私が生きていることは知っていた。だが、そのうちに、ひょんな事で娘の香苗がひどい目に遭わされていることを知った。この男にな」

井上は、祐一郎を指さした。

「それで、私はこの県に戻ってきた。娘とは接触しない約束だったが、居ても立ってもいられなくなった。あまりに酷いことをされていたからだ。特に、犯人がこの男である以上」

井上はふたたび祐一郎を蹴り上げ、セクハラ御曹司は見苦しく呻いた。井上の矛先は、次に、出来損ない常務の父親である徹に向かった。

「あんたもあんただ。私が家族とこの土地を捨てたのは、すべて娘のためだ。その娘を、あんたの息子がおもちゃにすれば私が怒るとは思わなかったのか？」

血を吐くような痛恨の念にその声は震え、井上はなおも社長を糾弾した。

「何も知らなかったとは言わせない。河原が魚津を殺させたことも、ボンクラ息子の社内セクハラも、あんたは全部知っていて、それでいて何もしなかったんだ！　あんたは、いったいなんだ！　事なかれの自己保身だけの、生きてる意味もない人間のクズか！」

井上の手には、起爆装置が握《ほど》られていて、その手は激しく震えている。

「すべての約束を反故にされ、しかも大事な家族に危害が加えられていると知った私の気持ちがわかるか？　なのに河原もあんたも、まったく動こうとしなかった。なにか言い訳はあるのか？」

「なにも……しなかったわけじゃない。祐一郎には、あの娘だけには手を出すなと、言うだけは言った。河原からも息子に問題があることは聞いていた」

「だが、あんたの息子である外道は、それでもセクハラをやめなかったんだな？　ネットにひどい映像が流出し、内腿にホクロが三つ、とその外道が言った時に、それが娘の香苗だと知った時の、私の気持ちが判るか！」

血を吐くように叫んだ井上は、またも祐一郎のみぞおちに鋭く蹴りを入れた。

「二条町で私が助け出さなかったら、香苗はもっと酷いことになっていたんだぞ！」

徹社長は、項垂《うなだ》れて一言もなくなった。

祐一郎は蹴られた痛みに呻いている。

会長が、ゆっくりと口を開いた。

「……要するに、私怨《しえん》なわけだな」

「私怨のどこが悪い？　こっちは自分の人生をあんたらに渡したんだぞ。死んだ事にされた、という意味が、お前に判るのか！」

「わかった。もう一度、金を出そう。いくら欲しい？」

信じられない会長の言いぐさに佐脇が「おい、あんた」と突っ込んだのと、「馬鹿にするな!」と井上が絶叫したのが同時だった。

「ひ、人の一生も良心も正義も法律も、あんたは何もかも金で買う気か? 金さえ出せばいいのか? お前らのその根性が許せない。決めた。おれはこの産廃を爆破してやる。お前らも洒落《しゃれ》た住宅街も、このあたりの農地も牧場も、全部道連れにしてやる!」

激しい憎悪を向けられた会長は、それでも何か言い返そうとしたが、言葉が出てこない。

だがその時、みしみし、という音がして、足元が揺れ始めた。

「……これ、ヤバいですよ」

伊草が言った。

「この山の右側斜面は大きく崩れてるし、発破を掛けるまでもなく、地滑りが起きますよ、これは」

佐脇も、足元に水が湧いてきたのに気づいた。転がっている祐一郎も水に濡れている。

床の隙間から水が入ってきたのだ。

「おい。いつまでこうしてる気だ? アンタら、このままじゃ話なんかつかないだろ。どう考えても井上サンの側に理があるけどな。アンタらに命じられてやっちまったことは間違っていたが、今、こうして井上サンが怒っているのはもっともだ」

だが、大企業南西ケミカルの会長と社長というツートップは、自社存亡の危機を迎えているにもかかわらず、完全に機能を停止していた。何をどうしていいか、もはや、判断すら出来ない状態になっているらしい。

雨音が弱まったので、周囲の音が良く聞こえるようになってきた。遠くから、警察や消防の緊急車両のものらしいサイレンも聞こえてくる。

「どうやら、いろんな意味で時間切れだ、皆の衆」

佐脇が、宣言するように言った。

「こうなったら、すべてを警察で話すんだな。そしてキチンとした法の裁きを受ける。魚津氏と井上さん、このお二方の死の処理について、不正があったことも正そうじゃないか。もちろん、この産廃の危険性や違法性についても、きっちりやろう」

佐脇は井上に向かって一歩、前に出た。

「ということで、その起爆装置はもう要らないだろう？　わざわざ爆破して、被害を無駄に大きくする必要もないじゃないか」

佐脇と井上は、しばらく無言で睨み合った。

「……それもそうだ、とは思う」

その機を逃さず佐脇は手を伸ばして、井上から起爆装置をひったくろうとした。

それがカンに障ったのか。井上は装置を自分の胸に、ひし、と抱き寄せると、怒鳴った。

「もう、その手は食わん！　私は、警察も検察も、そういうものすべてを信じていないんだ！　信じた結果がこのザマだからな。また騙されるとでも思うか⁉」

「まあな。たしかに、ウチの署や県警には、カネに転ぶ情けない連中が山ほど居る。いや、おれだってカネに転びまくってるが、少なくとも南西ケミカルからの汚れたカネは貰っていない。おれの責任で、すべてを明るみに出すよ。それでどうだ？」

「どうだ、と言われても、私がアンタを信じる、その理由がない」

それを聞いて、佐脇は両手を挙げた。

「バンザイだよ。降参だ。たしかに警察はオイシイ事を言うが、後からどう豹変するか判ったもんじゃない……そう言われたら、どうにもならないな」

そう言いつつ佐脇は、横目でひそかに伊草の様子をうかがった。

鳴龍会の若頭は、佐脇に目配せして、僅かに身体を井上の方に向けつつあった。じりじりと接近していたのだ。

「佐脇っ！」

伊草がそう叫び、同時に井上めがけ、一気にダッシュした。

ラグビーのタックルの要領で、伊草は井上の足元に飛びかかった。

その一瞬を逃がさず、佐脇も井上に襲いかかり、まず、起爆装置をもぎ取った。伊草にタックルされて虚を突かれた、その隙を狙ったのだ。

だが、井上も死に物狂いで抵抗した。

押さえ込みにかかってくる伊草の大きな体を、両脚を揃えて必死に蹴り上げている。

井上のキックが鳩尾《みぞおち》に入った伊草が咳《せ》き込んだ。

すかさずもう一度、井上が蹴り上げる。

伊草はたまらずひっくり返って、水に濡れた床を転がった。

だが佐脇は起爆装置を抱えて小屋から飛び出し、小雨の中を疾走していた。

井上が、絶叫しつつ追いかけてくる。

「それを返せ！」

今度はさっきと逆に、井上が佐脇の背後からタックルを掛けて飛びついた。

倒れ込む寸前に、佐脇は起爆装置をうしろに放り投げた。視界の隅に、よろけながらも追ってくる伊草の姿を認めていたからだ。

「貰った！」

装置は伊草がしっかりと受け止めた。

佐脇は井上をふりほどいて、前進した。

この光景を見た会長の運転手は、驚いて乗ってきた車に飛び乗ると、主人を置いて走り去ってしまった。

井上は、切り札の起爆装置をなんとか取り戻そうと必死で、今度は伊草に向かって行く。佐脇と伊草は、阿吽《あうん》の呼吸でタッグを組んだ。

「伊草！　こっちだ！」

起爆装置をパスしろ、と言うのだ。

「ほら、早く！」

「佐脇さん、ふざけないでください！　弾みで作動したらどうするんです！」

多くの人命、家や土地、農地、家畜が産廃の下にはあるんだから、と伊草が叫んだが、佐脇はなぜか気にする様子もない。

「ヤクザのクセに細いことを気にするな！」

井上が迫ってきたので、伊草は仕方なく起爆装置を佐脇にパスした。

「お前が怖いのは、盗まれたダイナマイトの管理責任だろ！」

キャッチした佐脇が伊草に突っ込む。

「お前ら、ふざけやがって！」

ついに井上が激怒した。

「この十五年、おれがどんな思いで生きてきたと思ってるんだ！」

「気の毒だが、あんたも人生の選択を間違えたんだ。それを帳消しには出来ないだろ！」

「こんな時に説教なんか聞く耳持たん！」

佐脇がなおも言い返そうとした時、人間の声など簡単にかき消す、巨大な轟音が辺りに響き渡った。

次の瞬間。

すさまじい振動とともに、目の前の小屋や車がそのまま横滑りしていくという、信じ難い光景を佐脇たちは目撃していた。

どどどどという足元を揺るがす激しい揺れとともに、産廃処分場の一部が地滑りを起こして、崖下に流され、落ちていく。

「危ないっ！　何かに掴まれっ！」

佐脇が夢中で叫んだ。しかし、山全体が崩壊するなら、木に掴まっても意味はない。森全体が地滑りを起こして流されてしまうのだ。

めりめり、という大木が捩《ね》じ切られて折れる音、岩が砕けて割れる音、地面が裂けて崩落する音、地中から湧いた水が濁流となって噴き上がり、滝のように崖から流れ落ちる音が、一斉に轟き渡り、産廃の谷を揺るがした。

流された管理小屋が、動いていく間にバラバラに砕け散ってゆく。そのまま濁流に飲まれて、数十メートル下に落下していった。

会長のセンチュリーと、井上が乗っていた４ＷＤ車も流され、金属が折れ曲がり砕ける音を立てながら、谷底へと落ちていった。

が。

佐脇や伊草、そして井上は無事だった。

自然の悪戯《いたずら》か、地盤の様相の些細《ささい》な違いが作用したとしか思えない。

ほんの数メートルの差で、佐脇や伊草、そして井上がその時、立っていた場所は無事だった。彼らの目の前を、さながら回り舞台が動いていくように、駐車場や小屋のある一帯が、産廃の一部とともに、轟音を立てて流されていったのだ。

三人は息を飲み、深く削られてしまった谷を避けて、今や崖となった地面の縁に近寄って谷底を見下ろした。

小屋の残骸と車が、みるみるうちに土砂と泥流に埋没してゆく。その上に、ダメ押しのように濁流が襲いかかり、崖となった斜面を激しく流れ下っている。

佐脇たちが見守る間にも、崖下の土砂は量を増していった。

「これでは……あいつらは助からない。掘り出す前に死ぬな」

阪巻家の三代、会長の祐蔵、社長の徹、そして常務の祐一郎は、泥流の中にいる。

助けようにも素手ではとても掘り返せない。重機を使うにしても、この土砂崩れが収まるまでは、二次災害の危険があるので無理だ。

南西ケミカルを、それぞれ膨張させ、守り、破壊することになった三人に、生き延びるチャンスがあるとは思えない。

「結局、こういうことになった訳だが……なんか、問題はあるか?」

佐脇の問いに、井上はもちろん、伊草も首を横に振った。

「どうせおれたちみたいな細腕じゃあ、レスキューは無理だしな」

これは、天罰だ。

佐脇はそう言いたかったが、なんとか口には出さず我慢した。

長いエピローグ

「石垣が、十五年前の犯行を自供した」

朝、一同が揃った鳴海署の刑事課で、デスクの光田が誇らしげに言った。

佐脇の違法な取り調べを弁護士とともに糾弾し、華々しく鳴海署を出て行った石垣だったが、その後、魚津正義の殺害及び死体遺棄容疑で任意同行を求められ、あっさりと自供したのだ。後ろ盾が居なくなって観念したのかもしれない。

「だが、時効との兼合いで、石垣を起訴出来るかどうかが、まだハッキリしない。おまけに他殺事件を警察と検察が故意に自殺、ないし事故死と認定した上に、別人として死亡認定までしちまってたわけだから、どうしていいか判らんというのが正直なところだ。今、課長が地検と協議中だ」

光田は妙に嬉しそうに、刑事課の中をスキップでもするように歩き回った。

課員たちは、光田のはしゃぎようを気味悪そうに眺めている。佐脇や水野も同様だ。

「でもって、あの宗像。次席検事の宗像庄三が、今、最高検の事情聴取を受けている。死者の認定を故意に誤ったカドで、追及されてるんだ。うまく行けば、ヤツは懲戒免職の上、偽証罪で起訴されるだろう。巻き添えでウチの関連のお偉いさん数名も、同じ目に遭ってる。警察庁《ホンチヨウ》からエラい人が来て、締め上げられてるところだ」

光田は日頃の鬱憤《うつぷん》を晴らすようにヒヒヒと笑った。

「南西ケミカルから賄賂を受け取ってた件も含めて、こりゃ逃げようがないな」

「おい、光田。今日はやたらとハイじゃないか」

佐脇が揶揄《からか》った。

「上が居なくなれば自分が出世出来るとでも思ってるのか？　機嫌がいいのはそのせいか」

お目出度いヤツ、と佐脇は光田を切って捨てた。

「言っとくがな、上の連中の首は、ヨソから来る奴の首ですげ替えられるんだぞ。お前の首じゃないことぐらい判ってるだろうに」

そう言われても、光田の機嫌は一向に悪くならない。

「まあそういうな。おれはお前みたいに出世を諦めた人間とは違う。目指せ県警本部長、ってな」

「何をトチ狂ったことを。お前が本部長になれるわけがない。あれは国家公務員、つまり、警察庁のエラいエラい人がなるもんだ。地方競馬の馬が中央競馬に出られないのと同じだ」

「ンなこたぁ判ってる」

それでも光田は上機嫌だ。

「馬なら転籍すればいいだけの話。そんな例は山ほどある。もちろん警察にもな」

そうは言いつつ、光田は佐脇の後ろに回って肩を揉む真似をした。

「ま、そうマジになるなよ。おれだってそこまでバカじゃない。ここの刑事課長でさえ、真面目に仕事しようとすれば、いろいろ面倒だってのに。ことにお前みたいなワルデカがいると簡単に馘が飛ぶしな」

「判ってりゃいい。じゃあどうしてそんなに機嫌がいいんだよ?」

「だから、ズルばっかりしてた検察にバチが当たって、キツ～いお灸が据えられたんだ。気分がいいだろ。それだけだ」

どうやら光田には、宗像次席検事が追い詰められている事態が、この上もなくユカイらしい。

「知ってるか? あの宗像って野郎は、実にいけ好かないクソでな。事件のデッチアゲがバレた大阪地検特捜部の連中同様、旧悪が全部暴かれちまえばいいって思ってるよ」

次席検事を光田がそこまで嫌っているとは知らなかった佐脇は、素直に感心した。

「光田サンよ。あんたも人並みに、いろいろあるんだな」

「あらいでか。男は敷居を跨《また》げば七人の敵が有るんだ」

はいはい、と話半分に受け流す佐脇に、光田は声をひそめて続けた。

「しかしこれは現状、完全オフレコの内輪の話だからそのつもりで。お前らもそうだぞ!」

光田は刑事課の全員にも言った。

「この一連の件は、まだ報道発表されていない。なりゆきによっては報道発表がされないままオシマイになるかもしれん。定例外の人事異動ということで、内々に処理して収拾とか、そういう可能性もある」

光田は肩もみを止めて、佐脇のタバコを一本失敬すると勝手に火をつけた。

「特にウチの場合、関係している上の連中が多いからな」

「まあそうだろうな。ほとんどみんな、南西ケミカルから金を貰ってたんだろ」

ああ、と急に良識派ぶった光田は、眉を顰《ひそ》めてみせた。

「当然、きっちり処分、てなことは出来ない。検察と警察は歩調を合わせるだろうしな。警察が処分したら検察が何もしないわけにはいかない。その逆もしかりだ」

「じゃあ……事件そのものはどう処理するんだ?　魚津の死はどうなる?　行方不明のまま、という可能性もあるってことか?」

「魚津の遺族がどう出るか……本当のことを伝えたら、これはこれでオオゴトになるしな。だから警察は丸ごと頬っ被り、またしても『なかったことに』って可能性もある」

「じゃあ、どこに喜ばしい材料があるんだ？　右を向いても左を見ても、世の中真っ暗闇ってことじゃないか」

光田はタバコを消して真顔になった。

「だからおれだって、実は何も期待はしてないのよ。お前が思うほどウブでもないしな」

一方、井上誠は、河原恭一殺害の容疑で逮捕されていた。

「いろいろややこしいことはあるんだが、あんたが河原を殺したことまで誤魔化すわけにはいかないんだ」

本来、河原の事件の担当である佐脇に、取調室で対峙した井上が訊いた。

「それはそうでしょう。だが、私の身分はどうなるんです？」

井上は、取り乱すことなく、紳士の態度に戻っていた。

「あの地滑りの時に、阪巻たちと一緒に死んでいればよかったのかもしれないですね。しかし、私は生き残ってしまった」

「いや、生き返ったと言うべきだな」

佐脇は言い返した。

「あなたがこうして生きている以上、どう頑張っても魚津正義の死を隠すことは出来ないだろう。どんなウソでも、いずれはバレる。ウソをウソで固めれば固めるほど、バレた時の痛手は大きい。遅きに失した感はあるが、法治国家としては、最低限、あなたと魚津正義の件はきちんと正さなければならない」

「そう、願っています」

井上は佐脇に一礼した。

「ところで」

と、横から水野が口を挟んだ。

「現場が大規模な地滑りと山肌の崩落、土砂崩れと、大変なことになったので、公民館の裏手でのダイナマイトの小規模な爆発については、災害との直接的な因果関係が認められないこともあり、『問題にしない』方向になりつつあります。不問ではなく、問題にしない、ということです」

水野が非難するような視線で佐脇を見やり、佐脇は肩をすくめた。

「佐脇さんの尽力に感謝してください」

尽力とはつまり事件後、佐脇が県警各方面に働きかけた根回し、あるいは遠回しな脅迫を意味している。

「さらにあなたのお嬢さん、井上香苗さんが、起爆装置に入っていた乾電池を一本抜き取ったものを鳴海署に届け出ていて、それが起爆装置に残っていた電池と同種のものであることが確認されました。つまり、最初の一回を除き、ダイナマイトによる爆破は不可能であったことが判っています」

「おれも、そうかもしれねえなあとは薄々感づいてはいたんだ。公民館で、起爆装置を渡されたあんたの娘が、不審な動きをするところを見ていたからな」

「香苗が……余計なことを」

茶々をいれる佐脇、そしてショックを受けた様子の井上にはかまわず、水野は続けた。

「娘さんにも感謝してください。父親であるあなたが、罪を重ねるのを見ていられなかったのでしょう。また、阪巻祐一郎の誘拐、南西ケミカルへの脅迫についても、現在、被害者に当たる人物が全員行方不明ということで、すぐに立件ということにはなりません」

「しかし、誘拐も脅迫も、親告罪ではありませんよ。私が罪に問われるかどうかは、裁判で決まることでは？」

井上が冷静に指摘した。

「あれだけ大勢の前でやったことです。これについては、まさか不問に付したり、なかったこと、には出来ないのではありませんか？」

「ええ。それはその通りですが……警察としては立件しないかもしれません。立件して検察官送致をしても、地検の段階でどうなるか判らないので……」

歯切れの悪い水野に、佐脇が横から口を出した。

「要するに地検も、あんたに対して、それだけ負い目がある。後ろ暗いものだから、出来る事なら有耶無耶にしたいってことだ」

「そうですか。しかし、私は、自分のしたことについては、きちんと刑に服して、償いをするつもりです。そうでなければ、娘に顔向け出来ませんから」

＊

その日の夜。仏蘭西亭で磯部ひかると夕食を取りながら、佐脇は内輪の話をした。

「魚津正義の遺族に連絡を取ったんだ。十五年前に殺されたのは魚津だったんだしな」

そう語る佐脇の顔色は、冴えない。

「けんもほろろだった。十五年前の話で公訴時効は過ぎてるし、今更どうにもならないし、何の意味もないし、関心もないって、未亡人がな」

「……魚津さんって、奥さん居たんだ」

「一応な。だけど、ああいう運動家っていうのは、家庭を顧みずガンガンやったりするだろ。で、ほとんど離婚状態だったらしい。それもあって、魚津はこんな田舎にまで移住して運動に熱中していたんだろう」

「実際に、女性問題とかもあったのかも」

ひかるはちょっと意地悪そうに言った。

「あるいは、な。ただ、そうやって矮小化してしまうと、魚津正義の生涯を必要以上に貶めることになる。これって、どういうもんかな」

「でも、井上さんの事件が裁判になれば、すべてが明るみに出て、魚津さんの名誉も回復出来るんじゃないの？」

ひかるの言葉に佐脇は頷いて、ワインをイッキ飲みした。

「それはそうと」

佐脇はグラスを置いてタバコに火をつけた。

「おれが石垣を締め上げた時に東京からすっ飛んできた、あの有名な弁護士な」

「如月先生ね」

「あの先生を井上誠の弁護につけてやろうと思うんだ。私選でな」

「そのお金は、佐脇サンが出すってこと？」

そういう事になるな、と佐脇は頷いて再びワインをイッキ飲みした。

「またそんな飲み方する……高いんだから味わって飲んでよ」

「まるでお前の奢りみたいな口きくじゃねえか……まあ、とにかく、いい先生に頑張って貰って、どんな裁判になろうが、井上には執行猶予がつく判決が出ることを願ってるんだ」

「そうじゃなきゃ、ね」

「ああ。そうじゃなきゃな」

娘の成長期のほとんどを間近に見ることの出来なかった井上に、家庭生活を返してやりたい、二人ともそう思っていた。

二人はしばらく無言でナイフとフォークと口を動かした。

「井上さんは、娘さんがセクハラ被害に遭っていることを、ネットを見て知ったんでしょう？」

「ああ、日本のどこにいても、鳴海にいる娘のことを気に掛けていて、ネットでいろいろチェックしていたようだ」

「アナタの自称弟子の美知佳ちゃんは、ネットで香苗さんの画像を流してしまったことを、余計なことをしてしまったのかもって後悔してたけど」

「なぜ後悔する？」

佐脇は理解しがたい、という顔になった。

「あれがあったからこそ、すべてが動き出したんだろう？　まあそれで河原が死んで、井上は殺人犯になってしまったんだが……河原は、殺されても仕方のない人間だったと思うぜ」

佐脇はそう言いながらボトルに手を伸ばし、手酌でグラスに高級ワインをどぼどぼと注いだ。

「警察の人間がこんな事を言うのはイカンのだろうが、会社のためだとしても、何をやってもいいことにはならないし、逆に、会社のために個人が犠牲になってはならないと、おれは思う」

高級ワインが、さながらショットグラスに入ったウィスキーのように、一瞬で佐脇の喉に消えてゆく。

「だから、味わって飲みなさいよ。そういうガサツなところがあるから、私はアナタと結婚する気になれないんだわ」

せっかく今いいこと言ったと思ったのに、とひかるはむくれた。

「誰がお前と結婚してくれと頼んだ。拒否権はこっちにもあるんだ」

「ふ〜ん」

ひかるは、姿勢を正すと、ナイフとフォークを置いた。

ヤバい、マジで怒らせた、と佐脇は身構えた。しかし、ひかるは真面目な話を始めた。

「南西ケミカルの産廃の件は、これから損害賠償を含めて長い裁判になるけれど……常務の誘拐そのほかについては……結局、報道出来ないってワケね。いろいろ素材を撮り溜めたけど……また無駄なことしちゃった」

「いや……そうとも限らない。逆に、お前さんの取材テープがある以上、警察庁《ホンチヨウ》も滅多なことは出来なくなったと見るべきだな」

「証拠を握ってる私が消されたりして?」

それはない、と佐脇は言下に否定した。

「誰がついてると思ってるんだ。おれがついてる限り、お前に危害が加えられることは、無い」

「言い換えれば、私が佐脇サンと一生離れられないってコト?　それってどんな腐れ縁?　奴隷的拘束ってヤツ?」

「せっかくいい雰囲気でまとめようとしたのに、なんだそれは」

ぼやく佐脇にひかるが訊いた。

「ま、それはそれとして……これからどうする?　ウチに来る?」

そうだな、と佐脇がいい、二人はグラスを合わせた。

参考文献

「トラブルなう」久田将義（ミリオン出版）
「暴走する『検察』」別冊宝島編集部編（宝島社）
「検察との闘い」三井環（創出版）
「水本事件〜現代の謀略を追う」宇治芳雄（龍溪書舎）

この作品はフィクションであり、登場する人物および
団体は、すべて実在するものと一切関係ありません。

祥伝社文庫

隠蔽《いんぺい》の代償《だいしょう》 悪漢刑事《わるデカ》

平成23年7月25日　初版第1刷発行

著者　安達《あだち》 瑶《よう》

発行者　竹内和芳

発行所　祥伝社《しょうでんしゃ》

東京都千代田区神田神保町3-3
〒101-8701
電話　03（3265）2081（販売部）
電話　03（3265）2080（編集部）
電話　03（3265）3622（業務部）
http://www.shodensha.co.jp/

印刷所　萩原印刷

製本所　ナショナル製本

カバーフォーマットデザイン　芥 陽子

Printed in Japan ©2011, Yo Adachi ISBN978-4-396-33694-3 C0193